현직, 상담사가 알려주는
심리상담하기 전 알면 좋은 필독서

현직, 상담사가 알려주는

심리상담하기 전 알면 좋은 필독서

2024년 12월 30일 초판 1쇄 인쇄 발행

지 은 이 ㅣ 백형진
펴 낸 이 ㅣ 박종래
펴 낸 곳 ㅣ 도서출판 명성서림

등록번호 ㅣ 301-2014-013
주   소 ㅣ 04625 서울시 중구 필동로 6 (2, 3층)
대표전화 ㅣ 02)2277-2800
팩   스 ㅣ 02)2277-8945
이 메 일 ㅣ msprint8944@naver.com

값 17,000원
ISBN 979-11-94200-56-7

현직, 상담사가 알려주는

심리상담하기 전 알면 좋은 필독서

백형진 지음

도서
출판 명성서림

차 례

정보와 지식을 가지면 음식에 관한
서비스를 받기가 훨씬 수월하다.
심리상담도 마찬가지다.

이 책을 쓰게 된 이유를 밝힌다

우리가 왜 상담받아야 할까? 나는 내담자들이 상담에 관해 좀 더 가볍게 보라고 말하고 싶다. 과거보다 편견이 없어졌다고 하지만 아직도 상담받으러 가는 사람을 정신이 온전하지 못한 사람이라는 고정관념이 있는 것 같다.

이런 점에서 심리상담을 무겁게 생각하기보다는 가볍게 보라고 권하고 싶다, 예컨대 몸이 아프면 가까운 약국이나 병원을 찾아가듯이 마음이 아프면 당연히 상담센터를 갈 수 있다는 생각 말이다. 그렇다면 어떤 이유로 심리상담센터를 가야 할까? 주로 스스로 해결하기 어려운 고민, 걱정, 두려움이 있거나 불안이 있으면 상담소를 찾는다고 봐야 한다.

그런데 아직도 주위 사람이 알까 봐 집과 멀리 떨어진 곳을 일부러 찾아 나서야 하는 사람들이 많다. 우리의 몸과 마음은 하나이다. 몸이 아프면 마음도 아프고 마음이 아프면 몸이 아프다. 그런데 몸이 아프면 병의원에 가서 검사하고 방사선을 촬영하고 그러다가 마음에 들지 않으면 다른 병의원을 찾아갈 수가 있는데 왜, 상담소는 그러질 못할까?

아무리 유능한 의사라도 능력이 똑같지 않다. 방사선을 촬영하고 똑같은 필름을 사용하더라도 필름을 판독하는 사람에 따라 인식이 다를 수가 있고 그러면서 해석이 다를 수 있다. 상담소도 마찬가지다. 똑같은 내담자를 만나서 심리상담을 받아도 그 사람이 배운 학문과 인식에 따라 해석이 다를 수 있다.

그런데 의사는 '위암'이나 '간암'이라는 판정이 나오면 대체로 정해진 루틴이 있다. 약은 무엇을 쓰고 주사는 무엇을 하는 등에 따라 매뉴얼이 있을 수 있지만, 심리상담은 아직 그렇게 똑 부러지는 매뉴얼이 없다.

그래서 같은 내담자를 만나도 증상과 병명을 바라보는 상담사의 인식과 해석에 따라 달라진다. 즉 얘기하는 것, 호소를 듣는 것, 문제를 바라보는 인식이 다를 수 있을 것이고 심리검사에서 수치도 다를 수가 있다. 그런데 이런 점에

"왜, 상담료가 다릅니까?"

"상담은 들어주는 게 아니면 무엇입니까?"

"왜, 검사를 또 해야 합니까?"라고 되묻는 사례도 있을 수 있다.

우리 말에

"오는 말이 고와야 가는 말이 곱다." 혹은

"손뼉도 마주쳐야 소리가 난다."라는 말은 심리상담자와 내담자 사이가 서로 라포가 제대로 형성되어야 한다는 말을 두고 하는 말이다.

그것 외에 요즘 수없이 남발하는 민간자격증도 문제가 되고 있는데 한 조사에 따르면 4,767개, 심리상담 자격증 2,806개, 미술심리상담사 자격증 374개, 노인심리사 자격증 172개, 아동심리상담사 자격증 138개, 음악심리상담사 자격증 122개 등이 있어서 합하면 8,379개가 된다고 한다.

이 말이 사실인지 확인하기 위하여 한 사이트를 찾아보니 심리상담과 관련된 자격증의 수가 무려 4,177개로 나와 있는 것을 확인할 수 있

었다. 그것도 2023년의 기준으로 발표된 것이니 이보다 훨씬 더 많을 수 있어서 심리 관련 분야의 용어가 들어간 유사 자격증까지 계산한다면 아마 더 많을 것이다.

이와 같은 현상은 심리상담에 관한 관련 법적 제도가 제대로 마련되지 않았거나 아직도 상담에 필요한 수가 해마다 증가한 것이 원인으로 보인다. 이렇게 무분별한 민간자격증 발급과 상담서비스업의 개설로 사회적인 문제가 발생하는 것을 정부나 공공 단체가 나서서 바로 할 수 있는 방법은 없을까?

물론 급격한 사회적인 발전 요인과도 무관치 않을 수 있다. 지난 세월을 보면 옳고 그름을 따지던 모더니즘 사회에서는 없었던 것들이, 이제 포스트모더니즘 사회가 오면서 많은 변화가 생긴 것도 하나의 원인이 되고 있다.

그 외에 심리상담센터도 신고제에서 허가제로 바꾸는 것이 필요하다. 그렇게 하면서 관련 법 제도를 정착하는 것도 방법이다. 상담센터를 찾는 내담자가 볼 때 상담 전문가의 경우 관련 대학 및 대학원에서 전문적인 지식과 기술을 습득하고 인증된 수련 감독의 일정 기간을 교육받은 것으로 알고 있다.

그래서 오랜 수련 기간을 교육 받고서 상담을 받아야 하는데 아직도 그렇지 못하는 유사 심리 자격증이나 온라인으로 몇 시간만 들어도 취득할 수 있는 자격증의 명칭이 기존 상담업소에서의 자격과 거의 같아서 쉽게 구별이 안 된다. 그래서 무책임한 심리상담사에게도 문제가 있을 수 있지만, 심리상담센터를 찾아가면서 환자가 병의원 찾아가듯 그 사람이 전문적인 능력과 자격을 갖추고 있는가를 살피지 않은 것도 문제이다.

그러면 센터에서 내담자가 왔을 때, 심리상담사는 〈지지 상담〉을 할 것인지 〈인지치료〉를 할 것인지 혹은 〈통찰 치료〉를 해야 할 것인지를 확인한 후 내담자에게 맞추는 치료를 할 줄 아는 상담소를 찾아가는데 〈즉시〉 및 〈직면〉을 쓴 한 사례를 살펴보자.

내담자   "이 젊은 여성을 인터넷에서 만났어요. 지난 10년 동안 내 결혼은 죽은 거나 마찬가지이었어요. 그래서 나 자신을 위해서 뭔가를 할 필요가 있어요. 다음 주에 그녀를 만나기로 했어요. 친구가 이런 저를 보고 멍청이라고 했지만, 내 인생을 위해 뭔가를 원할 뿐이어요."

상담자1   "당신 아내와 문제를 해결하기보다는, 다른 여성을 만나는 게 당신 인생에 도움이 될 거라는 것을 생각하시네요."

상담자2   "그 계획은 좀 위험해 보여요. 당신이 만난 적이 없는 사람이랑 하룻밤 잠자리에 가치를 두고 있는 것처럼 들리거든요."

상담자3   "당신이 중년기 환상을 갖고 있다는 걸 말하고 싶어요. 이 여성을 본 적이 없잖아요. 정말 그렇게 젊은지, 전염되는 성병이 있는지, 당신을 벗겨 먹으려는 계획을 갖고 있는지 모르잖아요. 그여성을 만나는 게 기분을 좋게 해 줄 것이라고 생각할 수 있겠지만 당신은 문제에서 도망치고 있는 거예요. 그건 조만간 당신의 기분을 더 나쁘게만 할 뿐이에요."

심리상담사들은 저마다 다른 방법으로 내담자를 만날 수가 있다. 모든 상담을 지지만을 하라는 것은 아니다. 내담자를 보는 인식에 따라서 또한 해석에 따라서 다를 수가 있다. 그런데 왜, 그런 상담을 하나요? 라고 하는 사람도 있을 수 있겠지만 심리상담에서의 상담기법은 약 수백 가지의 기법이 존재한다는 것을 모르기 때문이다. 그래서 생기는 트라우마는 일정한 루트가 있다. 그 루트를 찾아보면 다음과 같은 경로에 이를 수 있다. 즉 인간의 뇌에 있는 편도체와 해마에서 트라우마가 있다. 한 내담자가 산에 갔다가 덤불에서 독사에게 물렸다. 금방 공포에 떨게 된다. 왜냐하면 혈관을 타고 독이 심장으로 들어가면 곧 죽을 수도 있다. 그런데 운이 좋아서 며칠 만에 나았다고 하자. 그때부터 그 사람은 산에 가는 것이 두려워진다. 왜냐하면 산을 가면 뱀에 두려움이 생기기 때문이다. 그러다가 몇 해 뒤, 산에 올라갔다가 덤불 속에 똬리를 튼 독사를 봤다면 과연 이 사람은 온전할까? 몸이 얼어붙을 수가 있다. 그러면서 몇 년 전에 뱀에게 물렸던 당시를 떠올리게 된다. 이런 사실이 똑같지 않다. 당시 받았던 고통이 시상하부에 전달되고 편도체에 저장되었다가 같은 현상이 입력되면 동일한 증상을 보인다. 그러면 내면에 있는 장기 기억은 없어지지 않고 감정과 함께 대뇌 즉 편도체에 있다가 증상을 보이는 것을 〈무의식의 저장고〉라고 부른다.

그렇다면 이렇게 귀중한 대뇌의 역할은 어떤 것일까? 대체로 세 개로 구분된다. 첫 번째 뇌는 전두엽과 두정엽에 위치하는 신피질형의 뇌라고 해서 대뇌피질인 해마에서 이성을 전담하는데, 주로 의식적 기억과 사실적 기억을 전담하게 된다. 두 번째는 포유류 뇌라고 해서 변연계의 편도체에서 감정을 전담하는 뇌이다. 〈무의식적 기억〉이라고 해서

〈정서적 기억〉을 전담하게 된다. 세 번째 뇌는 파충류의 뇌라고 해서 연수에서 본능을 전담하는 뇌이다.

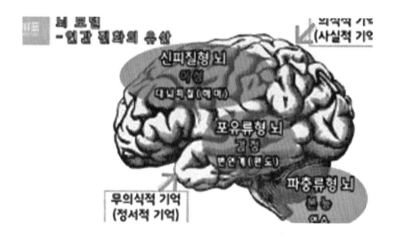

그렇다면 독사에 물린 무의식적 기억인 편도에 저장된 기억 때문에 편도에 갇힌 감정이 무의식에 저장되었다가 자동적 사고로 나타난 것이다. 즉 핵심 믿음인 스키마가 이전 경험을 연상해서 생리적 반응을 일으키게 된다.

우리의 대뇌에 들어오는 지각 신경은 오감을 받아서 전두엽을 거쳐서 편도체로 옮겨 가는 것이 정상적이지만, 트라우마가 있는 내담자는 자동적 사고 때문에 외부에서 들어오는 감각을 통해서 지각된 안면 신경이 있는 전두엽을 거치지 못하고 편도체로 옮겨 가는데, 코티졸과 노르아드레날린, 세로토닌, 도파민의 분비가 이루어진다.

즉 내담자마다 트라우마에 관한 약간의 차이가 있지만, 이런 경우는 외부로부터 들어오는 감각 신경이 전두엽으로 가느냐? 편도체로 가느

나를 놓고 경쟁하게 되는데, 보통 0.5초 차이로 트라우마에 따라서 결정하게 된다. 이것은 뇌의 가소성과도 연결되게 된다. 가소성이라는 말은 자주 쓰는 말은 아니나 그 사람의 말과 행동에 따라 시냅스가 변하는 것을 말한다.

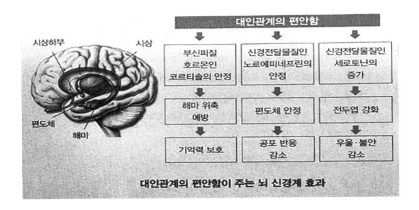

대인관계의 편안함이 주는 뇌 신경계 효과

이런 현상을 놓고 심리학자들은 뭐라고 불러야 했을까? 몇백만 년 전의 원시적인 인간의 모습으로 볼 때 상대방이 자신을 잡아먹겠다는 신호로 보았을까? 마치 포식자 눈에 띄면 잡아먹히는 그런 현상 말이다. 그래서 요즘 이런 인간의 경우에는 일부 먹고살 만하면 사람을 안 만나는 게 제일 편하다고 할 수가 있다. 왜냐하면, 그렇게 하면 누구에게 방어할 것도 공격당할 일도 없기 때문이다. 그렇지만 이런 유형의 사람들에게 꼭 내가 해 주고 싶은 말이 있다. 우리 뇌는 이런 현상을 허락하지 않으니까 그게 문제다. 사람을 안 만나면 뇌의 성숙이 안 된다. 뇌 신경은 특히 극적인 경험, 짜릿한 경험, 위험한 경험을 통해 연결이 이루어진다. 그러면서 그 속에서 신경 네트워크가 형성되는데 자아도 생겨 다양한 상황에서 신속하고 효율적인 상대방과 대응할 수가 있게 된다.

우리는 이런 경험을 가지기 위해서 너와 내가 만나게 된다. 물론 사람을 만나는 경험만큼 위험하고 극적이고 짜릿한 경험도 없을 것이다. 그렇다면 반대 현상이 나타나면 어떻게 될까? 만약 사람을 안 만나면 이런 경험이 부족해서 결국 뇌신경 연결이 끊어지거나 뇌신경들은 점점 서로에게 멀어지게 된다. 그러다가 어느 순간에는 가장 기본적이고 원시적인 연결인 fight of flight(싸우거나 도망가거나) 하는 것만 남아 있게 된다. 그렇게 되면 조그만 자극에도 원시적으로 예민해져서 싸우거나 다치게 된다. 이럴 때 뇌신경학자들은 사람을 만나서 연결되는 것보다 사람을 안 만났을 때 끊어지는 속도가 더 빠르다고 했다. 그래서 인간이 표준적으로 살아가려면 꾸준히 사람을 만나야 한다. 대충 만나면 대뇌 신경 연결은 점차로 줄어들게 된다. 그렇다면 그런 사람이 다른 사람을 안 만났을 때 어떤 현상이 일어날까? 제일 먼저 나타나는 증상이 말이 잘 안 나오게 된다. 말은 인간관계에서 꼭 필요한 기능인데 인간관계를 안 하니 말하는 신경 연결이 점차로 줄어들어 자연스럽게 말하는 능력이 떨어지면서 어느 순간 말을 더듬게 되고 나중에는 말을 잘 못 하게 되면서 사람을 더 안 만나게 된다.

왜, 이런 현상이 생길까? 당연히 말을 더듬는 자기 모습에 당황해지면서 점차로 다른 사람이나 남을 보기가 싫어지게 될 것이다. 심리상담 센터를 찾아오는 내담자는 대체로 몸과 마음이 건강한 범위를 벗어났거나 혼자 해결하지 못하는 문제를 가지고 온다. 그렇다면 당연히 심리상담에서 내담자에게 지지받거나 통찰을 이루어지도록 노력하게 된다. 그렇지만 사람들은 저마다 내면에 독특한 스키마(핵심 신념)를 가지고 살고 있다. 그래서 내가 가진 가치와 판단은 대체로 진리도 아니고 우주의 중심도 아니다. 서로 자라온 환경과 경험이 다르니까 서로의 스키마도 다를 수 있다. 그것으로 말미암아 우리는 너와 내가 서로 다르다는 사실을 당연하게 받아들여야 한다.

비록 상대방과 합리적인 대화로 타협이 필요하다고 할지라도 스키마는 나와 세상과 미래를 위해 쌓여 있다. 거기에서 나의 역할이 어떻게 이루어지는가를 바꾸는 역할이, 인지치료에서 말하는 심리 도식 치료가 된다. 인지행동 치료와 별개로 게슈탈트에서는 이렇게 말한다.

게슈탈트의 지금 여기(here and now)에서 목표를 다음과 같이 말하고 있다. 그 첫 번째의 목표로 스스로 자각하라고 말한다. 이는 무엇을 말하는가? 바로 지금의 나를 깨우치라는 소리이다. 전체는 개인의 집합을 말하는데 이것이 게슈탈트 개념이다. 그러면 나를 깨우치려면 어떻게 해야 할까?

지금 내가 배가 고프다. 그러면 어떻게 해야 할까? 밥이 있는 곳에 가야 한다. 그런데 밥솥은 있는데 그릇이 없다. 그러면 어떻게 해야 할까? 그릇이 물에 담겨 있으면 그것을 손으로 씻어야 하는데 그것을 씻기가 싫다. 그렇다면 숟가락을 들어서 밥솥에 밥을 먹게 된다.

이것은 우선 급한 대로 밥을 먹어서 게슈탈트 일부는 해소되었다고 하지만 전체에는 차지가 않는다. 왜냐하면 처음에 가졌던 목표를 충분히 해결하지 못했으니까 미해결 과제로 남아 있다. 이것을 해결하려면 어떻게 해야 할까?

나는 귀찮더라도 찬장에서 반찬도 꺼내야 하고 그릇으로 밥을 먹어서 온전히 게슈탈트를 이행했을 때 미해결 과제는 해결된다. 두 번째는 책임지기이다. 전체는 부분의 합이라고 했다. 어떤 부분을 미해결 과제로 두는 게 아니라 해결해야만 전체가 해소된다.

이렇게 생각해 보자. 내가 아침에 출근하다가 보니 집에 가스 불을 잠그지 않고 나왔다. 지하철역까지 와서야 생각이 났다. 집으로 돌아가려니 직장에 늦을 것이 두렵다. 할 수 없이 직장에 오긴 했으나 마음은 편치 않다. 그러면 어떻게 해야 하나? 조퇴를 하고 집에 가든지 집 근처에 있는 사람에게 전화해서 가스 불을 확인하라고 하거나 가스 불을 잠그면 해결된다. 이렇게 가스 불의 일부분은 게슈탈트 전체의 합이 된다.

셋째는 외부지지-내부지지를 말한다. 지금 여기는 과거도 아니고 미래도 아니다. 현재일 뿐이다. 그런데 내가 나를 지지하지 않으면 나는 미해결 과제로 남아 있다. 그것뿐이 아니다. 외부에 있는 친구들이나 동료들이 지지하지 않으면 나는 밖을 나가는 것이 싫거나 컴퓨터를 안고 집에만 있다. 그렇게 되면 내가 건강하게 될까? 자, 이제 내가 무슨 이야기를 하려고 했는지 눈치가 빠른 사람은 알아들었을 것이다. 사람은 전체의 합이 개인이 된다.

전경과 배경의 대처가 빠른 사람을 보고 우리는 건강하다고 말한다. 내가 가스 불을 해결하지 못했을 때는 가스 불이 전경이었으나 가스 불을 잠그면 배경으로 돌아간다. 배고픔도 마찬가지다. 배고픔을 해결하지 못하면 전경으로 남을 것이고 해결하면 배경이 된다. 이렇게 빠른 전경과 배경의 교체는 나를 건강하게 만든다.

심리상담사는 내담자의 지지와 통찰이라는 두 가지 중 어느 한 가지를 택해서 잘못된 습관을 바로 세울 때 건강하게 된다. 왜 이런 이야기하냐면, 아무리 초보 내담자도 상담하러 가려면 어느 정도는 알고 가야 한다. 우리가 음식점에 갔을 때 맛있는 음식을 시키려면 제대로 먹는 방법과 맛에 관하여 알아야 한다.

그래야 맛도 나고 돈을 줘도 아깝지 않다. 정보와 지식을 가지면 음식에 관한 서비스를 받기가 훨씬 수월하다. 심리상담도 마찬가지다. 내담자가 한두 군데 시행착오를 거쳐서라도 자기가 원하는 서비스를 받기 위해서는 알면 유리하다. 그래서 필자는 다음과 같이 말하고 싶다.

"심리상담에 관하여 어느 정도의 지식을 알고 심리상담소를 찾는다면 불필요한 오해를 줄일 수도 있고 엉뚱한 오해를 사지 않는다."

우리나라의 심리상담센터를 알려면, 2010년 이후부터의 심리상담에 관해서 보면 알 수가 있다. 그때부터 수많은 사설 및 공립학교 내 상담센터가 생겨났다. 물론 이때부터 지역 사회에 여러 기반을 두고 조직을 만들어서 국민의 마음을 챙기려고 했다. 이것이 대학의 심리상담실뿐만 아니라 초중등학교에서도 상담서비스를 제공하였으며 다른 기업에서도 〈근로 지원 프로그램〉을 만들었다.

이때부터 심리상담을 접할 수 있는 인프라도 생기고, 또 실제로 심리상담을 받는 내담자도 늘어났다. 하지만 상담 만족도가 좋은 것은 아니었다. 어느 통계에서는 심리상담에 만족하느냐는 질문에 20% 미만으로 나타났다. 그럼 왜 그럴까? 그것은 상담을 받으면서도 내담자의 문제가 과연 어떤 문제인지, 상담소는 어떤 곳을 선택해야 할지? 또 무슨 말을 의논할지에 관한 정확한 정보가 없었거나 부족한 때문일 수도 있다.

국가나 학교, 기업에서 돈 안 받고 제공하는 상담이라면 누구나 믿

저야 본전이라고 생각하고 큰 불만이 없겠지만, 비용을 내고 심리상담을 받는다고 하면 불만은 클 수밖에 없을 것이다. 상담을 어느 정도는 알고 가면, 하고 싶은 말도 충분히 하면서 자기가 원하는 문제에서 벗어날 수가 있을 것이다.

그러나 모른다면 무엇을 말하고 어떤 상담을 할 것인지 상담시간만 허비하다가 돌아왔다면 들어간 돈이 어찌 아깝지 않겠는가? 심리상담 비용도 예상 외로 큰돈이 드니 내담자로서는 속이 타고 억울할 것이다. 실제로 심리상담센터를 두고 그런 하소연하는 사람이 많은 건 사실이다.

그러나 심리상담의 정보와 지식이 없어서 그렇다고 상담사를 원망하기도 어렵고 속상한 마음을 갖고 있기에는 스트레스가 쌓인다. 이것이 게슈탈트가 아니겠는가? 게슈탈트란 말에는 전체라는 뜻이 들어 있고 또 형태라고도 한다.

그런데 아무것도 모르고 상담센터에 갔다가 부족한 부분을 말하지도 못한 채 돌아왔다면 아무 죄 없는 상담사를 원망하게 되거나 내담자의 문제가 미해결 과제로 그대로 남아 있으니 전경에서 배경으로 바뀌지 않게 된다.

물론 이런 부분은 현명한 심리상담사라면 면접 및 초기상담에서 내담자의 문제를 찾아야 할 것이고 라포가 충분히 생기도록 해야 한다. 그렇다고 내담자가 말하지 않은 부분을 놓고 심리상담사를 나무랄 수는 없다. 심리상담자는 상담사대로 도와준다고 해도 내담자의 처지에서 보면 충분치 않을 것이고, 또 필요한 이야기를 어떻게 했는지조차 모를 수 있다.

제 1 장

상담을 왜 받아야 할까?

1. 상담의 절차적 진행

내담자가 상담소에 도착하면 접수면접을 해서 상담을 어떻게 구조화할 것인지를 생각하게 된다. 이 단계에서는 내담자의 정보 및 심리검사 결과를 활용할 수도 있고 그에 따른 임상적 진단과 평가, 서로의 신뢰를 형성하며 내담자가 말하는 호소 문제를 해결하기 위해 대화를 시작하게 된다.

이것은 상담 구조화를 위하여 계획하고 진행하는데 내담자에 따라서 차이가 있다. 대화를 통해 주호소 문제를 파악하거나 상담에 관한 목표를 세우면서 사례개념화를 하게 된다. 그렇지만 이 모든 것이 상담 초기에 이루어져야만 하는 것은 아니다. 어떤 것을 실행해야 할지는 상담자의 경험과 적용할 상담기법에 따라 다를 수 있다.

첫 상담 중에서나 상담을 이어가는 중에 갑자기 내담자가 종결을 다루어야 할 때가 있다. 이때 상담사가 종결 준비가 전혀 되어 있지 않거나 종결이 전혀 필요하다고 생각지 않을 때 내담자의 제안이 있으면 과연 어떻게 할까?

그러면 난처하거나 당황할 수도 있지만 침착하게 행동하면서 충분히 이해하도록 능력을 총동원할 필요가 있다. 물론 자신의 전문성이 공격당했다고 생각할 수도 있지만 그럴수록 심리상담사는 안정을 찾아야 한다.

그것뿐이겠는가? 마음 한편에서는 노력과 열의에 실패했다는 분노가 생길 수가 있다. 하지만 종결의 이유가 전혀 다른 곳일 수가 있다. 이사를 하거나 상담료를 내지 못하는 이유 등을 고려할 수가 있다. 어쩔 수 없이 종결되었더라도 이 내담자는 기회가 오면 다시 만날 수 있다는 희망과 함께 충분한 설명을 마친 후 종결하도록 한다.

초기단계의 역할

상담자와 내담자 간에 충분히 신뢰 관계를 형성하고 상담목표를 결정하며 사례 구조화를 세우는 단계다. 말하자면 접수면접이 끝나고 본격적인 상담이 이루어지기 위해서 준비하는 시간인데, 이때 가장 중요한 것은 친밀감이 형성되어야 한다. 말하자면 첫 상담에 첫 단추를 끼우는 단계이다. 내담자의 말과 몸짓과 신체의 모든 신호에 집중해야 한다. 내담자의 내면에 있는 것을 꺼낼 수 있도록 만들어야 하고, 그러면 앞으로 원만한 상담을 이어가는 데 필요한 기폭제가 된다.

초기상담에 이루어지는 것

내담자가 상담센터에 들어서서 기본적인 것은 주소에서부터 인적 사항을 적게 될 것인데 이때 성의를 다해서 확실하게 적는 모습을 보여야 하고, 심리상담사와의 사이에 좋은 인상을 갖추도록 노력해야 한다. 그렇다면 과연 어떤 것이 있을까?

첫째, 내담자의 성별, 생년월일, 주소, 연락처, 상담 경험, 약물 경험 등을 상세히 적도록 한다. 이때 이 단락을 제대로 적지 않은 사람은 심리상담사를 마주함에 있어서도 진지하지 않다는 것을 보이게 된다.

둘째, 내담자의 복장, 말투, 억양, 태도, 자주 사용하는 언어 등 외모 및 행동을 정확하게 확인한다. 실제 말하는 내담자의 언어와 표정이 어느 정도 신뢰를 줄 수 있는지를 가늠하게 되며, 이것이 상담에 영향을 미칠 수가 있다.

셋째, 내담자가 상담실에 온 이유, 배경, 어떤 도움을 원하는지 파악하는 단계로써 누구의 권유로 왔는지 아는 것도 좋다.

넷째, 내담자의 학교 친구 관계, 가족관계, 여성 관계 등 인간관계를 파악할 수 있어야 한다.

다섯째, 기타 내담자의 기능 상태, 스트레스의 원인 등을 정확히 살피고 방어기제를 알아본다.

상담의 구조화

내담자를 만나 상담목표를 정하기 위해서 상담과정의 본질, 제한 조건, 방향성을 합의하는 과정이다. 상담과정에 따라 절차, 상담시간, 비용 등의 안내가 필수적이다. 이러한 상담 구조화를 통해 상담관계가 합리적인 계획의 과정이라는 점을 인지하고, 상담자에 관한 의존을 줄이고 상담목표에 성실하게 접근하도록 한다.

상담 중 유의할 것

상담사는 오랫동안 내담자를 만났겠지만 경험하지 못한 생소한 문제를 가지고 온 내담자가 있을 수 있고 초기에 상담을 시작했다면 낯설 수 있다. 그럴 때일수록 당황하거나 겁내지 말고 침착하게 행동해야 한다.

첫째, 내담자에 관하여 막연한 불안이 올라오면 상담의 진행을 멈추고 주위에 있는 조언자의 경험을 듣거나 그 외에 다른 동료와 의논해서 도움을 청하는 것도 좋은 방안이다.

둘째, 상담사가 일정한 시간에 나를 개방하는 게 꼭 필요하다고 생각했다면 가장 적절한 시기를 택할 수 있어야 한다. 이것은 내담자를 위하여 상담에 촉매제 역할이 되도록 한다.

셋째, 상담에서 완벽주의를 선택하는 것도 좋지만 때에 따라서는 상담사 자신의 부족한 모습을 보이는 용기가 필요할 때도 있다. 왜냐하면 개방적인 자세를 갖는 것은 그것대로의 내담자에게 충분한 가치가 있다.

넷째, 상담사도 자기의 한계를 솔직히 인정하는 것이 존경받는 계기가 된다.

다섯째, 내담자의 침묵에 일부 편해지기 위해 잡담하는 것보다는 그것 자체에 의미를 갖는 것이 좋다.

여섯째, 상담자에게 뭔가를 요구하는 내담자를 만났을 때 무조건 승낙하는 것은 좋지 않다. 이런 경우는 가능하면 초기에서 가부를 결정해 주는 것이 좋다.

일곱째, 내담자가 상담에 진지하지 못하거나 관심 자체를 갖지 않고 있다면 대화의 한계를 인식하고 필요한 조치를 한다.

여덟째, 상담에서 내담자가 모호하거나 상담에 참여하는 모습이 생각 외로 아주 느리면 즉각적인 결과를 기대하지 않도록 해야 한다.

아홉째, 내담자와의 관계 속에서 상담사 자신의 역할을 절대로 잊지 말아야 한다.

열 번째, 상담사가 유머를 사용하는 것은 좋으나 상담의 상황 일체를 혼동하게 하는 유머는 하지 말자.

열한 번째, 책임 나누기는 내담자와 계약하고 과제를 내주는 것을 말한다. 이는 내담자가 책임 있는 역할을 이어가는 데 도움이 될 수 있다.

열두 번째, 가능한 상담자는 내담자에게 충고는 하지 말고 참는 게 유익하다.

열세 번째, 상담자의 역할이 분명해야 한다. 필요에 따라 내담자에게 지지와 온정을 주고 변화를 위한 행동을 하도록 직면시키고 필요하면 독려하는 것이 좋다.

열네 번째, 상담사는 내담자에게 맞는 가장 적절한 상담기법을 활용하도록 최선을 다해야 한다.

열다섯 번째, 모든 심리상담사는 자신의 독특한 상담 양식을 나름대로 스스로 개발해야 한다.

다문화 가정에서의 역할

요즘은 전 세계가 한 생활권으로 되어 있어서 가끔 다문화 가정에 관한 의뢰가 올 수 있다. 가까이에는 영어권에 있는 국가로부터 우리나라 주위에 있는 일본, 중국, 베트남, 필리핀 등에서 찾아오면 언어적으로 어려움이 생긴다. 상담을 이어갈 수가 있으면 용기를 내서 해야겠지만, 그렇지 못하면 다른 센터를 소개해서 역할을 분담하는 것도 좋은 방법이다.

그 외에 나이, 장애, 종교, 민족, 사회 경제적 지위, 성적 경향, 국적, 성 등의 어려움이 생길 수 있다. 이때 상담자는 자신이나 상대방의 문화적 배경을 이해하는 것이 필요하다. 가장 효과적인 것은 내담자의 세계관을 이해하는 정도에 따라 역할의 범위가 생길 수가 있다.

즉 내담자의 문화에 유능성을 갖도록 한다. 내담자의 문화적 유능성을 갖는 것은 큰 도움이 된다. 다문화적 유능성이란 문화적 사회 정치적인 영향이 개인의 세계관을 어떻게 만들고 그들의 건강한 행동과 관련되는가에 관한 이해를 반영한 진실을 갖춘 행동, 태도, 방법들의 조합이다. 이렇게 문화적으로 유능해지기 위해 상담자는 어떤 태도를 갖추는게 좋을까?

첫째,   자신의 세계관을 인식한다.
둘째,   문화적 차이에 자신의 태도를 점검한다.

셋째,　　나와 다른 세계관을 학습해야 한다.

넷째,　　나와 다른 문화적 민감성을 키워야 한다.

또한 상담자는 다음과 같이 다문화적 능력을 갖추어야 한다.

첫째,　　서로가 다양함을 가치 있게 볼 수 있는 능력을 갖춘다.

둘째,　　서로 다른 차이의 역동을 다룰 수 있는 능력이 있어야 한다.

셋째,　　개인과 상호작용에 문화적 지식을 포함할 수 있는 능력을 갖추어야 한다.

넷째,　　다문화적 기술을 증가시킬 수 있어야 한다.

다섯째,　자신을 돌아보고 평가할 수 있는 능력이 있어야 한다.

여섯째,　다양성을 채택하여 내담자의 문화적 맥락에 적용할 수 있는 힘과 지혜를 가져야 한다.

일곱째,　내담자의 문화에 관한 능력을 갖추어야 한다.

다음은 다문화 상담을 이어갈 때는 가능한 다음의 사항을 예의 주시하면서 시의적절하게 조절할 수 있어야 한다.

첫째,　　상담사는 자신이 상담하는 다른 인종의 편견을 철저하게 점검한다.

둘째,　　상담자와 내담자의 문화적 환경이 상담의 과정과 성과에 영향을 미칠 가능성이 있음을 주의하도록 한다.

셋째,　　상담자는 다문화 상담에 특수한 지식을 쌓도록 하고, 내담자의 호소 문제에 관한 근원적인 원인을 탐색하여 문제해결에 최선을 다해야 한다.

그 외의 보조 요인들

상담관계를 촉진하려면 내담자의 정서에 주의 깊은 관심을 가져야 한다. 이를 위해서 언어적으로 할 수 있는 것은 내담자를 위한 무조건적인 존중, 수용, 공감, 탐색, 요약, 반영 등을 적절한 시기에 맞추어 사용하는 것이 좋다. 그런데 의외의 내담자가 있을 수 있다. 가령 사회적 지위가 높거나 학식이 높은 내담자가 센터를 방문했을 때다. 심리상담사를 깔보는 듯한 말을 건네거나 대화에서도 거만한 태도를 보이는 경우가 있으면, 심리상담사는 한두 번 주의를 환기하거나 필요한 조치를 하되, 듣지 않거나 지켜지지 않으면 더 이상 시간을 끌지 말고 관계를 끊어야 한다.

상담센터를 방문한 모든 내담자는 호소 문제를 중심으로 상담의 목표를 설정한다. 문제의 동기를 높이는 것은 상담을 지속하는 원동력이 된다. 만약 그것이 제대로 잇지 못할 상황에서는 더 이상 관계를 유지할 필요가 없다. 상담자와 내담자가 좋은 관계를 유지하고 원만한 상담 목표를 이루기 위해서 무엇이 필요한가를 박성희의 〈동화로 열어가는 상담 이야기〉에서 찾아본다.

(1) 공감

상담자는 내담자의 언어에 공감(empathy)이 가장 중요하다. 이것은 자신이 직접 경험하지 않고도 타인의 감정을 거의 같은 내용과 수준으로 이해하기 때문이다. 물론 공감이 상담자로서는 그리 쉽지는 않을 수 있다. 그렇지만 공감은 상담자가 내담자의 눈으로 사물을 바라본다는 것을 말한다. 다음에 꼭 필요한 공감대를 형성할 동화를 찾아서 살펴본다.

〈사례 1〉

어느 나라의 어린 공주가 병이 들었는데 알고 보니 그 공주는 달이 갖고 싶어서 병이 났다. 왕이 만조백관을 불러놓고 딸에게 줄 달을 따 올 수 없겠느냐고 물었다. 그래서 신하 중에 마법사, 주술사, 수학자, 철학자 등 세상에서 가장 똑똑하고 유능하다는 사람을 불러서 달을 따 올 것을 명령했지만 아무도 응하지 못하였다.

하늘 멀리 떠 있는 달은 거대한 데다 지구와 너무 멀어져 있고 가스 덩어리로 된 달을 누가 따올 수가 있겠느냐고 한숨만 쉬고 있었다. 이때 궁중에 있던 어린 광대 하나가 달을 따오겠다고 하고 나섰다. 궁중에서 재주를 부리던 광대가 공주를 만나서 물었다.

"달이 얼마나 크나요?"

"내 엄지손톱보다 작아!"

"그럼 얼마만큼 멀리 있나요?"

"창밖 나뭇가지에 걸리니까 그리 멀지 않아"

"그럼 무엇으로 만들어져 있나요?"

"바보, 금이지 뭐야"

광대는 공주가 말하는 소원을 간단히 해결했다. 금으로 조그만 달목걸이를 만들어 줬더니 공주의 병은 금세 나았다. 그런데 또 다른 문제가 생겼다. 달을 따다 공주에게 주었는데 오늘 밤 또 달이 뜰 게 아닌가? 왕을 비롯한 사람들이 또 고민은 시작되었다. 이때 광대가 나서서 공주에게 가서 물었다.

"공주님 목에 달이 걸려 있는데 저 하늘에 또 떠 있는 달은 뭔가요?"

"바보! 그것도 몰라 이빨이 빠지면 새 이빨이 나잖아. 달도 마찬가지야"

〈사례 2〉

한 번은 어떤 남자가 찾아왔다. 그는 자기 배 속에 파리 두 마리가 들어 있다는 환상에 시달리고 있었다. 그는 입을 벌리고 자는 버릇이 있는데, 그 틈에 파리가 배 속으로 들어갔다고 생각했다. 파리는 그의 배 속에서 윙윙거리며 날고 있었다. 그는 줄곧 걱정에 시달리는 나머지, 한 자세로 가만히 앉아 있을 수도 없었다. 그는 계속 이쪽저쪽을 왔다 갔다 하며 "그놈들이 이쪽으로 왔습니다. 이젠 저쪽으로 갔습니다."라며 말하고 다니고 있었다. 거의 미칠 지경에 있었다.

그는 여기저기 의원을 찾아가 보았지만 도움이 되지 못했다. 그들은 한결같이 웃으며 "그것은 당신의 상상일 뿐입니다."라고 말했다. 그러나 불행한 상상 속에 있는 그에게 그렇게 말하는 것은 도움이 되지 못한다. 왜냐하면 그는 실제로 고통받고 있기 때문이다. 당사자가 아닌 남들의 처지에서 보면 그것은 상상에 불과할지 모른다. 그러나 그것이 상상이든 상상이 아니든 차이가 없다. 그는 현실과 똑같은 고통에 시달리고 있기 때문이다. 누가 어떻게 그것을 부르든 아무것도 달라지지 않았다. 나는 그의 배를 만지며 말했다. "그렇군. 그놈이 여기에 있군."

그는 내 말을 듣고 무척 기뻐하였다. 그리고 나의 발을 만지며 성의를 표하면서 이렇게 말했다.

"당신이 내 고충을 알아주는 유일한 분입니다. 지금까지 용하다는 의원은 다 만나 보고 온갖 방법을 다 썼지만 어리석었습니다. 그들은 똑같은 말을 되풀이했습니다. 그래서 그들에게 말했습니다. 여보시오. 약이 없으면 없다고 말해 보시오. 왜 자꾸 내가 환상에 빠져 있다고 말하는 것이오? 그런데 오늘 이제 제 고충을 알아주는 귀한 분을 만났습니다. 당신은 알고 계시지요?"

"네. 나는 알 수 있습니다. 분명히 파리가 배 속에 들어 있습니다. 나는 이런 문제를 다루는 데에는 아주 유능한 전문가입니다. 오늘 그대는 저를 잘 만났습니다."

연이어 그에게 말해 주었다.

"자, 이제 누워 눈을 감으세요. 내가 지금부터 그것들을 모두 꺼낼 것입니다. 입을 벌리고 있으면 제가 주문을 외우고 놈들을 밖으로 불러낼 것입니다."

그러자 그는 기뻐서 어쩔 줄 몰라 했다. 그러면서 말했다.

"진작 이런 조처가 취해져야 했습니다."

나는 그의 눈에 가리개를 씌우고 입을 벌리라고 말했다. 그가 행복해하며 누워서 파리가 밖으로 나오기를 기다리고 있었다. 나는 재빨리 집 안으로 뛰어 들어가서 파리 두 마리를 잡았다. 인도에는 파리가 많지만 금방 파리를 잡는 것은 어려웠다. 그러나 가까스로 파리를 잡을 수 있었다. 그가 눈을 떴을 때, 나는 병 속에 갇힌 파리 두 마리를 웃으면서 보여 주었다. 그는 이렇게 말했다.

"이 병을 제게 주십시오. 이때까지 나를 바보 취급했던 그 바보들에게 이 파리를 보여 주어야겠습니다."

그리고 그는 완전히 나았다.

해설

〈남자의 파리〉에서 라즈니쉬가 한 일은 〈달과 공주〉에서 광대가 한 일과 유사하다. 광대의 경우에 공주의 논리를 그대로 받아들이고 충실하게 공주가 말하는 것을 그대로 따라갔을 뿐이다. 왜 그렇게 생각하느냐고 공주에게 따지거나 묻거나 설득하려 하지 않았다. 다만, 달에 관한 공주의 생각이 어떤 것인지 알아보고 공주의 논리에 들어맞는 행동을 했을 뿐이다.

앞의 두 가지 예화를 분석한 결과, 상대방이 전개하는 논리(상상 또는 생각)와 관련하여 공감적 이해가 갖는 중요한 특징을 발견할 수 있다. 즉 내담자의 논리에 관한 한, 가치 판단과 공감적 이해는 서로가 상극 관계에 있다. 어떤 방식으로든 내담자가 하는 논리에 옳고 그름, 좋고 나쁨을 판단하고 따지거나 평가하는 것은 바람직하지 않다. 아무리 우스꽝스럽고 이상하게 들리는 말이라도 그 나름대로 의미를 갖는 논리로 인정하면서 진지하게 들어 주는 것이다.

내담자의 논리를 진지하게 들어 주는 것만큼 중요한 것이 그의 논리를 확장하고 발전시키는 일이다. 단순히 성실하게 들어 주는 것만으로는 문제가 해결되지 않는다. 내담자의 논리가 정당함을 인정한다면 상담자는 반드시 그에 뒤따르는 조치를 해 주어야 할 것이다. 그것이 바로 내담자의 논리를 확장, 발전시키는 일이다. 공주가 생각하는 달이 그러함을 인정한다면 그런 달을 따다 주는 행동을 해야 하고, 〈남자와 파리〉의 주인공이 느끼는 파리의 움직임을 인정한다면 그런 파리를 제거하는 행동을 반드시 해 주어야 한다. 이 같은 행동은 내담자의 논리가 이해되고 있음을 보여 줄 뿐 아니라 한 걸음 더 나아가 그 논리가 당연히 귀결되어야 할 바를 밝혀 줌으로써 문제해결에 크게 이바지하게 된다.

(2) 수용 (acceptarice)

인본주의 상담에서는 사람의 성장을 촉진하는 핵심 관계의 하나로 수용 또는 존중을 들고 있다. 공감적 이해 및 진정성과 더불어 수용이 그만큼 중요하다. 특별한 상담기법이 아니라 상담자와 내담자가 구성하는 '관계의 질'에서 상담 효과가 결정되는 중요한 일이며, 수용의 가치는 더할 나위 없이 높다.

그런데도 상담의 세계에서는 수용을 위한 연구가 별로 없다는 것이다. 특히 수용의 개념과 의미 구조를 탐색한 연구는 거의 없는 상태에 있다. 이는, 수용은 너무 당연한 상식적인 개념에서 이해하거나 여러 조건 특히 공감적 이해와 중첩되는 개념으로 파악해서 그럴 수도 있다. 수용을 표현하는 방식과 공감의 이해를 표현하는 방식에 뚜렷한 차이를 발견하기는 쉽지 않다.

사람을 변화시키기는 조건이나 방법으로 수용은 오래전부터 사용되어 온 상담의 전략이고, 로저스가 이를 성장의 핵심 조건으로 지목한 것은 특별한 의미가 있다. 이유야 어떻든 수용은 타인을 판단하지 않고 있는 그대로 무조건적 긍정적 존중을 말한다. 수용이 상담에서 특별한 의미를 갖게 되는 내담자의 부정적이며 자기 패배적인 순환 과정을 없앨 수 있기 때문이다.

〈사례 1〉 장발장과 주교 이야기

다음 날, 아침, 미리엘 주교는 여느 때처럼 일어나 정원을 거닐고 있었다. 그때 마글루아르가 가슴을 헐떡이며 달려왔다.

"주교님, 은식기와 은촛대가 보이질 않아요! 주교님께서 어디 다른 곳에 두셨습니까?"

"아니, 난 모르는 일이오."

"그럼 역시 도둑맞은 것이 분명하군요. 그 남자예요. 바로 그 남자가 훔쳐 갔다구요!"

정원의 화초가 누군가의 발에 짓밟혀 있었다. 주교가 그것을 애처로운 눈길로 쳐다보고 있는데 그 자리를 떠났던 마글루아르가 돌아와 말했다.

"그 남자가 없어요. 도망가 버렸어요. 저길 보세요. 저기에서 담을 넘어간 것이라니까요."

담에는 누군가가 넘어간 자국이 나 있었다. 주교는 한동안 잠자코 있다가 이윽고 부드러운 목소리로 말했다.

"도대체 그 은식기가 원래 우리들의 것이었다고 할 수 있을까요? 아무래도 내가 잘못 생각하고 있었던 것 같군요. 그것은 우리 같은 사람들의 것이 아니라 더욱더 가난한 사람들이 가져야 할 것이었다는 생각이 드는군요. 어젯밤의 그 남자도 그렇게 가난한 사람들 중의 한 사람이었으니까요."

마글루아르는 놀란 얼굴로 주교를 향해 말했다.

"어떻게 그런 말씀을 할 수가 있어요. 주교님? 앞으로 식사하실 때는 어떻게 하지요."

"아니 난 나무 그릇만 있으면 그것으로 충분해요."

세 사람이 식탁에 앉았을 때, 누가 현관문을 두드리는 소리가 들렸다.

"예, 들어오세요."라고 주교가 대답하자 문이 거칠게 열리며 헌병처럼 보이는 세 남자가 한 남자의 목덜미를 잡고 들어왔다. 붙잡혀 온 사람은 바로 장발장이었다.

그중에서 계급이 높은 헌병이 무엇인가 이야기를 시작하려 했을 때 주교는 벌떡 일어나 장발장 곁으로 다가가 말했다.

"아, 난 또 누구신가 했네요. 은촛대 한 짝을 잊고 가셨더군요. 그것도 당신에게 드리려 했는데,"

장발장은 깜짝 놀라 무엇인가 이야기하고 싶은 듯한 표정을 지었으나 주교는 모르는 척했다.

"그러면 이 남자가 이야기한 것이 사실이란 말입니까? 이상한 차림새가 눈에 띄어 붙잡아 조사해 보니 은식기와 은촛대를 가지고 있길래"

"이렇게 말씀드렸겠지요. 이곳에서 묵었는데 선물로 받았다고요."

"네, 그 말씀대로입니다. 그럼 이대로 놓아주어도 되겠습니까?"

"물론입니다."

장발장은 꿈을 꾸고 있는 것이 아닌가 하는 생각이 들었다. 주모가 내미는 은촛대를 받아들면서 그는 부들부들 몸이 떨렸다. 주교는 속삭이듯이 그러나 엄숙한 목소리로 말했습니다.

"내 말을 잘 들으십시오. 이것들은 당신이 참된 인간이 되기 위해 쓰는 것입니다. 당신은 이미 악의 세계가 아니라 선의 세계에 속한 사람입니다. 이 사실을 결코 잊어서는 안 됩니다."

장발장은 주교의 집을 나서자 도망치듯이 다뉴마을을 빠져나갔다. 그리고 앞뒤 생각할 것도 없이 무작정 들길을 걷기 시작했다. 아침부터 아무것도 먹지 않았는데 조금도 시장기를 느낄 수 없었다.

그의 머리는 몹시 어지러웠다. 그때까지 가지고 있었던 인간을 믿지 못하는 그의 생각이 흔들리기 시작하는 것을 느끼고 있었다. 이러한 흔들림이 그를 괴롭게 만들었다. 차라리 헌병에게 끌려가는 편이 낫지 않았을까 하는 생각도 들었다. 그러면 이렇게 마음이 흔들리는 일도 없었을 텐데.... 멀리 저편에는 알프스 산들이 이어져 있는 모습이 보였다. 태양은 서쪽으로 기울고 있었다. 장발장은 어찌할 바를 모르고 혼자 들판에 웅크리고 앉아 있었다.

해설

우리가 잘 알고 있는 장발장의 이야기다. 은촛대를 훔쳐 간 장발장을 사랑으로 수용하는 주교의 태도는 눈물겹도록 감동적이다. 주교는 장발장의 도둑질을 비난하거나 처벌하기를 원치 않았다. 오히려 장발장의 도둑질을 덮어 주고 한 걸음 더 나아가 장발장 본인도 모르는 선한 인간성을 수용하고 있다. 이렇게 함으로써 장발장의 내심은 충격과 혼란으로 떨게 되고, 지금까지 사람들에 관해 가지고 있던 생각이 흔들리게 된다. 전혀 예상치 못했던 수용의 경험은 장발장의 가슴속에 깊이 새겨짐으로써 인생을 전환시키는 주춧돌로 작용한다. 단 한 번의 깊이 있는 인정과 수용이 한 사람의 인생을 뒤바꾸어 놓았다.

〈사례 2〉간음한 여인과 예수

서기관들과 바리새인들이 간음 중에 잡힌 여자를 끌고 와서 가운데 세우고 예수께 말하되

"선생이여 이 여자가 간음하다가 현장에서 잡혔나이다. 모세는 율법에 이러한 여자를 돌로 치라 명하였거니와 선생은 어떻게 말하겠나이까?" 저희가 이렇게 말함은 고소할 조건을 얻고자 예수를 시험함이리라. 예수께서 몸을 굽히사 손가락으로 땅에 쓰시니 저희가 묻기를 마지아니하는지라 이에 일어나 가라사대 "너희 중에 죄 없는 자가 먼저 돌로 쳐라."라고 하시고, 다시 몸을 굽히사 손가락으로 땅에 쓰시니 저희가 이 말씀을 듣고 양심의 가책을 받아 어른으로 시작하여 젊은이까지 하나씩 하나씩 나가고 오직 예수와 그 가운데 있는 여자만 남았더라. 예수께서 일어나사 여자 외에 아무도 없는 것을 보시고 이르시되

"여자여, 너를 고소하던 그들이 어디 있느냐? 너를 정죄한 자가 없느냐?"

대답하되

"주여, 없나이다."

예수께서 가라사대

"나도 너를 정죄하지 아니하노니 가서 다시는 죄를 범치 말라."

하시니라.

해설

앞의 〈장발장과 주교〉에서 주교가 보여 준 수용은 매우 적극적이고 능동적이었다. 장발장의 현 상태를 긍정적으로 해석할 뿐 아니라 방향까지도 확실하게 밝혀 주고 있다. 그에 비해 〈간음한 여인과 예수〉는 조용하고 차분하게 이루어지는 수용을 잘 보여 준다. 여인은 간음이라는 죄를 저지르고 다른 사람들의 정죄를 기다리고 있었다. 그러나 예수의 반응은 여인의 예상을 완전히 벗어나는 것이었다. 여인의 죄를 정죄하려던 다른 사람들을 못하게 했을 뿐 아니라, 예수 자신도 여인의 죄를 정죄하지 않은 것이다. 예수가 한 말은 간단하기 그지없다. "나도 너를 정죄하지 아니하노니 가서 다시는 죄를 범하지 말라."라고 한 이 한마디가 얼마나 큰 울림인가? 수용에 처음과 끝을 보는 것 같아 가슴이 먹먹하다.

상담에서 무조건적 존중하고 수용한다는 것은 그리 쉬운 일이 아니다. 무조건이라는 말은 그야말로 아무런 조건이 없다는 말이다. 아무런 조건이 없이 사람들을 수용한다는 것이 과연 그게 가능할까? 로저스도 인정하듯 안전한 '무조건적' 존중은 이론에서나 가능한 개념이다. 그러나 상담의 과정 중에 무조건적 존중이라고 부를 수 있는 순간들이 있는 것도 사실이다. 특히 성공하는 상담의 경우 조건적 수용의 사이사이에 무조건적 수용이라고 불릴 수 있는 순간들이 자주 발견된다. 따라서 무조건적 존중을 드러내는 개념으로 심리상담에 사용해도 무방할 것이다.

(3) **직면**

상담사의 심리치료 기법 중에서 '직면'은 내담자가 모순되거나 일관성이 없는 언어와 행동을 드러낼 때 상담자가 보여 주는 가장 강력한 대화 기술 중의 하나이다. 사람은 누구나 의식, 무의식중에 자신을 숨기고 꾸미려는 마음을 가지고 있다. 이런 심리는 은연중 혼란된 대화로 나타날 수가 있다.

상담사는 내담자와 대화를 이어가는 중에 발견되는 모순, 불일치, 왜곡, 게임, 변명, 연막치기 등이 있을 때 직면의 대상이 된다. 내담자의 대화 속에 숨어 있는 이런 혼란을 직면시킴으로써 내담자에게 효율적으로 다가갈 수 있도록 할 수 있다.

그렇지만 상담자가 직면할 때는 신뢰가 형성되었을 때 위협적인 기술이다. 상담자가 직면을 나타낼 때 내담자는 심리적으로 위축될 수가 있다. 따라서 직면은 오로지 내담자를 위한 목적으로 활용되어야 한다.

상담사가 직면을 통해 모순된 언행을 지적하는 일, 내담자의 반응을 분석하는 일은 통찰로 이끌기 위해서 하는 것이며 변화를 유도하는 수단으로 활용되어야 한다. 직면은 시대의 흐름에 따라 상담 방식과 목적이 조금씩 변하는 상태에 있다.

내담자의 말을 경청한 후 자기 문제를 원활하게 해결할 수 없거나 엄두를 내지 못할 때 사용한다. 그렇다면 상담에서 언제쯤 직면을 할 것인가를 생각하는 것은 그리 쉬운 일은 아니다. 가끔 통찰이 필요할 때 타이밍을 맞추는 것은 그리 쉽지 않다.

어떤 경우는 빠를수록 좋을 수도 있고 어떤 경우는 늦게 잡아야 할 때도 있다. 상담사로서는 내담자를 위하여 강한 직면이 필요하기도 하지만 부드러운 직면이 일반적으로 효과적이다. 다음은 직면이 어떤 시기에 가장 필요할까?

▷ 상담사는 내담자에게 더 명확한 자기 인식과 현실 인식을 알아
  차릴 준비가 되어야 한다.
▷ 상담자는 내담자의 말이나 행동과 태도가 확실하지 않거나 불
  일치를 드러낼 때 주로 사용하게 된다.
▷ 상담사가 내놓는 추가적인 증거는 직면을 받아들일 가능성이
  훨씬 높아진다.

〈사례 1〉

상담자: 지난주에, 전처나 그 관계가 끝났는지를 생각할 때마다 복수하고 싶다고 했지요. 그런데 오늘은 전처에 관하여 말할 때, 아무 감정도 없다고 말을 하면서도 목소리의 톤은 커지고 주먹을 꽉 쥐고 있는 것을 볼 수가 있네요.

내담자: 그 사람에 관해서 아직은 감정을 가졌을 것이고, 그런 감정에 있고 싶지 않아서 내 나름대로 노력은 하지만 아직도 그 감정은 떠나보내지 못하고 있는 것 같네요.

〈사례 2〉

> 내담자: 선생님! 이건 문제가 아니어요. 저는 마시고 싶을 때는 술을 마셔요. 왜냐하면 그게 내 남은 인생에 큰 영향을 끼치지 않는다고 생각해요. 저는 술자리를 좋아하는 편이어요. 이 번 주말에는 약속이 몇 개 있어요. 다른 사람도 대체로 저와 같지 않을까요?
>
> 상담자: 그러게요. 술자리를 정말 즐기시는 것 같네요. 지난 6개월 동안 음주 운전 딱지를 두 개 받았고, 술 때문에 직장을 두 번 옮겼고, 싸움에도 여러 번 휘말렸어요. 이건 알코올 남용 문제를 다른 사람들보다 많이 갖고 있다는 소리예요. 이걸 인정할진대, 뭔가를 새롭게 시도하지 않는다면 앞으로도 계속 직장이나 인간관계에 어려움을 더 많이 겪게 될 거예요. 그게 아무 문제가 안 된다고 생각하고 계시는 것이지요.

위의 내용은 흔히 상담사와 내담자가 주고받는 내용이다. 가장 적정한 시간에 타이밍을 찾아서 내담자가 새롭게 알아차리도록 '직면'하는 것은 그리 쉬운 일은 아니다. 이때 필자는 MBTI, TCI, SCT, HTP, MMPI 등의 검사 결과를 놓고 〈직면〉할 수 있는 여유를 가질 수도 있었다.

그렇다면 상담을 진행 중에 직면이 어떻게 이루어지는가는 현재 내담자가 경험하고 싶지 않은 상황에서 직면을 허용하도록 하는 고전적 방법인 '상상을 통한 직면(confrontationinsensu)'과 '실제 상황에의 직면(confrontationinvivo)'을 들 수가 있다.

내담자에게 상상하라고 하면 몸에 있는 감각기관과 운동기관을 통해서 무의식을 작동시키는 것이 기본적인 매개체 중의 하나가 된다. 이때 심상법은 행동이나 느낌과 심지어 내적인 상태를 조절하기 위하여 사용하는 방법으로 어떤 행동이나 상태에 문제가 되는 상황과 사건을 간접적 혹은 구체적으로 체험하게 된다.

그렇지만 정신적인 어려움을 가지고 있는 경우는 상상 자체를 하지 못하는 경우가 있는데 그 이유는 내담자가 문제의 사건 사고를 떠올리기 싫어서일 수가 있고, 또 내면에 쌓인 트라우마 때문에 해마나 편도체의 기능이 현저하게 저하되었을 때이다.

그 어떤 내담자도 상상은 가능하다. 즉 우리 뇌는 긍정적인 생각과 부정적인 생각을 다르게 하지 않기 때문에 상상력은 실제의 힘 이상으로 큰 힘을 부여할 수가 있다. 그렇다면 상상의 힘이 얼마나 큰 역할을 이루는지 프랑스 의사 에밀 쿠에(Émile Coué)를 보자.

상상의 힘은 의식적인 의지를 훨씬 뛰어넘는다.

루스 캔퍼(R. Kanfer)와 그의 동료들(1996)은 사람들이 감각과 지각 체계의 폭을 사용할 수 있어서 치료에서 심상법의 효과를 강조하였다.

불안이나 공포를 주는 상황이나 사건의 위계를 작성한 다음, 강도가 약한 것부터 점진적으로 직면하도록 하는 체계적 둔감법(systematicdesensitization)과 또한 가장 두려워하는 상황에 노출하여 회피 행동을 안 하도록 하는 심상홍수치료가 있다.

심상홍수치료(imaginal flooding therapy)는 공포나 불안의 대상 혹은 사건 중에서 가장 강한 것을 심상 속에 떠올려 직면함으로써 공포나 불안이 점차 감소할 때까지 하는 인지행동 치료기법에서의 직면을 말한다. 실존주의상담 및 집단상담에서 많이 볼 수 있는 직면은 맞닥뜨림 혹은 대결이라고 부르는데 내담자의 게임, 만성 부정적 감정, 생활자세, 각본의 문제점을 지적하여 각성에 도움을 준다.

예컨대 어떤 질문을 하거나 논쟁 또는 토의 중 모순성, 특히 현실적 책임과 관련된 모순성이 보이면 이에 관해 직면할 수 있다. 물론 이것이 내담자에게는 큰 부담으로 작용할 수가 있겠지만, 직면이 상담사로서는 피드백의 일종으로서 일반적으로 좀 더 강한 피드백이라고 할 수가 있다. 직면이 일어나는 것은 말이나 행동이 일치하지 않을 때나 모순될 때 지적해 주는 상담기법이다. 그렇다면 일반적으로 직면은 어떤 상황에서 많이 생기게 될까?

(4) 직면은 어떨 때 생길까?

첫째,   내담자의 이전에 한 말과 불일치할 때

둘째,   말과 행동이 불일치할 때

셋째,   스스로 인식하는 것과 다른 사람이 인식하는 게 다를 때

넷째,   내담자의 말과 정서적 반응이 불일치할 때

다섯째, 내담자가 말하는 내용과 그에 관해서 느끼는 느낌이 다를 때 일어날 수가 있다.

(5) 직면의 태도

첫째,   내담자와의 대화에서 평가나 판단하지 말고 사실 있는 그대로 진술해야 하고

둘째,　　　직면할 때는 있는 그대로 알아차리도록 해야 하며
셋째,　　　시기적으로 가장 적절한 때에 적용된다.

　내담자가 상담소를 찾아올 때는 혼자서는 해결할 수 없는 문제가 있거나 아니면 내가 생각하고 있는 이 방식이 마음에 내키지 않을 때이다. 그런데 오랜 숙고 끝에 찾아간 상담센터에서 만족하지 못한 말을 하거나 예상외로 불편한 사항을 내담자가 맞이하게 되었다면 어떻게 될까? 그 상담센터를 원망하는 게 아니라 상담센터 전체를 미워할 수가 있다. 이런 비슷한 상황이 음식점에서 생겼다면 이를 우리는 가르시아 효과라고 하는데, 어떤 사람이 음식을 먹은 다음 심한 복통을 경험했다면 그 후로는 그 음식에 두려움을 가지게 된다.
　이러한 상황이 어느 특정한 식당이라면 그곳을 피하려고 할 수가 있다. 하지만 복통의 원인이 한 음식점에서 생긴 게 아니라는 것이 증명되었는데, 그렇다면 이것이 한 식당을 가리키는 것으로 일상에서 생길 수가 있다.
　심리학자 가르시아는 이 현상을 쥐에게도 똑같이 실험하였다. 사카린을 섞은 달콤한 물을 주었다. 사카린은 설탕을 넣은 것보다 훨씬 달콤하였다. 당연히 주는 그 물을 맛있게 받아먹었다. 그런데 가르시아는 방사능을 쬐게 하였다. 왜냐하면 일부러 구토하도록 만든 것인데 그런 다음 사카린을 넣은 달콤한 물을 주었더니 어떻게 되었을까? 이때 구토의 원인이 방사능이라는 것을 몰랐던 쥐는 그 물이 원인이라고 생각했는지 먹지 않았다.
　이렇게 가르시아 효과는 우리의 생활하는 곳곳에 있을 수 있다. 가

까운 이웃 중에 한 사람이 병원에 트라우마를 가지고 있다면, 이는 다른 병원에도 불신과 혐오를 가질 확률이 높아지게 된다. 심리상담사도 마찬가지다. 어느 심리상담사에게 실망했다면 다른 상담사에게도 똑같은 불신을 가지게 될 확률이 높다.

한 사람의 좋은 상담사를 만나는 것도 중요하지만, 한 사람의 심리상담사 때문에 모두에게 부정적인 생각을 줄 수가 있으므로, 심리상담은 나 혼자의 몫이라고 생각하기보다는 전체에 영향을 끼친다는 사명감을 가지는 것이 옳다. 그래서 내담자들에게 심리상담을 가볍게 보라고 말한다. 심리상담사도 한 사람의 인간이기에 한두 번의 실수가 있을 수 있으므로 한 사람의 상담사를 놓고 전체를 판단하거나 매도해서는 안 된다.

(6) 직면과 관련된 영화

직면과 관련 있는 영화를 한 편 보자. 이 영화의 제목은 〈굿 윌 헌팅〉이고 줄거리는 어린 시절 입양 후 학대당했던 천재적인 수학 능력을 가진 윌(맷 데이먼)이 굳게 닫혔던 마음의 문을 열게 된 원인은 스승인 숀(로빈 윌리암스)을 만나게 되면서부터였다. 주인공 윌만 상처와 아픔이 있는 것이 아니었다. 스승이자 멘토인 숀도 아픔을 가지고 있었다. 서로의 아픔을 알게 된 숀과 윌은 부족한 부분을 상대에게 느끼게 해주고 상대방 이야기를 들어 주면서 가까워진다.

그러나 어린 시절 입양 후 학대로 윌이 버림받은 것이나, 세상에 관한 불만과 그 누구도 믿지 못하는 것과 사랑하는 여자에게 버림받을 것을 염려해서 전전긍긍하다가 이별을 먼저 선언해야 했던 윌이 영화

속에서 명대사를 만들어 낸다.

"네~ 잘못이 아니다."

이 말을 여러 차례 해 주는 숀에게 윌이 안기면서 어린아이처럼 울다가 상처와 아픔을 극복하는 과정이 진지한 가운데 펼쳐지고 있다. 평소 영화에 흥미를 느끼지 못하던 사람이나 비슷한 상처가 있는 사람이라면 펼쳐지는 장면을 보면서 감동하게 될 것이다.

영화, 〈굿 윌 헌팅〉을 놓고 세상사람들이 꼭 보아야 할, 혹은 볼 영화라고 생각했다. 특히 이 영화에서는 내면에 있는 문제점을 알아차리기 위해서 윌과 스승인 숀이 부둥켜안고 싸우거나 멱살을 잡으면서 분노를 터뜨리는 장면이 인상적이었다. 상담센터를 하다가 보니 언제나 정상적인 사람만이 오지는 않는다.

자기 나름대로 트라우마를 가졌거나 말하지 못할 아픔을 가졌을 수 있다. 그럴 때 심리전문가를 찾아서 도움을 받거나 문제를 해결하려고 하는데 트라우마가 많을수록 상담이 일찍 종결되지 않을 수 있다. 내면아이의 덫은 어린 시절에 시작되어 반복되기 때문이다.

윌처럼 버림받았거나 과보호 받았을 수 있을 것이며, 가령 학대 및 따돌림을 당하는 등 정신적으로 어려움을 겪을 수 있다. 삶의 덫은 어쩌면 생활 일부가 되어 평생 자기 자신을 조종할 수가 있기도 한다.

그런 내담자 중, 윌처럼 어른이 되었음에도 과거의 어린 시절에 학대를 받고 무시당하고 책망 받았던 상황을 떠올리며, 진정한 삶과 반대되는 상황을 만들어가게 된다. 이러한 인생의 덫은 생각과 감정과 행동,

대인관계를 결정하며 불안과 슬픔, 분노와 같은 격렬한 감정을 일으키게 된다.

여기에 언제까지나 빠져 있으면 사회적 지위, 인상적 결혼, 주변 사람들의 존경, 직업에서의 성공 등을 갖추어도 끝내 삶을 주도하지 못하게 된다. 이럴 때 나타나는 슬픔, 불안, 우울 등에서 어떤 방어기제를 쓰고 살아가고 있는가를 알아차리는 게 상담자의 할 일이다.

물론 상담자와 내담자가 감정을 주고받다 보면 의견이 충돌할 때가 있다. 이때 직면을 유도할 수 있는데 유도하는 과정에서 언쟁이 생기게 되고 충돌을 피할 수 없을 때가 있다.

그런 시간이 도래했을 때 내담자는 〈굿 윌 헌팅〉의 명장면을 떠올릴 수가 있을 것이다. 이 장면에서 두 사람이 심각한 갈등을 보이는 것이, 상담 초기에서는 윌을 보듬어 주는 손의 역할이 부각되지만. 두 사람의 다툼을 목격하는 장면에서는 당황스러울 수가 있다.

그러나 의외로 멘토 숀도 정이 많을 뿐 역린을 건드린 윌과 몸싸움할 때는 거칠어서 탄성을 나타낼 정도로 관계가 험악하였다. 그때 생각했다. 상담 도중 내담자와 이런 뜨거운 장면이 도래했다면 과연 어떻게 할 수가 있을까?

아마 내담자에 관한 확신이 없다면 이 분위기를 누구도 쉽게 감당할 수가 없을 것이다. 밖으로 뛰쳐나가서 이 장면을 고발한다면 과연 어떻게 될까? 아마 사법 경찰은 아무것도 생각하지 않고 심리상담사를 문책할 것이다.

그렇다면 심리상담사는 이런 직면이나 즉시, 알아차림, 명료화라는 기법을 언제나 사용할 수가 있을까? 이런 이야기를 듣고 의아해하는 사람도 있을 것이다. '아무리 옳고 정답이 없는 사회이지만 내담자를 위해서 최선을 다하는데 누가 고발을 하겠는가'라고 생각할 수가 있다.

하지만 상담에 참여하는 내담자가 정상적이라면 문제가 다를 것이다. 어제 상담 중에 좋아하면서 사귀던 여성이 공부도 해야 하고 취직도 해야 하니 헤어지자는 말을 듣고 그 뒷날 여성의 집에 찾아갔다. 그런데 여성이 보이지 않아 방문을 열고 들어갔다가 돌아왔는데 주거 침입으로 신고하여 입건된 남성을 보았다. 공무원 시험을 준비하는 그 내담자를 나는 뭐라고 위로해야 했을까?

그렇다면 이야기를 되돌려서 직면은 과연 상담에 합당하기나 한 건가? 모든 내담자는 자신의 무의식에 억압된 방어기제를 표면에 올리려면 직면은 반드시 필요할 것인데 과연 우리가 그런 사회에 살고나 있는가? 심리상담사는 필요에 따라 투사, 흑백 논리, 과일반화 등의 방어기제를 동원했을 때 이것을 허용하는 세상이 즉 사법적 심판이나 판례가 허용되는 날이 꼭, 와야 할 것이다.

〈예시〉 직면의 명장면들

하나마나한 말을 해봤자
시간 낭비야

쉽게 고통을 덜 수는
없겠지만 그래도

-조금만 더 노력해 보게
-사실 남몰래 그러기 힘들어요

딴 사람들한테
제 감정을 숨기는 거요

좋지, 근데
어떤 종류의 클럽이지?

나도 아는 게 많지 않지만

내 눈을 똑바로 쳐다봐

-안다구요
-아냐, 몰라

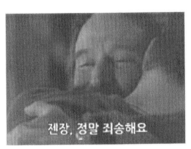

(7) 직면의 역할

  심리상담기법 중에서도 일대일로 직접 대면하면서 관계가 지속되는
것으로 알려진 것은 게슈탈트 심리치료(Gestalt Psychotherapy)이다.
게슈탈트 상담의 목표는 미해결 과제의 완결판이다. 미해결된 과거는
내담자의 삶에 꾸준히 영향을 미치므로 내담자의 과거를 현재의 삶에

미치도록 끌어와서 다시 재접촉할 수가 있도록 '왜'라는 질문이 아닌 '무엇이' 또는 '어떻게' 하는 질문을 한다.

그러면 궁극적으로 상담에서 내담자를 만나서 완전한 실존 경험과 두 사람의 관계에서 비롯된 성장을 강조하게 된다. 이때 경험을 통해서 지각 및 행동장애에 관한 문제를 해결하고 지금 여기 (here and now)에서 느끼는 욕구 그리고 이와 연결된 환경을 알아차림(awareness)을 통해서 자각한다.

그 결과 내담자는 자신의 모습을 수용하면서 진정한 자기로 살아갈 수 있도록 책임지는 실존적 삶을 이어간다. 이때 상담의 주요 개념은 현재의 중요성을 강조하고 치료 장면은 현재 자신과 상담자에 직면하도록 한다.

이것은 상담자의 공상적 전이 관계를 배제하는 수단이 될 것이며 순수 만남을 갖기 위한 시도가 된다. 이때 내담자를 상상 속에서 '거기 머무세요'라고 하거나 과거에 경험했던 감정들을 재생시키고 재경험하게 함으로써 성숙한 인간으로 성장을 돕는다.

이른바 게슈탈트에서의 전경과 배경의 개념으로는 개인이 전경으로 떠올랐던 게슈탈트를 해소하면 전경은 배경으로 물러나고 새로운 게슈탈트가 형성되어 다시 전경으로 떠오르게 된다. 이를 게슈탈트의 현상과 해소라고 부른다.

자, 그렇다면 아래 그림에서 〈루빈의 잔〉과 〈노인과 아가씨〉가 있다. 상담사의 눈에는 두 개의 전경과 배경이 같이 보일 수 있다. 그렇지만 상담자가 이 그림에서 무엇이 보이느냐고 물으면, 두 개가 동시에 보인다고 말을 할 수도 있고, 때에 따라서는 어느 한 가지만 보인다고 할 수가 있다.

　이때 내담자가 본 것을 확인하게 되면 그것은 곧 배경으로 물러나고 다른 것이 전경으로 떠오르는 것인데 이것을 보게 되면 전경과 배경을 수시로 바꿀 수 있으면서 내담자는 해소된다. 이렇게 내담자의 문제를 접촉하면 배경으로 물러나고 해소되는 것을 게슈탈트 치료라고 우리는 말한다. 그래서 이 그림을 자유자재로 즉 전경과 배경을 마음대로 옮겨 놓을 수 있는 사람을 두고 우리는 건강한 사람이라고 말하고 그렇지 못한 사람은 그 반대라고 칭한다.

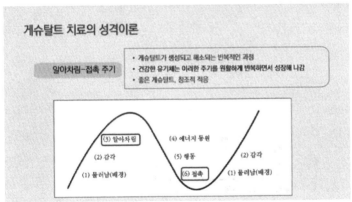

그래서 게슈탈트 치료의 성격 이론에서 배경⇨ 감각⇨ 알아차림⇨ 에너지 동원⇨ 행동⇨ 접촉으로 게슈탈트가 생성되면서 반복되는 과정을 거치게 된다. 그래서 건강한 유기체는 이러한 주기로 원활하게 반복하면서 성장해 나가는 것을 말한다. 만약 어느 한쪽만 보이거나 이를 위해서 건강한 방어기제를 쓰고 있지 않다면, 상담자는 내담자가 쓰고 있는 방어기제의 종류를 찾아서 예컨대 **부인** 전치, 동일시, 소외, 투사, 합리화, 반동 형성, 퇴행, 억압, 무효화 등을 스스로 알아차리도록 도와주는 것이다.

(7) 일치성

로저스는 "상담사가 어느 순간 툭 터놓고 자신의 내부에서 일어나는 감정이나 태도와 일치할 때 생기는 것이며, '투명하다'는 말이야말로 이러한 상황에 딱 들어맞는 표현"이라고 말했다. 일치성이 있을 때 쉽게 마음을 읽을 수 있는데 즉 진솔하게 생각하고 느낀 대로 표현하게 된다.

일치성이 있을 때 자발적으로 우리가 지닌 가장 순수하고 정직한 반응을 표현한다. 이때 반응은 말이나 웃음, 찡그림, 한숨 등과 함께 나타나게 되는데, 그러한 표현이 상대방에게 해가 되지 않을 것이라는 생각에 겉으로 드러나게 된다.

일치성을 이해하는 또 하나 방법은, 그것이 없을 때 나타난 반응을 관찰하는 것이다. 즉 '너는 왜 본심을 그대로 말하지 않는 거야?' 또는 '어째서 네 말이 본심처럼 들리질 않는 거지?' 등의 식으로 반응하는 것이다. 어조와 신체 언어, 말한 내용 사이에 일치성이 없을 때 그것은 대개 양가감정이 있음을 드러난다.

예컨대 내담자가 있었다. 그녀는 결혼 생활문제로 상담하는 동안 내 내 얼굴을 찌푸리면서 정작 바람피우는 남편에게는 화를 내지 않았다. 그래서 화가 나지 않느냐고 물었더니 날카로운 목소리로 "나, 화 안 나요!"

그때 같이 있던 남편과 다른 사람이 웃자 그녀가 놀란 기색을 했다. 그녀의 행동에 너무 일치성이 없어서 웃게 된 것이다.

그것은 어쩌면 어색한 순간이었고 그때 느꼈을 감정은 분명히 사과와 함께 존중받아 마땅했다. 그러나 엎질러진 물이었으므로 조심스럽게 불일치에 관해 언급했다.

"당신은 지금 화가 나지 않았다고 생각할는지 모르겠지만 표정과 목소리는 그 반대를 보이고 있어요. 이런 모습이 이해되나요?"

그러자 비로소 그녀도 화가 나지 않기를 바랐지만 실제로는 화가 났다고 말했다.

상담자는 내담자가 목소리로 말하는 것과 신체언어로 말하는 게 딴판을 보고 결국 나중에 이해를 흐리게 했던 그 행동의 근본적 이유를 들어 본 적도 있었다. 그럴 때 상담자는 내담자의 어조와 표정 또는 그 사람이 말한 내용에 어떤 반응을 보여야 할지 몰라서 혼란을 느끼게 된다. 이럴 때 상담에서는 일치와 명료화를 통해 그 사람의 말은 전체 대화의 7%를 넘지 못하는데, 이유야 어떻든 상담자는 내담자가 이런 식으로 주위를 혼란시키는 걸 누구도 바라지 않을 것이다.

(8) 즉시성 (immediacy)

상담자가 내담자에게 즉각적으로 감정을 표면화하는 것을 말한다.

즉시성은 상담을 진행하는 도중에 내담자에게 문제가 있거나 행동이 부적절하거나 상담을 방해받거나 혹은 당장 피드백이 필요한 경우에 사용하는 고차원적인 상담의 방법을 말한다.

그렇다면 어떤 것이 있을 수 있을까? 내담자의 행동에 관해서 상담자의 인식을 드러내게 되는 것으로써, 자신의 개인적 감정과 반응을 말을 통해 내담자의 통찰을 돕는 것을 말한다. 이때 즉시성을 통해 대인관계에서 발생하는 갈등들을 줄일 수 있는 기회를 만들게 된다.

그렇지만 상담가가 즉시성을 반응할 때는 상담전문가의 견해로 하는 것보다는 있는 그대로의 자기 자신을 드러내는 것이 좋다. 이때는 내담자가 오해하거나 의혹을 품지 않도록 좀 더 개방적인 표현을 하도록 해야 한다.

상담자의 개방은 자기 자신을 개방하는 것이 아니라 상담자 자신 속의 느낌과 정보, 즉 삶을 그대로 드러내는 것을 말한다. 이것을 놓고 일반적인 상담의 기법 중에서 자기개방과 비교해 본다면 즉시성은 내담자에 관해 반응할 때 상담자가 아닌 내담자에 중점을 두어 반응하게 된다.

이 말의 뜻은 상담자가 개인적인 의견을 이야기한다는 느낌보다 현재 내담자가 처해 있는 문제나 기타 어려움을 극복할 수 있도록 도움이 되라는 것이다. 그렇지만 자기개방은 자신이 과거에 있었던 경험을 현재시제로 하는 게 아니라 과거시제로 기술하게 되는 것에 차이가 있다.

내담자에 따라 개인의 차이가 분명히 있을 것이지만, 상담초기에 아직 대인관계역동을 '지금 여기'에서의 차원으로 다룰 준비가 되어 있지 않을 때, 상담자의 즉시성 반응이 오히려 위협적이고 불안한 경험이 될 수 있으므로 고도의 주의와 신중하고 민감해야 한다.

상담에서 이런 분위기를 형성하는 요소 중 하나인 즉시성은 두 사람의 상담관계를 형성하는 아주 중요한 역할을 할 수가 있을 것이며, 계속 이어갈 상담의 내용이나 결과에도 큰 영향을 미칠 수가 있다.

이렇게 상담자가 내담자와 관련된 감정을 솔직하게 개방할 때 내담자는 인간적으로 가깝게 느낄 수 있을 것이고, 솔직하게 말을 해서 좋은 관계를 갖게 될 수가 있다. 그렇다면 즉시성의 특성은 신뢰감을 느낄 수 있고 상담자인 입장을 떠나서 인간적인 신뢰를 쌓을 수 있다.

첫째, 상담자는 치료관계의 질을 증진하는데, 문제를 외부로 드러냈을 때 재경험하게 되는 불안이나 수치심 때문에 머뭇거릴 수가 있다. 그래서 상담 중에 내담자는 직접적인 소통을 피하면서 은밀하게 비언어적으로 심정을 표현하려고 할 것이다. 이때 상담자는 은밀한 소통보다 직접적이고 분명하게 드러냄으로써 서로가 가질 수 있는 불필요한 오해나 왜곡을 미리 제거할 수 있는 장점이 있다. 그러므로 즉시성을 통해서 내담자가 자기가 원하는 것을 얻기 위해 상담자를 조종하려는 것 자체를 아예 없앨 수가 있다.

둘째, 두 사람이 치료관계에서 앞으로 발생할 수 있는 저항이나 갈등을 미리 알아차려서 앞으로 닥칠 위기를 막을 수가 있다.

셋째, 서로 간에 중요하고 깊은 탐색을 위한 주제를 도출하다가 갑자기 분위기가 이상해지거나 혹은 더 나아갈 수 없다면 심각한 위기가 올 수가 있다. 이때 즉시성을 통해 그러한 현상을 주제로 초점화할 수 있다면 내담자가 저항을 곧바로 알아차려서 탐색하는 과정으로 갈등을 제거할 수가 있다.

〈예시〉

내담자: 우리는 지금까지 수 주 동안 계속해서 저의 장래 문제를 이야기해 왔습니다. 이 상담이 제게는 별 도움이 되는 것 같지가 않습니다. 차라리 그만두는 것이 좋겠습니다. 사실은 오늘도 오고 싶지가 않았습니다.

상담자: 너는 우리의 상담관계가 별 진전이 없는 것 같아서 좌절을 느끼고 있구나! 그래서 너의 고민을 내가 도울 수 없지 않을까 우려하고 있는 모양이군. 그 우려에 관해서 오늘은 좀 더 대화를 나누어 보는 게 좋을 것 같구나!

〈논의〉

상담자에게 느끼는 지금 순간의 좌절감과 실망감에 즉시성의 반응을 보이게 된다.

(9) 틀어진 관계 회복하기

상담자가 아무리 진지하고 의도가 좋으며 재능이 있더라도 여전히 잘못을 저지를 여지는 남아 있다. 때로는 필요에 따라 어쩔 수 없이 내담자의 감정을 다치게 하는 말을 해야 할 때도 있다. 심리상담사가 실수하게 되거나 상처 주는 말을 할 때 그것이 라포에 미치는 영향을 주시하고 있어야 한다. 다음은 상담사와 내담자의 사이가 틀어졌을 때 도움이 될 만한 것을 몇 가지를 알아보자.

① 지지를 보낸다

이따금 내담자는 고통스러운 일들을 고려해야 할 때가 있다. 이럴 때는 "당신이 그 말을 꺼내기가 무척 어려운 줄 알고 있지만 말을 한다면 분명히 도움이 될 거예요. 당신 생각은 어떠세요?"라고 지적해 주는 것이 좋다. 어떤 얘기는 외상을 일으킬 만큼 충격적이거나, 불쾌한 것이거나, 넌더리 나는 것이거나, 끔찍한 것이라는 것을 인정하는 것은 내담자가 겪게 될 아픔을 상담자가 이해하고 있다는 안심을 시키는 방법이 된다.

② 공감을 나타낸다

상담자는 자신의 반응이 내담자에게 상처가 될 수 있음을 알고 있다고 전해 줄 필요가 있다. 언젠가 어떤 내담자가 일련의 비극적 사건을 목록으로 만들어 정리하는 것을 보고 웃었던 일이 있다. 나는 단지 어머니의 죽음과 자동차 대파, 극심한 편두통, 죽어 가는 개, 그리고 스트레스 관리에 관한 등의 어떤 문제에 도움이 필요한 아이 등의 문제를 견디는 것 자체가 우습다. 이유야 어떻든 아쉬움을 표현하면 내담자의 감정을 상하게 할지 모른다는 것을 깨닫고 있음을 말로서 표현해 줄 필요가 있었다. 그렇지 않으면 오해가 되어 마음이 상할 수가 있다.

이런 때 "아, 미안해요. 그냥 문젯거리가 너무 지나치다고 싶어서 나도 모르게 웃게 되었네요."라고 말한다면 서로 공감을 가질 수가 있을 것이다.

③ 명료화를 추구한다

상담자는 "지금 무엇이 어떻게 되는 거지요?"

"방금 내가 말한 내용이 당신한테 어떤 영향을 주나요?"라고 같은 질문을 할 필요가 있다. 만약 상담자가 내담자의 감정에 상처를 주었거나 혼란스럽다거나 또는 그를 불쾌하게 했다는 이야기를 내담자가 한다면 그는 상담자의 의도를 설명할 길을 열어 놓은 셈이다.

④ 사과한다

만약 상담자가 잘못을 저질렀다면 즉 같은 시간에 두 군데 예약했다든지, 상담 중에 전화를 받았다든지, 나도 모르게 하품하게 되었다든지, 상담 중에 불려 나갔다든지 했을 때는 정중하게 사과해야 한다. 사과는 내담자 불만을 말하기 전에 하는 것이 좋지만, 때로는 내담자가 언급하지 않으면 깨닫지 못할 수도 있다.

상담의 목표

내담자를 만나서 서로 협의하여 설정하고 상담의 전 과정 중에서 수정되거나 보완될 수 있는 것을 말한다. 상담에서 목표를 설정하는 과정은 내담자의 성장 지향적 욕구탐색, 상담에 관한 목표 설정의 단계로 이루어진다. 초기단계에서는 성장 지향적 욕구탐색 단계를 말하는 것이다. 이는 호소하는 문제에서 좀 더 좋아지려는 욕구가 포함되므로 앞으로 어떻게 하면 한 단계 올라서게 되는, 즉 성장 지향적 욕구를 찾아낼 것인가를 의논하고 그 과제를 명료화하게 된다.

다음의 단계로 가기 위해서는 성취 탐색에서의 내담자와 함께 설정한 목표가 성취 단계에 이르면 치료에 어떻게 도움이 되는가를 살피는 단계이다. 마지막에서는 상담목표가 구체적이고 현실적으로 실현 가능해야 할 것이면서 원하거나 바라는 것이어야 할 것인데, 상담자의 기술과 양립이 현실적으로 가능해야 한다.

(1) 경청

상대의 말을 듣기만 하는 것이 아니라, 상대방이 전달하고자 하는 말의 내용은 물론이며, 그 내면에 있는 동기(動機)나 정서에 귀를 기울여 듣고 이해된 바를 상대방에게 피드백(feedback)하여 주는 것을 말한다.

(2) 질문

내담자에게 정보를 얻어 내거나 혹은 내담자가 특정 주제를 탐색하도록 하는 기회를 제공하거나, 질문을 통해서 내담자가 아직까지 생각하지 못한 것을 생각하게 하여 자기 탐색을 촉진할 수 있도록 돕는다. 그러나 상담사의 질문하는 태도를 통해 내담자는 개방적이고 탐구적인 자세로 질문하는 태도를 발전시키게 된다. 그렇지만 질문에는 내담자를 위한 개방적인 질문과 폐쇄적인 질문이 있으며, 가장 좋은 질문

은 질문이 질문처럼 느끼지 않도록 하는 질문이 좋은 질문이다.

(3) 명료화

내담자의 대화 내용을 분명히 하고 내담자가 표현한 바를 상담자가 정확히 지각하였는지 확인하는 것을 말하는데, 내담자가 전달하는 메시지를 잘 이해하지 못했을 때이거나, 내담자가 표현한 내용보다 더 잘 이해하고자 할 때이거나, 상담자가 내용의 정확성을 직접 점검하고 싶을 때를 말한다.

(4) 반영

내담자의 말과 행동에서 표현된 기본적인 감정·생각 및 태도를 상담자가 다른 참신한 말로 부연하는 것을 말한다. 흔히 내담자의 감정은 겉으로 보이는 표면 감정이 있고, 때론 잘 보이지 않을 수도 있으나 가장 중요한 것은 중심적인 내면 감정을 잘 파악하여 전달해야 한다.

이때 감정의 중요성으로 내담자가 자신의 감정을 수용하면, 새로운 감정과 경험에 개방적일 수 있다. 감정은 경험된 후로는 고정적인 것이 아니라 변화하기 때문이다. 한 사람이 한 가지 감정을 충만하고 완전하게 경험했을 때, 새로운 감정이 떠오르게 된다. 반대로 수용되지 않은 감정은 때때로 매우 파괴적인 방법으로 표출되는 경향이 있다.

(5) 재진술

재진술의 의미는 내담자의 진술 내용이나 의미를 반복하거나 바꾸어 말하는 것을 일컫는데, 내담자가 사용한 말의 깊이와 비슷하거나 적은 단어를 사용한다. 재진술의 효과로서는 상담자가 내담자의 이야기를 잘 듣고 있으며, 내담자를 잘 이해하려고 노력하고 있음을 내담자에게 전달할 수 있다.

(6) 침묵

상담에서 초보자일수록 말이 많고 내담자에게 조언을 많이 하며 상담시간의 침묵을 견디지 못한다. 상담과정에서 침묵을 다루는 과정은 특별히 주의해서 가르치는데 그만큼 상담시간의 침묵을 어떻게 다루느냐가 중요하다. 상담자는 말을 하지 않고도 내담자에게 집중하면서 경청할 수가 있고, 상담자가 말을 하지 않음으로써 내담자가 말할 수 있는 여유를 주게 된다.

(7) 자기 개발

내담자의 행동 변화의 과정으로 욕구 탐색하기에서는 진정으로 무엇을 원하는가? 문제해결을 위해 기꺼이 노력하겠는가? 현재 행동에 초점을 두기로 지금 무엇을 하고 있는가? 자신의 행동을 평가하기로 현재 행하는 것이 진정으로 원하는 것을 얻는데 도움이 되는가? 또한 원하는 것은 실현 가능한 것인가를 살펴본다. 책임감 있게 행동하는 계획 세우기로 정말 이 계획을 실천하겠는가? 혹은 마음이 변하거나 계획대로 하지 않게 되면 어떤 결과가 발생하는지 알고 있는가를 알아보게 된다.

(8) 지지/승인

상담에서 지지를 해 주어야 한다는 상황은, 내담자가 세상에서 받은 상처가 많으니 상처에 약을 바르고 싸매 주어야 한다는 상황이 이 관점에서 심리상담을 마음의 병원으로 생각한다. 이것이 내담자들에게 심리상담을 기대하는 바이기도 하다.

(9) 정보 제공

상담은 전문적 지식과 기술 및 상담사의 인적 요소를 기반으로 하여 제공되는 서비스이기 때문에 서비스 제공자인 상담사와 내담자 사이에 상담 및 상담사에 관한 정보량의 현저한 차이가 발생한다. 정보의 내용, 상담사의 정보제공 관리방안으로 분류되고, 정보의 내용은 다시 상담사의 정보, 상담서비스의 정보, 내담자의 권리 및 의무에 관한 정보, 그리고 관리기관 및 민원절차의 정보로 구분되었다.

(10) 해석

내담자가 자신의 문제를 새로운 각도에서 이해하도록 그의 생활 경험과 행동의 의미를 설명하는 것이다. 성격과 인생을 관통하는 원리를 설명하는 것이다. 해석은 또 통찰로 이끄는 가장 직접적인 방법으로 내담자의 이해 수준과 다른 새로운 참조 체제를 제공하는 것이다.

상담의 중기 단계

내담자가 제시한 목표를 달성하기 위해 상담자는 내담자와의 깊이 있는 대화를 주거나 받으면서 한 단계 더 촉진시키는 것을 말한다. 이를 통해 상담자의 다양한 상담기법이 사용될 수 있을 것이고, 목표를 달성하기 위해 최선을 다해야 한다.

상담의 종결 단계

내담자의 문제가 어느 정도 깊이 해결되고 추후 비슷한 문제가 발생하더라도 충분히 스스로 해결할 수 있는 안정감 있는 생활을 가질 수 있도록 한다. 상담의 종결에 따로 어떤 원칙이 있는 것은 아니겠지만, 너무 빠른 종결은 내담자가 상담을 통해 얻을 수 있는 안정감에 문제가 생길 수 있을 것이고, 반대로 종결이 지연되는 경우 상담자에게 의존하는 경우가 생길 수 있으므로 가장 적절한 시점을 찾는 것이 중요하다.

2. 상담은 어떻게 이루어지나?

    오늘날의 심리상담은 개인이나 그룹에서 정신적, 감정적, 행동적인 문제에 도움을 제공하고, 그에 관한 상담을 통해 지원을 받기 위하여 전문가를 만나게 된다. 심리상담은 다양한 방식의 접근법을 통해서 이루어지게 될 것이며, 일반적인 상담의 절차와 방법을 자세하게 알아본다.

상담의 절차와 방법

첫째,   면담 및 평가는 상담을 시작하게 될 때 서로 만남을 통해 대화를 나누고, 상담의 목적과 앞으로 나타날 기대감을 갖는데 앞으로 어떤 도움을 원하는지 등을 논의하게 된다.

둘째,   내담자 문제의 정의 및 목표 설정을 마치면 이를 통해 어떤 변화를 이루고자 하는지에 명확한 방향을 설정하게 한다.

셋째,   상담기법 및 접근법을 상담사로서는 상담기법과 이론을 통하여 적절한 방식으로 진행한다. 초기상담기법으로는 가장 많이 쓰이는 인지행동 치료, 대화분석, 인간중심 치료, 해결

지향적 상담 등의 다양한 접근법을 사용할 수 있다.

넷째, 상담에 활용되는 기술 및 도구로는 대화 외에도 예술치료, 명상, 동작치료, 최면 등을 활용하여 심리적인 고통을 완화하고, 자기 이해를 돕는 데 필요한 수단과 도구를 활용할 수 있다.

다섯째, 상담사는 자기도움 도구를 언제든지 제공할 수가 있으며 이를 활용한 학습과 내용으로 실제 적용할 수 있도록 돕는다.

여섯째, 평가 및 종결은 일정 기간을 두고 그동안에 있어야 할 상담이 진행된 후 성과를 평가하고 상담이 종결되거나 추가적인 지원이 얼마나 필요한지에 관한 여부를 결정한다. 상담은 기밀성과 신뢰성이 중요한 특징이며, 내담자는 자신의 어려움을 말하고 솔직하게 이야기할 수 있도록 지원받게 된다. 또한 상담사는 내담자의 관점을 이해하고 존중하며 자기 자신을 깊이 이해하고 긍정적인 변화를 이끌도록 한다.

상담자와 내담자의 관계

상담은 앞으로 어떻게 이루어질까? 그것은 유능한 상담자의 몫이 될 것이다. 다음으로는 내담자는 문제의 성질과 방향을 알리고, 그 과정에서 충분히 라포가 형성되도록 돕고 노력해서, 결론적으로 이르고자 하는 목표에 도착하게 되는 전 과정을 말한다.

제 2 장

어떤 상담을 해야 할까?

1. 상담 가기 전에 알아둘 것

우리 사회가 물질적으로는 점점 풍요로워졌다고 하지만 마음의 병으로 고통받는 사람들은 해마다 늘어나고 있다. 그것은 자신의 정신적 궁핍과 인간관계에서 오는 단절, 소외, 우울, 스트레스 등으로 고생하고 있다는 것이다. 이런 사람들을 대상으로 그 원인을 찾아보면 대체로 인터넷 게임, 도박중독, 학교폭력, 부부갈등, 취업난 같은 산적한 문제들이 그들의 삶을 힘들게 한다.

이런 현상을 프로이트와 융과 같은 정신분석자들은 의식으로는 좀처럼 이해하지 못하는 무의식이 병을 만들어 내는 근원이 된다고 하였는데, 무의식은 아동의 성장과정에 받은 상처와 충격, 외상과 같은 미해결 과제로 된 산적한 문제가 쌓인 곳이라고 했다.

이를 해소하기 위해서 무의식적 갈등을 의식화시켜 고통에서 벗어나도록 하는 것이 심리상담일 것인데, 과학적 사실과 객관적 증명을 강조하는 심리학의 이론에서의 무의식과 잠재의식은 자아의 발달과정에서 퇴행 또는 억압되어서 성장을 저해하고 있다.

그렇다면 심리상담에서 그들은 어떠한 역할을 하고 있는가? 그것은 오늘날 가장 널리 활용되고 있는 인지행동 치료에서 '인지'를 생각할 수가 있는데 이는 무엇을 생각하고 어떻게 생각하는가를 뜻하는 것이며, 인지행동에서는 우리의 기분, 신체적인 경험, 여러 가지 삶으로 말미암은 사건들과 연관된 신념과 행동을 이해할 수 있을 것이다.

그렇다면 인지행동 치료에서 가장 핵심적인 것은 무엇이겠는가? 보편적으로 가까이에서 볼 수 있는 것은 일이나 경험에 관한 우리의 생각과 기분이나 행동 혹은 신체반응에 관하여 영향을 끼치게 된다. 예컨대 매장에서 물건을 계산하려고 줄을 서서 기다릴 때 '시간이 걸릴 테니 느긋하게 기다려야겠어'라고 생각하고 있다면 마음이 편할 수 있다. 그러면 긴장도 풀어질 것이며 옆에 있는 사람에게 말을 걸거나 다른 데 신경을 쓰게 되면 스트레스를 받지 않을지도 모른다. 그러나 '계산대에 이렇게 기다리게 하다니 점원을 더 채용하든지 했어야지'라고 짜증을 내면 그때부터 우리의 몸에서는 긴장이나 분노가 생길 수 있다.

그러면 자연스럽게 몸이 굳거나 안절부절못하게 되고 시계를 들여다보고 점원에게 투덜거리게 된다. 이렇게 사소한 상황이든 아니면 생각지 못했던 큰일에 부딪혔을 때 그 상황에서 떠오르는 생각, 기분, 행동 및 신체반응을 파악하게 된다. 심리상담은 자신이 처하게 되는 상황에 좀 더 도움이 되는 방식을 배우는 것이고, 또한 고통스러운 기분이나 대인관계에 나쁘게 영향을 주는 사고패턴을 바꾸는 방법을 알게 하는 것이다.

심리상담사의 하는 일을 알자

상담실을 찾아갈 때 아무것도 모르고 찾는 것보다 상담실에서 하는 일을 내담자가 어느 정도는 알고 가면 서로가 불편한 감정과 짜증이 나지 않을 것이다. 우리 말에 가는 말이 고와야 오는 말이 곱다는 말이 있다. 내가 상대를 존중해 줄 때 상대도 나를 존중해 준다는 것을 명심해야 할 것이다. 그렇다면 심리상담사가 하는 일에 장점은 뭘까?

첫째,   나이가 들어서도 할 수 있는 직업이다.
둘째,   오랜 경험에서 나오는 상담은 내담자를 편하게 할 수가 있다.
셋째,   다른 직업처럼 AI가 대신 할 수가 없다.
넷째,   늘 새로운 사건 사고를 만나므로 권태감이 줄어든다.
다섯째,   다양한 직업의 종사자를 만날 수 있다.

상담사들의 장점은 바라보는 내담자들의 관점에 따라서 조금씩 다를 수가 있을 것이다. 의외로 젊은 층에서는 경력이 있거나 나이가 든 사람을 꼰대라고 싫어할 수가 있을 것이고 이에 상반된 주장을 하는 사람도 있을 것이다. 그래서 상담사에 관한 부정적 정서를 가진 사람들이 있음도 알 수 있다.

겉으로는 그래서 다양한 사람을 만난다는 게 좋을 수는 있겠으나 심리상담은 알면 알수록 어렵고, 어려운 반면에 수입이 적은 것으로 알려지고 있으며 특히 다양한 공부를 많이 해도 내담자의 뜻에 맞는 상담을 하기란 그리 쉽지가 않은 것이다.

그렇다면 상담을 위해서 무엇이 필요한가? 우선 내담자가 전화로 예약하거나 홈페이지나 메일로 시간과 날짜를 정하고 나서 초기 면담 및 상담이 정해지면 내담자의 호소하는 문제를 파악하면서 심리 평가 및 치료계획을 설정한다.

상담 신청서 및 동의서 작성과 접수

상담센터에 내담자가 방문하면 신청서에 주소와 이름, 나이 등을 작성하고 인적 사항과 주호소 문제 등을 기입하면서 가족사항과 학벌 및 종교 등을 살펴볼 수 있다. 이전에 다른 곳에서 상담을 진행한 경험이 있으면 쉽게 알아볼 수가 있다. 또한 개인정보의 수집 동의서와 함께 이름 밝히기를 꺼리면 가명을 사용할 수가 있는데 민들레, 풀잎, 나무, 희망 등으로 대신할 수 있다.

이렇게 접수면접을 마치면 녹음하는 내담자도 가끔 있는데 허가 없이 한다면 이를 중단 및 중지시킬 수가 있다. 그 외에 심리상담사도 내담자에 관한 녹음이 필요할 때는 반드시 허락받아야 한다. 내담자는 상담자에게 개인정보가 유출되는 것을 막도록 요청할 수가 있을 것이고, 상담사는 이를 특별한 이유가 없는 한 지켜야 한다.

기타 상담사는 내담자의 가족관계나 상담에 필요한 제반사항을 언제든지 물어볼 수가 있을 것이며, 혹시 신체 증상이 동반되어서 힘든 상황이 있으면 미리 논의를 할 수가 있다. 접수면접은 대개 20분 이내에 끝나게 된다.

첫 상담에서 다루는 것들

첫 회기에서는 면접에서 말했던 것을 진행하게 되는데 상담에 관한 전반적인 것을 안내받을 수 있다. 이때 상담에 필요한 시간이나 비밀보호를 말해 주겠지만, 그 외에 의문이 있으면 물어도 상관없다. 내가 운영하는 센터에서는 내담자가 예약 전에 상담비용, 상담회기 수 등을 알아본다.

지금까지의 과정을 살펴보는 것을 상담의 구조화라고 말하는데, 그 후 내담자에게 어떤 심리검사가 필요할 것인지를 안내를 통할 수가 있다. 심리검사의 종류는 상담센터에 따라서 다소 차이가 있을 수 있으며, 약 20가지 내외의 심리검사 중 필요한 것을 하는데 가장 기본적인 검사의 종류는 MMPI, MBTI, TCI 등이 될 수 있다.

그 외로 커플상담, 부부상담, 가족상담의 경우는 여러 명의 내담자가 같이 올 수가 있는데 예약한 시간보다 더 길어지면 추가 비용을 인정하게 된다. 주로 일반적인 사람의 기준은 주 1회 50분이 가장 많고 아동은 40분 정도이다. 상담의 회기는 내담자의 문제가 극복될 때까지가 이어가는 것이 보통인데 개인에 따라 진행하는 회기 수가 다를 수가 있다.

가끔 공공단체나 기타 상담업소에서는 바우처서비스를 이용해서 방문하는데, 이는 정해진 서비스 기간 내 상담을 진행할 수가 있다. 그 외에 국가에서 운영하는 상담 또는 내부규정에 따른 기본적인 회기 수가 정해져 있지만, 상담과정에서 변수가 생길 수 있으므로 언제든지 변경이 가능하다.

가령 첫 상담에서 어떤 방식으로 진행되는지 내담자의 역할이 무엇인지 명확한 설명이 이루어지는 것이 좋지만, 서로가 상식적으로 알고 있거나 다른 지역상담에서 경험이 있을 때는 생략이 가능하다.

또한 내담자에게 상담의 방향을 안내받을 수 있을 것이고, 상담자는 상담의 구조화를 통해 앞으로 어떻게 상담이 이어지게 되는지, 내담자가 기대하는 것은 과연 어떤 것인지를 확인한 후에, 추가로 심리상담에 관한 논의를 주고받는 것이 좋다.

그렇게 상담이 결정되면 상호협조가 꼭 필요하다. 의외로 정신적인 문제가 따르거나 보편적인 상담이 어려울 때는 상담에서 극복하는 방법을 의논하는 것이 좋은데, 소통이 원활하지 않거나 의외의 돌발적인 상황이 생기면 즉시 상담을 중단할 수가 있다.

이렇게 서로 간에 상담이 원만하게 이루어지기 위해서는 신뢰가 가장 중요하므로 치료동맹을 갖추어야 한다. 초기상담에서 두 사람이 협의하여 목표를 정하겠지만, 상담자가 그동안 파악한 내용을 토대로 상담의 전략을 알려주고 세운 계획에 따라서 상담을 이어가면 된다.

그러나 간혹 센터마다 상담의 방법이나 기법이 다를 수 있는데, 이때는 내담자와 상의해서 해법을 찾아야 한다. 만약 바우처에 관한 서비스를 이용한다면 서비스 기간 내 상담을 진행하게 되지만, 국가에서 운영하는 상담기관은 내부규정에 따른 기본적인 회기 수가 정해져 있어서 그에 따라야 한다.

상담비용 책정 문제는 어떻게 이루어지나?

상담비용은 상담 받는 대가로 지급하는 금액을 말하는데, 대개 10만 원 전후로 놓고 결정하고 있으며 상담자의 경력과 학력에 따라 변동이 있다. 보통 2급 전문가와 1급 전문가는 다를 수 있고, 특정의 상담에 따라 교수급이라면 상담비용이 더 높게 책정된다.

접수면접 또는 상담을 구조화하는 과정에서 상담비용을 안내 받는 것이 원칙이지만, 서로 이해하는 선에서 협의하여 시간과 기간을 조율할 수 있다. 바우처서비스의 경우 1회기에 5만 원 내외의 상담비용이 책정되며, 자기부담금은 서비스 이용자의 소득수준에 따라 달라진다.

기타 공공기관의 경우 무료도 있지만, 회기 당 적게는 5,000원에서 많게는 2만 원 정도의 자비를 부담할 수도 있다. 이는 지자체 예상에 따라 다소 차이가 있다.

내담자의 권리와 복지를 위한 상담 윤리규정

내담자는 자신의 권리를 지키기 위해 윤리규정을 알고 있어야 된다. 상담자 윤리규정에는 내담자의 복지와 권리를 최우선으로 하는 내용이 서술되어 있을 것이고, 권리가 침해당했다고 느껴질 때는 내담자는 상담사에게 위축되지 말고 즉각 책임을 물을 수 있다.

만약 내담자의 항의에 따라 전문심리상담자라면 잘못을 인지했을 시 앞으로 세심한 주의를 기울여야 한다. 또한 도움이 되기 위해서는 내담자의 권리를 미리 알려 줄 필요가 있다. 상담자 또한 윤리규정의 내용을 숙지하고 진행하는 것이 좋지만, 혹여 상담자의 언어에 불쾌감이 느껴지지 않도록 다음 사항을 숙지하고 진행한다.

첫째, 내담자는 무엇이든지 자유롭게 말할 수 있다.

둘째, 내담자는 상담자의 자격과 경력, 심리상담의 구체적인 계획과 상담 기간에 따른 정보를 요구할 수 있다.

셋째, 심리상담 개입방법이나 상담자의 성적인 질문, 기타 요구 등에 불편하다면 언제든지 추가질문이 가능하다.

넷째, 내담자는 슈퍼비전을 위한 녹취나 교육필름이나 상담내용이 외부에 활용되지 않기를 위한다면 미리 요구할 수 있다.

다섯째, 개인의 다양성을 존중받을 권리, 성별, 장애, 나이, 성적지향, 성별 정체성, 사회적 신분, 외모, 인종, 가족형태, 종교 등의 이유로 차별을 받지 않을 권리가 있다. 만약 심리상담에서 이러한 이유로 불편감이 느껴질 때는 자신이 느끼는 기분이나 감정을 숨김없이 표현할 수 있다.

여섯째, 심리상담에서 특정 가치나 태도, 신념 등을 상담사에게 강요받는다는 느낌이 든다면 깊이 있는 대화를 함께 나눌 수 있다.

일곱째, 상담기록 보유기간에 관해 궁금증이 생긴다면 즉시 물어볼 수가 있으며 보유기간은 업소마다 다를 수 있다.

상담사와 내담자의 권리와 의무

상담사라면 나름대로 센터의 하는 일과 그의 권리 및 의무가 있다. 그렇지만 업소가 허가제가 아니고 신고제이기 때문에 이에 규제가 따로 있는 것은 아니지만, 상식적인 선에서 서로 간에 권리와 의무는 지켜져야 할 것이다.

첫째, 내담자는 상담계획에 참여하거나 거부할 권리, 상담개입 방식 변경을 거부할 권리, 거부에 따른 결과에 관한 고지받을 권리 등을 갖는다.

둘째, 심리상담사는 상담을 시작할 때 내담자나 혹은 보호자에게 상담에 관하여 설명하거나 선택할 수 있는 기회를 제공해야 할 것이며, 이때 내담자는 필요한 정보를 얻을 수 있으며 상담의 결정에 참여할 수 있다.

셋째, 내담자는 필요에 따라 합의된 내용을 문서화할 수가 있다.

넷째, 심리상담사는 내담자에게 상담자의 경력과 자격, 비용과 지급 방식, 치료기간 및 종결시점, 비밀보호에 관해서 설명할 수가 있다.

다섯째, 심리상담사는 녹음과 녹화, 사례 지도 및 교육 활동을 설명하고 동의 또는 거부할 권리가 있다.

여섯째, 상담심리사는 모든 인간의 기본적인 권리, 존엄성 가치를 존중하며 성별, 장애, 나이, 성적 지향, 성별, 정체성, 사회적 신분, 외모, 인종, 가족 형태, 종교 등에 차별하지 않는다. 또한 내담자의 다양한 문화적 배경을 이해하려고 노력을 기울여야 하며, 문화적 정체성이 상담에 미치는 영향을 항상 인식할 수가 있어야 한다.

일곱째, 심리상담사는 내담자에게 가치, 태도, 신념, 행동을 인식하고 이를 강요할 수가 없다.

2. 심리상담 시 주의해야 할 것들

요즘 아이들은 감정을 폭발하는 부모 밑에서 자기 조절 능력을 잃어버린 아이가 많다. 부모와 관계없이 그런 아이로 성장하고 있는 것이 가장 큰 문제이다. 누구나 부모가 있다. 아이가 있든 없든 부모가 다 있다. 그리고 우린 누군가의 아이였다.

내가 누구이든지 부모에 관해서도 생각해 보지 않을 수 없다. 때로는 인간다움을 갖추지 못한 어른들이 우리 주위에는 있다. 그들은 나이에 맞는 책임감도 감정조절도 부족하다. 이런 사람이 하필 내 어머니 내 아버지인 걸 안다면 어떻게 생각하겠는가?

내 마음에 들지 않는다고 성숙하지 못한 인격을 가진 부모를 바꿀 수도 없다. 이것이 사회의 탓인가? 개인의 탓인가? 시간이 갈수록 자기 가치를 충실하게 인정하지 못하게 되면 스스로 불안을 조장하거나 회피하게 된다.

인간은 성년기부터 중년기, 장년기, 노년기로 이어가면서 나이에 비례할 만큼 그 나이의 인격을 갖추면서 살아가야 한다. 오늘도 어머니 아버지의 아들과 딸인 내담자의 문제를 해결하기 위해 심리상담업소에서는 항상 〈문제해결 방식〉으로 갈 것인지, 아니면 〈통찰 지향적〉으로 갈 것인지, 그것도 아니라면 지지를 선택할 것인지조차 제대로 된 답을 얻지 못할 때가 종종 있다. 이런 문제는 저마다 어려움도 있을 수 있겠지만 그 두 개를 합할 수 있는 방법을 찾는 것은 상담사의 몫이다. 한 사람이 살아가면서 자기의 깨달음을 구해야 하고, 그러다가 어느 때가 되면 자연스럽게 얻어진다는 화두를 움켜잡는 사람도 있을 수 있다.

그렇다고 어떤 상담사도 상대에게 다 퍼 준다고 생각하면 안 된다. 내담자를 만날 때마다 그 사람에 맞는 상담의 질과 양을 조절해야 한다. 왜냐하면 누구에게나 자기가 받을 그릇에 따른 역량이 있을 수 있는데 그것이 넘치거나 모자라면 도움이 되지 않는다.

내담자에 따라 환경, 학벌, 개인의 기질, 성격에도 차이가 있다. 어느 날 스티스 잡스가 아버지를 도와 뒷마당에 펜스를 세우고 있었다. 아버지는 잡스에게 뒷면도 앞면만큼 신경을 써야 한다고 말했다. 이 말을 들자 "아무도 모를 텐데요."라고 어린 스티브가 말하자, 아버지가 "하지만 너는 알고 있잖니! 훌륭한 장인은 벽에 붙은 책장의 뒷면까지도 좋은 목재를 쓴단다."라고 말했다.

잡스의 아버지처럼 보이지 않는 이면을 더 생각해야 하는 것이 심리상담의 일이다. 그렇다면 상담사는 과연 어떻게 살아야 할까? 우선 심리상담의 일의 범위를 미리 아는 건 중요하다. 물론 범위는 넓어서 그 안에서 남의 고민을 들어주는 것도 있을 수 있고, 가족끼리 둘러앉아서 이야기하는 것이나 직장에서 동료들이 말하는 담소도 있을 수 있다. 그런 개인의 사정을 통해 누구나 도움을 주고받을 수가 있는데 그렇다면 상담의 차이는 어떻게 이루어질까?

개인과 전문 상담의 차이점은?

첫째, 상담자는 심리학적 이론과 기술에 관해 광범위한 지식을 습득하도록 훈련받았다. 그로 말미암아 다양한 상담기법과 접근법을 익히고 활용하였기에, 개인의 문제를 다각도로 접할 수 있을 것이고, 아무리 어려운 고단위라도 해결할 수 있는 능력을 갖춰야 한다.

둘째, 전문적인 심리상담에서는 구조화된 접근을 통해서 회기마다 상담의 목표와 전략이 뚜렷하다. 그래서 〈사례개념화〉를 통해 내담자에게 필요한 상담기법을 활용한다.

셋째, 상담사는 다양한 평가 도구와 상담 기술을 활용하여 객관적으로 내담자를 바라볼 수 있는 능력을 갖추어야 하는 것은 물론 개인의 편견에 빠지거나 감정에 치우쳐 상담하지 말아야 한다.

넷째, 상담자는 내담자의 비밀을 보호하며, 상담에서 벌어지는 그 어떤 상황에도 윤리 및 규칙을 준수하기 위해 노력해야 한다.

내담자의 비밀보장의 예외 조항은?

첫째, 만약 내담자가 자기 신분을 밝히기를 꺼린다면 가명을 사용할 수 있다.

둘째, 일반 의료기관과 같이 보험이 적용되지 않기 때문에 기록이 외부로 공유되지 않는다.

셋째, 심리상담과 관련된 모든 정보에 있어 개인정보보호와 관련된 법을 준수하는 것이 원칙이므로, 상담의 과정에 따라 알게 된 내담자의 정보와 상담내용의 비밀을 유지한다.

넷째, 상담의 기록이나 보관, 폐기의 기간에 궁금한 사항은 내담자에게 알려 주어야 한다.

다섯째, 상담문서나 기타 기록에 관한 보관은 기관마다 다를 수 있다.

위의 비밀보장과 관련한 내용을 〈한국상담심리학회〉의 윤리규정과 기타의 학회의 조항을 요약 정리하였다.

심리상담사의 비밀 유지 의무는 과연 어떤 것이 있나?

첫째, 상담심리사는 내담자와의 상담에서 알게 된 민감한 정보를 신중히 다뤄야 한다. 가족이나 지인이더라도 본인의 허락 없이 함부로 공개해서는 안 된다.

둘째, 개인의 정보 보호와 관련된 법률을 준수해야 하며, 상담자의 사생활과 비밀을 존중해야 한다. 하지만 내담자 법정 대리인의 요청에는 이 규정에 관하여 일부 제한될 수 있을 것이며, 이럴 때에도 내담자의 사생활 침해를 최소화하는 범위에서 가장 적절한 조치를 취해야 한다. 그 외 상담과 관련된 정보를 공개할 때는 신원 확인이 가능한 정보나 비밀

정보는 함부로 공개하지 않는 게 원칙이다.

셋째,   상담기관 및 구성원들에게도 사생활과 비밀을 보호하는 지침을 시달하여야 하며 필요하다면 그 외 내규를 정할 수 있다.

넷째,   상담의 전문가는 상담과정에서 내담자의 개인정보와 사생활을 보호에 최선을 다해야 한다.

상담사의 비밀 보호와의 예외 사항은?

첫째,   내담자의 생명, 타인 또는 사회의 안전을 위협하는 경우, 내담자의 동의 없이도 내담자의 도움이 되는 정보를 관련 전문인이나 사회에 알릴 수 있다.

둘째,   감염성이 있는 치명적인 질병이 내담자에게 확인된 경우, 상담사는 해당 질병에 위험한 수준으로 노출된 제3자에게 정보를 공개할 수 있다. 이에는 반드시 공공이익에 도움이 되는 것이어야 할 것이며, 이전에 내담자가 제삼자에게 알렸는지, 혹은 스스로 알릴 의도가 있는지를 확인할 필요가 있다.

셋째,   법원이 내담자 동의 없이 상담 관련 정보를 요구할 때, 상담사는 내담자의 권익이 침해되지 않도록 법원과 신중한 조율이 필요하다.

넷째,   내담자 정보를 공개할 경우, 정보공개 사실을 내담자에게 알려야 한다. 불가피한 경우라면 최소한의 정보만이라도 공개하는 것을 원칙으로 한다.

다섯째, 여러 전문가로 구성된 팀이 개입하는 상담의 경우, 상담사는 팀의 존재와 구성을 내담자에게 반드시 알려야 한다.

상담내용의 기록은?

첫째, 상담기관과 상담사는 상담의 기록, 보관 및 폐기에 관한 규정을 마련하고 그에 따라 준수하는 것을 원칙으로 한다.

둘째, 상담기록은 법 규정 또는 제도적 절차에 따라 일정 기간 보관해야 하며, 보관 기간이 경과된 기록은 폐기하도록 한다.

셋째, 공공기관이나 교육기관 등은 자체에서 정한 기록보관 연한을 준수하며, 해당하지 않는 경우에는 3년 이내 보관을 원칙으로 한다.

넷째, 상담심리사는 상담의 녹음 및 기록에 관해 내담자의 동의를 구해야 하며, 만약 기록물을 열람할 때 합당한 선에서 가능하게 해야 한다. 상담사는 내담자의 기록 열람이 해악을 끼칠 우려가 있는 경우 제한할 수 있다.

다섯째, 상담사는 복수의 내담자 기록을 공개할 때는 개별 내담자에게 해당하는 부분만을 공개하고 다른 내담자의 정보는 절대 노출하지 않아야 한다.

여섯째, 상담과 관련된 기록을 보관하고 처리할 때도 내담자의 비밀을 보호하며, 기록을 타인에게 공개할 때는 동의를 받아야 한다.

일곱째, 상담심리사는 죽음, 능력 상실, 자격 박탈 등의 경우에는 기록과 자료의 비밀 보호를 유지할 수 있도록 계획을 세워서 그에 관한 보안을 철저하게 한다.

상담자와 내담자의 관계

첫째, 심리상담사는 여러 사람에게 영향을 줄 수 있는 상담이나 기타 환경에 관해서는 가능한 피하는 것이 좋을 것이며, 가까운 사적인 관계에 있는 사람을 내담자로 받아들이지 않는 것이 원칙이다.

둘째, 상담할 때는 내담자와 밀접한 관계나 특이한 관계에 있을 때는 지체하지 말고 내담자를 다른 전문가에게 의뢰해야 한다.

셋째, 상담자는 내담자와 연애관계나 사적관계를 맺거나 유지하지 말아야 하며, 상담비용 이외의 금전적 거래는 허용하지 말아야 한다.

넷째, 상담사는 내담자, 보호자, 친척 등과의 성적접촉이나 관계를 맺지 말아야 할 것이며, 이전의 성적접촉을 한 사람을 내담자로 받지 말아야 한다. 상담관계 종결 이후에도 가능한 내담자와 성적 관계를 맺지 않아야 한다.

다섯째, 여러 명의 내담자에게 상담서비스를 제공할 경우, 각자의 관계를 명확하게 정리하고 상충되는 역할이 있을 시는 조정하거나 해제해야 한다.

집단상담에서 주의할 것

집단상담이 갈수록 많아지는 추세에 있다. 그럼으로써 이에 따른 부작용도 심심찮게 일어나고 있는데, 가장 중요한 것은 서로 간에 비밀의 의무를 다해야 한다는 것이다.

첫째,   집단상담을 해야 할 경우, 상담사는 그 특정집단에 의한 비밀보장의 중요성과 한계를 고지한 뒤 시작한다.

둘째,   가족상담에서 상담심리사는, 각 가족 구성원의 사생활 보호에 관한 정보를 해당 구성원의 허락 없이는 다른 구성원에게 절대 공개할 수가 없다.

셋째,   슈퍼비전(supervision)이란, 상담자를 보다 더 큰 전문가로 만들기 위해서 수련감독자가 제공하는 평가적 및 교육적 활동을 두고 말하는데, 즉 전공의와 교수와의 관계처럼 상담자 또한 수련감독자가 있기 마련이다.

3. 내담자를 위한 관찰

　상담에서 종결까지 상담자의 능력을 최대한 발휘할 수 있도록 제공하는 기술이 내담자의 관찰이다. 이 관찰을 통해 내담자의 문제를 해결하기 위해 여러 가지 정보를 얻을 수 있다. 물론 심리상담사는 관찰을 통해 심리상담의 과정에서 일어나는 일들을 이해하도록 하고, 어떻게 도움을 줄 수 있는지를 자세하게 제공한다.

　예를 들면 내담자가 무엇을 두려워하는지, 술을 왜 많이 취하게 되는지, 지나치게 많은 문제에 걱정을 감수하면서 살고 있는지에 관한 정보를 얻을 수 있도록 도움을 준다. 이를 위해서는 내담자가 앞으로 자신이 원하는 것과 싫어하는 것을 구별할 줄을 알아야 할 것이며, 상담에 도움이 되는 작업을 어떻게 이어가는 것이 좋은지도 관찰하게 된다.

　또한 사례 발표나 슈퍼비전, 내담자에 관한 지속적인 관리에 필요한 자료를 제공해 주는 것도 세심한 관찰에서 이루어진다. 결국 상담을 위한 작업의 성패는 보는 것을 어떻게 효과적으로 처리할 수 있는가에서 정해진다. 가능하면 내담자가 어려서부터 어떻게 자랐는지에 갖가지 정보를 확보하는 것이 좋다. 또한 내담자가 만나는 사람이 다정한 사람인지 혹은 위험한 사람인지에 관한 것도 관찰을 통해서 가능하다.

이러한 전후 단서를 통해서 내담자는 사회적 대처상황을 배우게 되는데 여기에서 대처방법이란 문제의 상대방과 거리, 대화할 때의 음성의 크기, 사용할 말의 수준 등도 포함된다. 상담자는 내담자의 이러한 점을 깊이 생각하지 않고도 유아, 사회인, 친구 등 다양한 사람과 이야기할 때 음성, 어휘, 말하는 방식 등을 알게 된다.

그래서 내담자의 일상과 상담의 차이는 다른 상황이라면 당연하게 받아들일 행동을 상담가의 경우 좀 더 의식적으로 관찰하도록 해야 한다. 이렇게 내담자를 통해서 알게 되는 점은 상담진행 중에 벌어지는 사건 사고의 과정을 적절한 대안을 통해서 유연하게 대처할 수 있게 된다.

이렇게 상담이 지속될수록 내담자에 관한 상담자가 처음 가졌던 인상을 수정하게 되고 재평가하는 걸 알 수가 있다. 상담자는 내담자의 비언어적 단서, 언어적 표현, 음성 언어와 신체 언어 사이의 관계, 상담자에게서 느껴지는 반응을 하나씩 살피고 내담자가 앞으로 어떻게 살아야 할 것을 아는 것은 물론, 지난 삶을 돌아보는 시간도 될 것이다. 그러나 가장 중요한 것은 상담에 임하기 전에 내담자를 관찰할 수가 있는데 이제부터 그 항목대로 알아보고자 한다.

내담자의 비언어적 단서 관찰하기

우리는 실제 표현하는 말의 내용보다 비언어적 행위를 관찰해야 한다. 경찰서의 형사들이 피고인을 예리한 시선으로 바라보듯이 상담자도 내담자를 위한 더 많은 단서를 가장 적절하게 취합해서 상담에 유익한 결론을 내려야 한다. 그렇게 하려면 내담자의 차림새, 의복, 눈 맞춤, 자세, 습관적 태도나 언행 등이 유용한 정보를 제공하기도 한다.

〈예시〉한 사람의 내담자를 놓고 심리상담사는 다음의 여러가지 모습을 찾아볼 수 있다.

내담자는 내가 있는 상담센터에 여종업원을 거쳐 급하여 예약을 신청했다. 내가 처음 그를 만나게 된 것은 새벽부터 비가 내려서 상담센터 근방에 풀과 나무들이 모두가 젖어 있을 때였다. 그의 키는 158cm 정도로 작았으며 검정 작업복 차림에 검은색 가방을 짊어지고 있었다. 비교적 허름한 옷을 입었는데 검은 머리가 무척 돋보였다.

S는 내가 무슨 말을 꺼내기 전에 내 쪽으로 오면서 이빨이 약간 보이게 히죽거리며 웃었다. 나는 그가 너무 가깝게 다가서는 것을 경계하면서 한 발 뒤로 물러서야 했다. 그리고 상담실이 있는 창문 쪽으로 걸어가서 내가 의자에 앉았고 그도 책상 건너편 의자에 앉았다.

그는 비교적 말이 없었다. 그리고 뭔가 불안한 듯한 시선으로 여기저기를 둘러보았다. 그런데 이야기 도중 의자 끄트머리에 걸터앉아 있던 S 씨는 옆에 놓여 있는 검정 가방에서 작은 서류를 꺼내더니 그 속에서 메모를 내게 내밀었다.

순간 당황했지만 보니 거기에는 접수 서류에 필요한 글들과 상담을 오게 된 경위가 적혀 있었다. 내용을 파악해 보니 아내와 두 아들을 떠나고 싶지만 실제로는 그럴 수 없는 현재의 상황이 무척 난처하다고 했다.

그렇게 한참을 침묵하더니 마음이 혼란스럽기도 하고 불안하기도 하다면서 다음 말을 이어갔다. 아내와 이혼한 상태에서 있지만 그런데

도 두 아들을 돌보고 있는 것이 무척 마음에 들지 않는다고 말을 이어
나갔다.

내담자의 전반적인 외양

이제부터 S의 사례를 새기면서 심리상담사가 주목해야 할 구체적인
주제를 적어 나갈 작정이다. 내담자를 대하며 외양에서부터 첫째로 보
게 되는 것이 성별이나 나이에서부터 차림새나 행동, 태도 등의 느낌이
다. 내담자는 내가 볼 때 나이가 30~40세 정도로 보였다.

별로 건강하지 않을 것 같다고 생각한 것은 키가 아주 작고 체중도
정상 수준에 못 미친다고 보았고, 걸음을 걸을 때 어깨가 한쪽으로 기
울었으며 몸에서 풍기는 표정은 분위기가 어두웠다.

그의 모습, 키, 체중과 신체적으로 주목할 만한 건 별로 없다. 조금은
까칠한 피부, 억양 등을 볼 때 고향은 남쪽 지방인 것 같았다. 나를 찾
아온 이유는 어릴 때 부모의 이혼으로 학교에서나 또래 사이가 순탄하
지 않은 점과 친구 사이와 여자 문제를 상담하러 왔다.

내담자의 의복이나 차림새

내담자가 자기가 소속한 집단이나 자기 관리 상태 등에 단서를 제공
하게 된다. 비록 내담자의 차림새가 단정한 모습은 아니었으나 전문직
에 종사한다는 것을 들었을 때 전혀 실감이 나지 않았다.

후에 공무원으로 있었다는 점도 알았다. 시간이 갈수록 내담자의 외모에 최대한 관심을 집중했다. 신발에서부터 몸 전체에 풍기는 모습이나 차림새를 살펴보았다. 그렇지만 상담사는 가능한 내담자의 의복으로 말미암은 선입견은 없는 것이 좋을 것이다.

내담자의 표정

상담자가 내담자의 내면에서 벌어지는 일을 알기 위해서는 표정을 살피게 된다. 얼굴에서 표정이 드러나지 않을 수 있지만, 그러나 생각이나 느낌 등을 볼 수가 있다. 웃음, 찌푸림, 점잔빼는 듯한 얼굴, 멍한 시선 등의 의미에 집중한다. 이런 표정을 통해서 내면을 분석하게 되는데 정작 당사자는 드러내지 않으려고 행동했을 것이다.

그러나 숙달된 상담사라면 짐작할 것이다. 내담자는 상담자가 수용될 만한 것을 표현할 수밖에 없다. 그렇지만 얼굴에 변화가 있을 법한데 실제로 별다른 변화를 보이지 않았다. 이는 누군가로부터 크게 손해를 보았거나 부당한 일을 당했거나 무시당한 경험을 이야기할 때 나타나는 표정이다.

아무런 변화가 보이지 않을 때는 그 이유를 살피는 것이 상담사의 할 일이다. 내담자가 얼어붙은 것처럼 표정이 어두워 보일 수가 있어도 이것 역시 단서가 된다. 물론 내담자가 속한 그 지방의 문화에 따라 표현의 수준과 의미가 달라진다.

여기서 상담사들이 내담자의 모든 표정과 그 의미를 일대일로 대응시킬 수는 없다. 상담이 진행되면서 표정에서 왜 그런 생각을 하게 되었는지를 알아차릴 수 있어야 한다. 내담자가 초기에 보여 주는 표현뿐 아니라 상담이 진행되면서 나타나는 표현 방법에도 주목해야 한다.

그렇지만 내담자는 회기마다 다른 표현을 보일 것이고 표정의 변화는 당시의 내면을 보이게 된다. 이런 식으로 꾸준히 탐색이 필요하다. 그리고 변화 뒤에 숨은 의미를 알 수가 있다.

내담자는 연이어 상담에 관심을 보이면서 상담받고 싶다고 할 때 그 기대와 열정을 점차로 크게 보일 수 있을 것이고 그러면서 자주 웃는 모습도 보일 수 있다. 그러나 내 시선을 피한다는 건 자신의 정서적 경험을 상담자가 알아차리는 것이 못마땅할 수도 있다.

내담자의 눈 맞춤

눈 맞춤의 느낌은 내담자의 표정에서 알 수가 있을 것이며 서로의 관계가 얼마나 편안한지를 알 수가 있다. 너무 잦은 눈 맞춤은 상대를 통제하거나 위협하려는 욕구를 암시하므로 가능한 줄이는 것이 좋다. 반면 너무 적은 눈 맞춤은 서로에 관한 수줍음, 위협에 관한 두려움을 나타낼 수도 있다.

이렇게 내담자와 자주 시선을 맞추는 일은 무심코 이루어지지만 이러한 변화는 가끔 서로 간에 생길 수 있다. 즉 한쪽이 편안하게 느끼면 상대방도 편안해질 수가 있다. 그래서 눈 맞춤은 다분히 문화적으로 결정되며 학습된 행동이라는 점이다.

예를 들면 도시에서 자란 사람들은 낯선 사람과 눈을 맞추는 게 위험하다고 생각할 수가 있다. 하지만 그들이 자라서 직장을 구할 때는 눈 맞춤을 두려워하거나 피했던 것들이 사회생활에서는 오히려 불리하게 작용할 수가 있다는 것도 알아야 한다.

내가 만난 내담자는 어릴 때부터 낯선 사람에게 눈을 맞추지 않으므로 새로운 사람을 만나는 데 어려움을 가지고 있었다. 낯선 사람에게 부탁하거나 도움을 청할 때도 눈을 제대로 맞추지 못해서 항상 불편함이 있었다.

내담자의 눈물

여자가 눈물을 흘리는 게 슬퍼서 우는 것이 아니라 속상해서 운다는 말이 있다. 눈물은 대체로 남자보다는 여자들이 많다. 눈물과 같이 정서적으로 어떤 의미가 큰 상징은 문화, 성 그리고 동기 등과 관계가 있다고 했다.

심리상담자는 내담자가 눈물을 흘릴 것 같은 징후를 보이면 눈물의 의미와 동기를 알려고 노력해야 한다. 내담자의 눈물에는 심리상담자의 인내, 눈물을 흘릴 수 있도록 기다려 주는 것이 필요하다.

상담이 이루어지는 장소 주위에는 항상 화장지를 미리 준비해 두어야 한다. 이런 준비는 내담자의 눈물을 이해할 준비가 되어 있다는 걸 상대방에게 알려 주는 계기가 된다. 눈물을 흘리는 일과 관련해서 성별 간의 차이는 있지만, 일반적으로 여성은 울 수 있어도 남성은 울어선 안 된다는 고정관념이 남아 있는 것 같다.

하지만 여성도 회의 시간에 울어서는 안 되며 남성도 약간의 눈물을 보일 정도의 감수성은 있는 게 무난할 것이다. 그런데도 여성들은 슬플 때가 아니라 화가 났을 때 우는데, 그러한 눈물은 표현되지 않은 분노의 좌절감일 수가 있다.

남성은 오랜 세월 마음속 깊이 품어 두었던 것, 뭔가 부드러운 걸 어루만졌을 때는 눈물을 흘린다. 눈물은 상대방의 반응뿐만 아니라 상담자도 사회적 통념에 따라 좌우될 수가 있다. 그렇다면 이러한 통념을 알아차리는 것이 좋다.

내담자에 따라서 눈물에 관한 사회적, 개인적인 통념의 폭은 아주 크게 작용한다. 눈물에 관한 개인적 반응뿐 아니라 사회적인 통념을 이해하도록 해야 하는데, 울면서 위안을 경험하기 때문에 선호 이상의 기능과 치유를 돕는다.

그러나 내담자가 눈물에 관한 개인적이고 사회적인 통념을 깰 수 있을 때 긍정적 기능을 경험할 수 있다. 그래서 눈물은 '날 좀 가만 놔둬' '그건 너무 고통스러워' '그만해' '도와줘' 또는 '나는 슬퍼' 등의 다양한 의미가 들어 있을 수 있다.

눈물의 의미는 복합적이다. 만약 어떤 문제를 살피는 맥락에서 그 의미가 드러나지 않을 때는 내담자에게 그 눈물의 의미를 물어볼 수도 있다. 왜냐하면 이것은 상담을 종결하는 데 중요한 의미가 될 수 있음이다.

내담자의 몸짓과 동작

내담자의 외모, 표정, 행동, 몸짓, 호흡의 변화, 시선 등 신체 언어를 말하는데 행위적이라고 할 수 있다. 상대방을 관찰할 때는 눈, 입 등 각각의 외모를 분리해서 보는 일은 거의 없다. 내담자의 전체적인 외양을 통해서 관찰하게 된다.

어떤 사람이 몸을 앞뒤로 움직이거나, 머리카락을 쓸어내리거나, 시계를 보거나, 몸을 앞으로 기울인 채 응시하거나, 팔짱을 끼고 어쩌면 경멸하는 태도와 시선을 보낼 때, 그것의 느낌을 누구나 쉽게 알아차릴 수가 있다.

이러한 내담자의 신체언어를 해석하는 데는 개인적이고 문화적인 편견이 작용할 수가 있다. 오늘 내담자를 상담하는 게 아주 좋았던 이유는 비언어적 신호를 읽어내기가 쉬웠다. 내담자의 행동을 관찰하게 된 것을 이야기했을 때 내담자는 더 많이 이해하게 되었으며 또 다른 방식으로 반응을 보였다.

손톱을 자꾸 입으로 가져가는 것이나 미간을 찌푸리며 의자 끄트머리에 앉는 등의 모습은 지금 뭔가 불안을 드러내고 있는 것 같았다. 즉 내면에는 '저는 지금 뭔가 불안해요'라고 하는 말을 해 주는 것 같았다.

내담자의 개인적 공간

상담사와 내담자의 사이에 있는 공간의 활용은 접촉 등을 말할 수 있다. 서로 가까이 있는가, 어디에 있는가, 언제 접촉하는가에 따라서도 여러 가지의 서로에 관한 의미가 다를 수 있다. 그러나 가깝다고 여기는 사람에게만 개인적 공간 내에 들어오는 것을 허용하게 되는데, 가능한 큰 책상 뒤에 앉는 것이나 그렇지 않은 것과는 의미의 차이가 크다.

어떤 상담실에는 책상이 없고 책상 대신 둥그런 모양의 긴 의자와

폭신한 의자만 두 개일 때도 있다. 그런 곳에서는 앉을 자리를 정해 놓고 있을 수 있다. 이렇게 내담자의 공간을 말할 때 떠올리는 것은, 어떤 자리에 앉든지 서로가 정면에서 서로의 시선을 피하는 것이 좋다. 너무 가까이 접근하는 것은 하나의 신체적 접촉으로 느낄 수가 있다.

특히 상담사와 내담자는 그 어떤 형태의 성적인 접촉은 금하고 있다. 그러나 접촉의 의미를 달리 해석할 여지는 남아 있는데, 내담자가 손을 내밀면서 팔을 벌린다면 그것은 신체적 접촉의 초대를 의미한다고 말할 수가 있다.

내담자가 말하는 스타일

모든 내담자는 어떤 사람은 말을 빨리하고 어떤 사람은 천천히 한다. 또한 어떤 경우에는 연인에게 속삭이듯이 하는가 하면 소리 높여 말하는 사람도 있다. 내담자의 말하는 방식에 따라서 문제를 챙길 수 있는 지표를 살펴보면, 일반적으로 작고 부드러운 음성은 수줍음, 당황, 자기 노출에 관한 불편함, 조롱받을 것에 두려움을 나타낼 수 있으나 지역이나 문화에 관한 다소의 차이는 있을 수 있다.

예를 들면 경상도는 말씨가 비교적 투박하고 서울의 말씨는 조용한 것이 특징이다. 지역과 연고에 따라서 큰 음성은 청각 장애나 다른 사람에게 위협을 주려는 것일 수도 있고 그것도 아니라면 강렬한 감정을 반영하는 것일 수 있다.

말하는 스타일은 심각한 정신상의 문제로 볼 수 있는데 예를 들면 큰 소리를 쉬지 않고 말하면 조증 상태를 의심해 볼 수가 있을 것이며,

낮은 음성으로 산만하게 말하면 내담자가 우울 증상을 가지고 있을 수가 있다. 그리고 상담자가 내담자와 같은 문화적 배경을 가졌다면 비언어적 단서의 의미를 비교적 빠르게 파악할 수가 있다.

하지만 문화적 배경이 다르다면 상담사는 내담자의 말하는 스타일에서 뭔가를 추론할 수도 있을 것이며, 주의를 기울여 이야기를 집중해서 듣게 되면서 지금까지 전혀 느끼지 못했던 스타일을 유추할 수 있는 계기가 된다.

내담자의 말과 유창성

말의 어휘나 주제 등이 부드러우면 상대방이 긴장하거나 불안할 때 말실수가 증가하게 된다. 내담자는 불안하기에 자신의 감정을 자극하는 주제에 머뭇거리거나 특정한 발음 시 실수하는 경향이 있을 수 있다.

상담자는 내담자가 말하는 주제에도 주목할 필요가 있다. 어떤 내담자는 주제를 옮겨가며 말을 해서 도대체 무슨 이야기를 하는지 모를 때가 있는데, 이럴 때는 왜 그러는지 당연히 내담자에게 물어보는 게 좋다.

내담자의 기억은 주제별로 틈이 있을 수 있으며, 그 주제 중 하나가 고통스러운 감정과 관련된 것일 수 있다. 어떤 내담자는 말은 유창하지만 화제가 전환되는 과정에서 선명하지 못하다. 예컨대 지금까지 건강을 말하다가 갑자기 화제를 바꿔 버리는 등을 볼 수가 있다.

상담사가 질문을 하자 어떤 여성은 고혈압이 와서 약을 먹기 시작했다는 해명을 통해 왜 병이 오게 되었는지 알아들을 수는 있었지만 나와 주고받는 메시지가 매끄럽지 못했다. 이러한 측면에서 내담자의 유창성에 관한 결어는 중요한 방어기제의 하나가 될 수가 있다. 이런 내담자는 어떤 일에 직면했을 때, 주제를 다른 쪽으로 주의를 돌리는 게 중요한 수단이 될 수가 있다.

내담자에 관한 단어의 의미와 선택

상담자는 내담자와 같은 언어를 쓰고 있다. 하지만 쓰는 사람에 따라서 같은 말이라도 다른 의미를 지닐 수 있는 경우가 많은데, 이는 음성의 높낮이에 따라 전혀 다르게 들릴 수 있으므로 상담자는 이에 주의를 기울이도록 한다.

예컨대 사랑, 미움, 성, 야망, 헌신, 데이트, 신뢰, 열심히 일함, 늦음, 어려움, 조심함, 의존적임, 염려함, 게으름 등은 모두가 같은 의미로 사용한다고 하지만, 실제로는 쓰는 사람에 따라 전혀 그렇지 않을 수가 있다. 더욱이 이러한 단어들은 상대방에게 의미를 지니는 것들이다.

어떤 내담자든지 또는 누가 게으르거나 더럽다고 하는 평가를 받고 싶겠는가? 어떤 내담자는 자신의 두려웠던 경험을 말하면서 웃었는데, 처음에는 지나쳤지만 웃음이 좋게 보이지 않아서 무엇을 강요하거나 긴장된 느낌을 주기도 한다.

상대방은 이와 같은 태도로 당시의 기억을 웃음으로 끝내는 것처럼 보였었다. 당연히 웃을 상황이 아닌 데도 그렇게 하는 것은 돌발적인 모습을 상쇄하기 위해서일 수도 있다. 이런 예는 상담자가 내담자가 보여 주는 행동이나 말의 의미를 확인하려고 할 때 가끔 있을 수 있는 일이다.

이럴 때 상담자는 내담자에게 의미를 명료하게 설명하게 해서 자기 행동에 피드백을 주는 동시에 당시의 반응을 살피는 것이 아주 중요하다.

내담자의 침묵

침묵이 길면 내담자의 문화나 상황에 따라 사람들은 상당히 불편한 게 사실이다. 심리상담사는 내담자가 침묵보다는 말하는 게 더 중요한 수단이 될 수가 있다. 그렇지만 침묵이 길어지면 어떤 심리상담사는 오히려 불안해하면서 그 이유를 충분히 이해하지 못하고 바로 개입부터 서두르는 사람도 있다. 그렇지만 실제로 말해야 하는 상황인데도 아무 말도 하지 않고 있으면 다음과 같은 의미로 받아들여도 된다.

- 무언가를 생각하고 있을 수 있다.
- 감정이나 느낌에 압도되어 있다.
- 마음속에 있는 말을 더하고 싶지 않다.
- 상담자의 반응이 뭔가 불안하다.
- 이야기가 누설될 것에 걱정이 된다.
- 신뢰를 저버리는 말을 한다.
- 적당한 말을 찾지 못해서 기다리고 있다.
- 마음의 평정을 찾으려고 한다.

내담자가 침묵이 발생한 것은 전체적 맥락을 이해하게 하고 관찰함으로써 침묵하는 이유를 알 수 있다. 예컨대 표정, 내담자의 눈의 초점, 몸짓, 사소한 동작 등은 침묵하는 의미를 알 수 있는 단서가 될 수가 있다. '무슨 말을 해야 할지 모르겠어요.' '정말 그런 건가요?' '지금 피드백을 주시겠습니까? 침묵하는 이유를 잘 모르겠습니다.'

이처럼 내담자의 비언어적 표현이나 언어적 표현은 행동의 의미와 그 밑에 숨겨진 동기를 이해하는 데 중요한 단서가 된다. 그런 걸 염려하고 관심 있어 하는 부분을 상담사는 이해하거나 알아차릴 수가 있다.

내담자의 언어적 표현과 비언어적 행동 관찰하기

상담회기 내내 내담자의 반응에서 단서를 발견하기 위해 언어적 표현과 비언어적 행동의 상호작용을 관찰하게 된다. 예를 들어 "저는 직장을 잃었어요."라고 말하고는 축 처진 몸으로 눈물을 흘린다면 내담자가 슬퍼하고 있다고 볼 수 있다. "전 이 사람과의 관계에 아주 질려버렸어요."라고 한 후에 같은 행동을 보이면 상실과 실망에 빠졌다는 것을 짐작할 수 있다.

그러나 내담자가 "저는 제 결혼 생활이 너무 행복해요."라고 말하고는 실망하는 표정에 있다면, 상담자는 내담자의 이러한 반응에 의아해 할 것이다. 이것은 내담자가 양가감정을 보여 주는 것인가? 아니면 기쁨, 슬픔, 불신 아니면 이 모두가 복합된 것인가? 그렇지만 상담자는 겉으로 보이는 것 이상을 이해해야 한다.

그리고 내담자의 말과 행동 간의 상호작용을 통해 실제 일어나고 있는 일의 단서를 얻을 수 있다. 그래서 내담자의 언어적 표현과 신체 언어 간의 상호작용을 결정적 정보제공 요인으로 이해하기보다는 상담할 때 어디에 주목해야 하는지를 알려 준다.

내담자의 언어적 표현과 비언어적 행동 간의 불일치

내담자의 언어적 표현과 비언어적 행동은 서로 관련되어 있으며 때로는 상호 보완적이다. 내담자가 깊은 상심에 처했을 때는 눈물을 흘리고 재미있는 말을 할 때는 웃음을 터뜨리며 또는 "이제 갈 시간입니다."라고 하면서 자리에서 일어서는 건 상호 보완성을 보여 준다.

하지만 서로 다른 경우 양쪽 표현의 불일치를 보여줄 수도 있다. 어떤 내담자는 고개를 가로저으면서 "알겠어요."라고 한다거나 "이제 갈 시간입니다."라고 하면서 자리에 앉아 새로운 주제를 꺼내는 경우, 또는 화를 내면서 자리에 앉아 다른 말을 하는 경우, 또는 화를 내지만 동시에 웃는 경우 등은 내담자가 마음속에서는 다른 생각을 할 수가 있는 것을 알 수가 있다.

내담자의 이런 불일치는 매우 중요하고 주목할 만한 것이며, 이는 양가감정을 가지고 있다는 점뿐만 아니라 그 지점에서 더 깊은 탐색할 필요가 있음을 알려 준다. 이렇게 더 깊게 경청함으로써 불일치의 의미가 분명해질 수 있다. 하지만 그 의미가 분명하지 않을 때 상담자는 다음과 같이 질문으로 의미를 탐색할 수 있다.

"당신은 울면서 지금 웃고 있습니다."

"제가 더 잘 이해할 수 있도록 도와주실 수 있습니까?"

"제가 지금 말하는 것과 행동이 일치하지 않는 것으로 보니까 무척 혼란스럽네요. 그렇지 않나요."라고 말을 하면서 내담자의 말이나 생각을 짐작해 볼 수가 있을 것이다.

내담자의 말할 순서가 되었다는 것을 알려주는 신호

말할 순서가 되었다는 것을 알려 주는 신호는 언어적 표현과 비언어적 행동의 상호작용에서 또 하나의 중요한 측면을 볼 수가 있다. 일반적으로 말하는 순서는 자연스럽게 정해진다. "이제 당신 차례예요."라는 메시지를 전달하는 것에는 여러 가지가 있을 수 있다.

예를 들면, 말하던 사람이 말을 중단한 채 더 이상 움직이지 않고 듣는 사람을 바라보거나 손바닥을 펴서 상대를 향해 내민다거나 말끝의 억양을 올려서 질문임을 알리는 태도를 보인다. 이러한 모든 신호는 말하는 사람이 말을 중단하고 듣는 사람의 응답을 기다린다는 것을 뜻한다.

비언어적 행동은 또한 말하고 싶은 소망을 전달할 때 사용하기도 한다. 검지를 들어 올리거나 몸을 약간 앞으로 기울이거나 다른 사람의 말을 가로막는 것 등의 행동은 말하려는 의지를 전달하게 된 것으로 봐야 한다.

상담자가 말할 것이 없는 데도 내담자가 뭔가 말해야 할 것 같은 압박을 느낀다면, 상담자는 "이 시점에서 당신은 내가 뭔가 이야기하기를 바라는 것 같습니다. 하지만 전 무슨 말을 해야 할지 확신이 서지 않네요."라고 내담자에게 말을 할 수도 있다. 그러나 내담자가 계속 이야기하기를 원한다면 "그 부분에 관해 좀 더 말해 줄 수 있어요."라고 질문할 수가 있다.

내담자의 동작과 조화

비언어적 행동과 언어적 표현 사이의 상호작용에서 또 다른 중요한 측면은 내담자의 동작이 된다. 이것은 모든 대화에서 나타나는 상보적 행동을 의미한다. 이러한 현상은 유아기에 자기를 돌봐 주는 사람의 음성에 맞추어 리듬 있게 움직이는 반응에서도 관찰할 수 있다.

사람들이 나이가 들어도 이러한 경향은 남아 있을 수 있다. 내담자와 상담자의 사이에 동작이 자연스럽게 일치할 때 안락하고 편안하며 서로의 관계는 자연스럽게 이어지게 된다. 즉 한쪽이 움직이면 마치 함께 춤을 추듯이 상대편도 따라 반응하게 되는데, 이와 같은 동작이 일치가 안 되면 이때에는 두 사람 사이에 리듬을 발견할 수 없다.

예컨대 상담자는 의자 끝에 앉아 내담자에게 눈을 맞추려고 하는데 내담자는 팔짱을 낀 채 의자 뒤에 기대앉아서 눈을 피하듯이 다른 곳을 볼 때일 것이다. 이러할 때는 서로가 불편한데 동작의 조화와 관련된 또 다른 주제는 동작의 상보성이다.

우리가 대화할 때, 상대편이 유사한 행동을 보이면 편안해지는 경험을 말한다. 그러한 행동이 악수든 미소든 무엇이든가 우스운 일이 있을 때 눈알을 돌리든지 상대편이 나와 같은 상보적인 반응을 하길 기대하게 된다.

제3장

상담 전에 알아야 할 것들

1. 심리상담이 좋기만 한가?

　사람 중에는 상담센터가 하는 일이 회의적이라고 한다. 그 이유는 하는 일의 양보다는 수입이 적은 것도 원인이지만 의외로 장점도 있다. 많은 사람과 만나면서 연륜을 쌓게 되고 자신을 돌아볼 수 있는 여유가 생겨서 까칠한 면이 줄어드는 것이다. 예컨대 골동품이 명품이 되어가는 과정이라고 할 수 있을 것이다. 날마다 내담자를 만나면서 눈치도 보고 간도 보고 비난도 듣고 살아가게 되는 것이다.

상담기법을 왜 바꾸어야 하나?

　첫 상담에는 상담사들이 인지 및 행동치료를 선호하는 편이었으나 내담자의 문제의식과 행동에 따라 상담의 기법도 다양해질 수가 있다. 필자는 NLP와 최면, EFT, EMDR를 복합적으로 상담에 접목하는 데는 내담자의 핵심 신념을 제거하기 위해서이다.

나는 상담을 이렇게 한다.

화창한 4월의 어느 날이다. 반쯤 열린 창문으로 요란한 까치 소리가 들려왔다. 내가 있는 아파트에서 창문을 열면 한 폭의 그림 같은 면목동 앞산이 보인다. 아침 햇살을 맞으며 몇 마장 걸어가니 용마산 폭포에서 떨어지는 물소리가 꽤 요란하다. 얼마 뒤 지하철에 올라 내가 운영하는 〈하늘상담센터〉에 도착하니 9시가 지나 있었다. 그때, 한 통의 전화가 걸려 왔다.

상담사	안녕하세요. 〈하늘심리상담센터〉입니다.
내담자	네, 제가 오늘 상담받고 싶은데 오늘도 가능할까요?
상담사	언제쯤 시간이 나세요?
내담자	네. 오후 3시가 가장 좋아요.
상담사	네. 그럼 3시에 뵙도록 할까요?
내담자	네.

이렇게 예약을 마쳤다. 만약 시간이 있으면 왜, 어떻게, 왔는가 무엇을 도와드릴까요?라고 묻겠지만 오늘은 간편하게 끝냈다. 그렇게 물으면 "저는 ~~이렇게 해서 왔는데요."라고 똑 떨어지게 말을 건네는 사람도 있지만, 대개는 그렇지 못하다.

이렇게 만난 내담자를 파악하는데 언어는 주로 7%밖에 안 된다고 하지만 언어의 중요성을 더 말할 필요가 있을까? 표정, 몸짓, 특이한 시선을 살피면서 당장 내가 원하는 문제의 요인을 살피며 가장 예민한 부분을 알게 된다. 그런 뒤 내담자가 무슨 방어기제를 쓰는가에서부터 학생이라면 학교에서 생긴 일인가? 가족 중에서 생긴 일인가? 동생이 태어나면서 생긴 일인가를 살핀다.

상담의 진행 순서

심리상담의 진행 순서는 대개 내담자의 평가와 함께 목표 수립을 위한 초기 면접 후 상담자는 필요에 따라 다르다. 내담자가 과연 몇 회가 좋을지 또는 장기 상담이 좋을지 알아본다. 대개의 상담 순서는 초기 상담 ⇨ 목표 설정 ⇨ 상담 진행 ⇨ 상담 종결 ⇨ 사후 관리의 순으로 이어지게 된다.

초기상담에서 가장 고민이 되는 것은 내담자의 문제를 단순한 것부터 시작할까? 아니면 중간 정도로 할까? 그것도 아니라면 고차원급으로 할까를 생각하게 되는데 가능하면 단순하게 하는 것이 좋다. 왜냐하면 너무 고급스러운 것을 잡았다가 내담자가 원하는 상담목표에 달성하지 못해서 실망하는 것은 더 큰 문제일 수가 있다.

이렇게 목표가 정해졌다면 내담자에게 어디서 어떻게 접근할 것인가를 깊이 고려하게 된다. 이때는 가능한 내담자의 문제에 따라서 상담기법을 정해야겠지만, 선택된 상담기법을 활용하는 것은 상담사의 능력에 따라 다를 것이다. 그러나 상담자도 실수가 있을 수 있으므로 상담기법의 선택이 잘못되었다면 가능한 다른 기법을 빠르게 대체해야 한다.

일반적으로 심리상담사라면 초기상담에서는 인지 및 행동치료를 선호하게 되지만, 만약 내담자의 기호에 맞지 않는다고 판단이 되면 즉시 다른 상담기법으로 바꿀 수가 있어야 한다. 그렇지만 〈정신분석상담〉으로 갔다가 갑자기 〈인지치료〉로 오는 것은 좋은 선택은 아니다. 가능하면 한 내담자에게 한 가지 기법을 유지하면서 상황에 따라 차별을 두는 것이 좋다.

나는 최면 및 시간선 치료를 많이 활용하기 때문에 인지 및 행동치료보다 오히려 게슈탈트 치료에 더 가깝다. 이유야 어떻든 심리상담사는 내담자와의 접근성에서 신중해야 할 것이고 서로의 관계가 편해야한다. 이렇게 신뢰가 원활하게 이루어졌다면 자기 노출에서도 신중하게 고려해 봐야 한다. 심리상담사가 자기 노출을 하는 것은 상담사가 내담자에게 보이는 모습인데, 이는 두 사람의 관계를 높이는 효과가 클수가 있다.

그렇다면 상담의 도식으로서는 기본 욕구를 누구나 가지고 있어야한다. 예컨대 의식주에서부터 성욕에 관한 욕구까지 원초적인 욕구가 있을 것인데, 그중에서도 갖고 싶은 욕구가 가장 무엇부터인가를 살피게 된다. 그러나 가장 큰 것은, 누구나 사랑받고 싶은 욕구일 것이며, 그렇게 해서 욕구가 생겼다면 다음으로는 부모로부터의 욕구에서 불안이 생겼을 수가 있다.

상담의 기초는 정신 분석이다.

심리적 증상의 발생과 해결에 인간은 합리적인 결정을 이어가는 존재이지만, 과거로부터 자유로울 수 있는 사람은 그리 없을 것이고 과거를 무의식에서 드러내는 존재이다. 그렇다면 이것을 해결하는 힘은 무엇일까? 그것은 무의식적 행동과 증상을 의식화하고, 그 과정에서 방어기제가 작동하면 그 방어기제에 관한 의식화 과정을 찾아서 상담을 이어가게 된다.

첫 번째가 의미 있는 존재의 상실을 말하는 것이고, 둘째는 의미 있는 존재에 따른 비난이나 꾸중을 말한다. 세 번째는 거세 불안을 말할 것이고, 넷째는 초자아의 불안을 말하는데 첫 번째와 두 번째에서 말하는 의미는 자녀의 양육자에 관해서이다.

그렇다면 무의식적인 갈등이 어디에서 나타나는가? 이것을 어떻게 할 것인가를 놓고 상담자나 내담자는 심도 있게 확인을 이어 가게 되는데 그때가 되면 심리상담사는 내담자의 방어기제를 알 수 있는 단계에까지 이를 수 있을 것이고, 상담사는 개인의 성격 구조를 파악하는 단계로 보면 된다.

① 1단계

신뢰 관계의 형성을 말하는데, 상담자는 내담자의 어떠한 감정, 동기, 사고도 비판하지 않고 수용 이해함으로써 좋은 상담으로 가게 하는 과정을 말한다.

② 2단계

전이 단계는 내담자가 어릴 때 중요한 사람과의 관계에서 가졌던 유아기적 욕구와 감정을 어떻게 활용하였는가를 살피거나 찾아 나서는 단계를 말한다.

③ 3단계

통찰 단계는 전이 행동(transference, 내담자 생애 초기 의미 있는 타인〈주로 부모〉과의 관계에서 발생했을 것이라 추정되는 무의식적인 감정, 신념, 욕망 등을 상담자에게 표현하는 현상을 말한다)을 통해 무의식을 깨닫고 그로 말미암아 한 개인이 성장하거나 의식화해 가는 과정을 살펴본다.

④ 4단계

훈습 단계를 말하는데, 상담에서 가장 강해진 자아를 통해 현실에 어떻게 적응하게 되면서 실천해 가는가를 알아보는 단계이다.

방어기제 확인하기

내담자에게서 분노, 우울, 불안의 과정이 있었다면 내담자가 쓰고 있는 방어기제가 어떻게 동작하면서 삶에 영향을 끼치는지를 알아보거나 확인하고 그 방어기제를 의식화하여 성격 구조를 파악하게 된다. 방어기제를 해결하는 방법에서 체계적으로 진행되기 위해서는 무엇이 필요할 것인가?

이 과정은 내담자의 문제를 불안의 과정에서 낮추고 내면을 밖으로 유도하는 시간이 된다. 그렇지만 능력은 저마다 다르거나 한계가 있어서 이것을 밝히는 것을 〈에너지 총량 법칙〉이라고 한다. 즉 자기에게 가지고 있는 에너지가 7할밖에 없는데 그 이상의 에너지가 방출하면 에너지의 유실로 지치게 된다.

이때 내담자의 3단계의 변화를 살피게 되는데 초기상담, 중기상담, 말기상담의 형식으로 이어지는 것을 말한다. 그러면 심리상담사는 과연 어떤 상담으로 진행해야 좋을지 알게 된다. 즉 초기단계 또는 관계 형성 단계에서는 인간 중심 경향으로 〈아들러 학파〉 또는 〈개인심리학〉, 〈정신역동접근〉이고, 중기 단계 또는 통합단계에는 〈게슈탈트기법〉과 〈인지행동 치료〉이고 〈정신역동접근〉도 이어진다.

이런 여러 가지 과정에서 내담자의 방어에 내재하는 행동이 드러나게 되는데, 말기단계 또는 성취단계에서는 개인심리학파나 인지행동 치료가 선호되며, 방어기제가 한 사람의 기능에 따른 차원인 것처럼 보일지라도 인간의 발달과 정신병리를 살피게 된다.

내담자가 과연 어떤 방어기제를 쓰고 있는가를 알아내는 건 어떤 기법을 적용하는가보다 더욱더 중요하다. 내담자마다 의식적이든 무의식적이든 나름대로 쓰는 방어기제가 있을 것인데 이것을 알아내는 일이란 광산에서 금을 캐는 일처럼 중요하다.

조지 베일런트는 불쾌한 상황에 부딪히더라도 심각한 상황으로 들어가는 일 없이 긍정적으로 전환할 수 있는 능력이 성숙한 방어기제이며 행복하고 건강한 삶을 살아가는 첫걸음인데, 이러한 방어기제는 감정적 상처로부터 마음의 평정심을 지키기 위해 자신도 모르게 무의식적으로 자신을 보호하는 마음에서 작동하게 되는 것을 말한다.

이것은 누구나 가지고 있을 것이며 대체로 성격적인 특성과 관련이 있을 것으로 보인다. 그중에서 우리에게 가장 흔한 방어기제는 투사이다. 내가 경험하는 상황에 관한 분노를 다른 대상에게 전가해서 표현하는 것을 말하는데, 분노를 표출하면 일시적인 화풀이는 될 수가 있지만 결국 내면에 쌓이면서 우울증이나 알코올 중독이 될 수 있다.

예컨대 내담자가 건강염려증으로 고생하는데 여기저기 몸이 아파 환자라고 여김으로써 불쾌한 상황을 회피하게 되는 것을 말한다. '통제'는 자기 주변의 대상을 엄격하게 관리해서 그런 상황이 발생하지 않게 조정한다. 이렇게 투사, 건강염려증, 통제는 잠시는 불편한 상황을 회피할 수 있을지언정 결국 더 힘들어지게 된다.

이처럼 우리 마음은 힘들게 하는 것을 장기적으로 그대로 둔다면 우울증으로 진행될 수 있을 것인데, 자신도 모르게 무의식적으로 힘들게 하는 부분을 처리하는 요인을 우리는 방어기제라고 말한다.

그래서 방어기제는 누구나 지니고 있지만, 성격이나 환경에 따라 다양하게 형성되며 크게 네 가지로 구분하고 있다.

첫째, 자기애적 방어기제는 부정, 왜곡, 투사를 말할 것이다.

둘째, 미성숙한 방어기제는 행동화, 차단, 건강염려증, 내재화, 수동-공격적 행동, 퇴행, 신체화를 말한다.

셋째, 신경증적 방어기제로서 통제, 전치, 외부화, 억제, 지식화, 고립, 합리화, 해리, 반동 형성, 억압을 들 수가 있다.

넷째, 성숙한 방어기제는 이타주의, 예측, 금욕주의, 유머, 승화, 억제를 들 수가 있다.

■ 방어기제의 정의와 내담자 진술의 예

정의	내용	내담자의 진술 예
부인	지각하고 있는 것의 존재와 의미를 부정함	사람들이 아무 근거 없이 내가 약물을 사용하였을 것이라고 말한다.
전치	감정을 만만한 다른 대체물에 돌리는 것	마리화나를 피우면 내가 학교를 얼마나 싫어하는지 알게 되지요
동일시	환상적인 연상을 통해 타인의 바람직한 속성을 취함	친구의 성격에 반해버렸어요. 친구가 약물을 사용하는 것은 단지 친구의 일부분뿐이지요.
소외	말로 표현되는 지각과 정서를 분리시킨다.	어쩌면 제가 마음 상태를 바꿀 수 있는 물질을 사용하는 경향이 있었나 보지요.
투사	자신의 특징인 참을 수 없는 행동을 다른 사람에게 돌리게 된다.	나를 그렇게 노려보지 마세요. 내게는 당신의 약물 문제를 가진 것처럼 보이는군요.
합리화	그럴듯한 말을 사용하여 잘못한 행동을 정당화하는 것	여기선 누구나 마약을 해요
반동형성	인지적 정서적 기능과는 정반대되는 과장된 도의적 행동을 보인다.	약물에 빠져든 사람은 누구나 정신 나간 사람이에요.
퇴행	발달적으로 미성숙한 행동으로 돌아가는 것	약을 먹고 기분 좋은 게 뭐가 나빠요.
억압	참기 어려운 생각과 감정을 지각에서 배제시킨다.	내가 약물 남용의 문제를 가졌었다는 것을 기억할 수 없어요.
무효화	잘못되었다고 지각하는 것을 무효화하기 위해 반대되는 행동을 한다.	이들의 죄책감을 없애기 위해 물질 공세를 한다.

우리는 자신에게 불리한 문제가 있을 때마다 방어기제를 활용하면서 살아가게 된다. 그러나 자신의 한계에 부딪히면 심리적으로 어려움을 겪을 수 있는데, 그 원인이 내부에서 있든 외부에서 있든 방어기제로 한계에 도달할 때 증상이 생기게 된다.

이런 내부는 불안에서 오게 되는데, 시간이 갈수록 불안이 커지면서 분노로 바뀌고 그것을 감당할 수 없을 때 심리적인 증상이 만들어지게 된다. 과거에는 이러한 증상을 없애기 위해서 상담을 진행하는 횟수를 보통 200회에서 300회 정도로 했지만, 오늘날은 20회에서 30회기 전후가 보통이다. 그러나 이것도 더 낮추는 추세로 진행되고 있는데 이렇게 된 원인은 무엇보다 신경정신과 약의 효력이 나날이 좋아지면서 생기는 변수로 작용한다.

그래서 가능하면 심리상담사는 투약과 상담을 병행하는 게 치료 효과를 높일 수가 있을 것이며 내담자가 기능할 수 있는 양을 수시로 살피게 된다. 예컨대 상담에 의존하는 사람은 약을 권장할 수도 있을 것이고, 힘이 적은 사람은 문제의 힘을 높여 주는 〈문제해결방식상담〉을 선택할 수가 있다.

어떤 상담이 좋은가?

그 어떤 내담자도 자신의 내재된 문제를 표현할 수 있는 환경만 조성된다면, 불안으로 가중된 분노를 이외의 장소에서 폭발하지 않게 된다. 자기의 문제를 자기가 표현할 수 있는 더 좋은 치료 방법은 없다. 가장 좋은 상담자는 내담자가 자기를 그 상황에 걸맞게 표현할 수 있는 기회를 만들어 주어야 한다.

그래서 내담자를 만나면 이 내담자를 위해서 어떤 우산을 씌워주어야 비를 맞지 않을 수 있을까? 또한 어떤 우산을 씌워주면 마음 편하게 살 수가 있을까를 생각하겠지만, 더 중요한 일은 비가 와도 젖지 않도록 마음의 근육을 튼튼하게 하는 것이 필요하다.

예컨대 내담자가 이렇게 물어올 수가 있다.

내담자   제가 우울증이 아주 심한 편이어요. 그리고 불안도 있고요. 그런 저 같은 사람에게 어떤 상담을 하나요?

상담사   네, 아주 중요한 질문을 하셨네요. 저희는 내담자에게 가장 편한 방법을 찾아내서 우선 마음이 편하도록 도와주고 있어요.

내담자   그럼 전 앞으로 어떻게 상담하게 되나요?

상담사   네. 일반적으로 제가 가장 많이 활용하는 상담으로는 정신분석 상담이 될 것입니다만, 문제에 관해서 인지행동 치료를 할 수도 있을 것입니다. 어떻든 상황에 따라서 그때마다 약간의 조정이 가능할 것으로 압니다.

이렇게 상담을 진행하는 도중에도 수시로 상담사와 내담자가 질문을 주고받을 수가 있지만, 아동이거나 청소년이라면 상담의 폭을 넓혀서 미술치료 및 독서 및 문학 치료 등과 같이 다양한 치료를 도입하게 된다.

"그렇다면 심리검사는 어떤 검사가 있을까요?"

"네. 내담자의 성향에 따라 약간의 차이가 있지만, 저는 주로 MBTI, TCI, SCT, Life검사, TCI 등과 그 외의 것을 적용합니다. 때에 따라서는 약 20가지 전후의 다른 심리검사를 놓고 가장 적절한 시기를 찾아서 검사를 시행할 수가 있어요."

"그러면 치료에 도움이 되나요?"

"네. 모든 검사는 내담자마다 도움이 되겠지만 무조건 검사를 하는 건 아니에요. 내담자와 의논해서 가장 필요한 검사를 할 수 있을 것입니다."

심리적으로 증상을 가진 사람들은 이렇게 수시로 의외의 질문을 한다. 상담사가 원하는 검사를 하지만 반대 상황이 생길 수도 있는데 그것은 내담자의 경제적인 이유도 있을 것이고 또 다른 상담소에서 검사했을 수도 있다. 그 외에 내담자들의 발현 증상을 살펴보면 가장 많은 것이 어린 시절에 귀여움을 많이 받아서 생기는 연극성성격장애를 가졌거나 혹은 혹독한 스파르타식으로 키워서 그것이 오히려 문제의 소지가 될 수도 있을 것이다.

가장 중요한 것은 아이를 기를 때 엄마와 아빠가 아이를 키우는 방식이 조금씩 달라서 문제가 될 수도 있다. 필자가 KBS 아침 방송에 출연한 일이 있었는데, 엄마는 유아교육과를 나온 유아원 선생님이고 아버지는 해양경찰이었다. 두 사람은 서로가 아이를 사랑하는 방법이 달라서 문제가 되었다. 엄마는 가능한 사랑으로 아이를 기르려고 아이의 말에 공감과 수용을 했지만, 아빠는 생각이 조금 달랐다. 어릴 때부터 남자는 강하게 키워야 장차 큰일을 할 수 있다면서 스파르타식을 강조하였다. 이 아이가 과연 어떻게 자랐을까? 눈치 빠른 독자라면 벌써 내가 무엇을 말하려고 하는지 알았을 것이다. 이 아이는 엄마를 좋아했으나 아빠를 만나면 뒷걸음을 쳤다. 그러면 그럴수록 아빠는 아이를 혹독하게 대했다. 과연 아이가 어떻게 되었을까? 아빠에게는 이 마음을, 엄마에게는 저 마음을 보이면서 자라게 된 것이 탈이 났다. 그 이후 아이는 겨우 5살 나이에 정신분열증이 생겼다. 이렇게 키우는 방식이 다를 때에는 심리적으로 불안이 생길 수가 있다. 엄마와 아빠는 가능하면 아이에게 똑같은 마음이나 훈육 방식을 유지하는 게 좋다. 아이가 필요 이상으로 보호를 받아도 문제가 될 수가 있지만 그 반대도 큰 문제가 될 수가 있다. 이것을 다면적 심리검사로 살펴보면 〈자기애성 성격장애〉는 남자아이에게 많고 〈연극성 성격장애〉는 여자아이에게 많다. 이런 경우 조기 치료가 우선이다. 나이가 들수록 어릴 때 만들어진 스키마 즉 핵심 신념이 생길 수가 있고, 또 신경 가소성에도 문제가 될 수 있다. 이런 경우 조기에 심리 및 성격검사를 통해서 문제점이 무엇인가를 파악해야 한다.

오늘날 강남에서 생긴 크고 작은 사건과 사고 등이 과연 언제 생긴 것들일까? 모두 9세 이전에 생긴 트라우마가 가장 많다. 예컨대 얼마 전 헤어지자는 여자를 옥상에서 무참히 살해한 의대생 사건도 그렇고, 강남역 살인 사건인 김 씨는 2016년 5월 17일 새벽에 서초구에 있는 남녀 공용 화장실에서 불특정 하 씨를 칼로 찔러 살해한 사건도 그렇다. 그것뿐인가? 23년 3월 29일 강남구에서 남성 2명이 여성 1명을 납치하여 살해한 뒤 시신을 유기한 것도 있는데, 왜 이런 사건 사고가 우리 주위에 끊임없이 생기는 걸까?

대체로 이런 유형의 원인은 사람을 싫어하는 시선 공포증이 만들어 내고 있다. 이런 내담자는 어느 날 급박한 사건에 부딪히면 편도체에 있는 트라우마가 문제를 일으킨다. 생각해 보라! 서울의 강남 한복판에서 차를 몰고 군중 속으로 질주해서 수많은 사상자를 낸 것도 결국 환상과 환청이 만들어 낸 사건들이었다.

　이렇게 불특정 다수를 살상하기 위해서 생긴 사건 사고는, 왜 수시로 우리 곁에서 일어나고 있는 것일까? 아마 유아적이나 조기에 가족들이 마음에서 생긴 정신적인 치료를 서둘렀으면 이런 불행은 일어나지 않았을지도 모른다. 이제 우리 주위에는 고모, 이모라는 말이 거의 없어졌다. 아이를 키우는 게 힘들다고 아이를 낳지 않으니 이모나 고모라는 말이 있겠는가?

　과거에는 대가족이다 보니 엄마와 아빠의 사랑도 중하지만 가족 중에서 이모와 고모의 사랑을 받고 정서적으로 예쁘게 자랄 수 있었다. 그러나 이제 사랑하는 이웃과 고모 이모의 사랑을 받을 수 있는 길은 없어졌으니, 가능하면 아이에게 가장 먼저 실천해야 할 것은 엄마 아빠의 사랑을 충분히 받고 자랄 수 있도록 해야 한다.

　그렇게 하기 위해서는 첫째로 아이 앞에서 부모는 싸우는 모습을 보이지 말고, 둘째로 아이가 분리 불안을 일으키지 않도록 해야 하는데, 이런 아이들이 장차 히키코모리(은둔형 외톨이)가 될 수 있다. 이것은 대체로 '묻지 마' 범행을 자주 저지르고 또 범죄를 저지를까 두려워하는 사람들을 말한다.

　평소에는 죄를 저질지만 처벌이 무서워서 제이의 범행을 저지르게 되는 사람을 말하는데, 이런 사람이 되지 않으려면 정신병적인 요인을 가진 사람이 주위에 있다면 가장 가까운 가족이 각별하게 신경을 써야 한다. 즉 혼자서는 생활하지 않도록 하고 불안이 생기는 환경을 만들지 말아야 한다.

어렸을 적에 겉으로는 멀쩡하거나 아무것도 아닌 것 같지만, 이 아이가 컸을 때 그 아이가 하는 행동들이 대개 목숨을 걸고 행동하는 것을 볼 수가 있다. 예컨대 주위에 있는 불특정 다수를 보며 저놈이 언제 나를 공격할까? 그리고 죽일지, 잡아먹을지, 강간할지, 폭행할지 모른다고 생각하면서 늘 불안을 형성하며 살아간다.

대체로 이런 유형은 과거 모더니즘 시대보다는 포스트모더니즘에 오면서 많이 좋아졌다고 하지만, 아직도 원시 본능에 빠진 사람들이 주위에 득실거리고 있다.

이것을 놓고 게슈탈트 치료의 선구자인 프리츠 펄스는 "지금 순간에 존재하는 것은 우리의 주위와 의식을 결합한 것이다."라고 말했다. 그는 내담자가 가지고 있는 배경, 감각, 알아차림, 에너지 동원, 행동, 접촉 게슈탈트 과정 중에서도 자기 불안을 방어하기 위해 환경과 접촉을 피하거나 약화되고 있다.

그래서 게슈탈트 치료의 자아 통합 과정의 3단계인 동화에서는 내담자가 선택한 것을 시도하고 새롭게 변화해 가는 단계에서 무의식중에 남의 시선을 피하게 된다. 남들은 하기 좋은 말로 사람이 사람을 보는데 뭐가 무섭냐고 하겠지만, 정신병적인 요인을 가진 사람은 상대를 공격해서 잡아먹겠다는 신호로 보는 눈길이기에 그것 자체가 무서울 수가 있다.

즉 나에게 미움의 그물에 걸렸는데 하는 생각으로 전전긍긍하면서 살아간다. 이런 상념의 뿌리는 발버둥 치면 칠수록 긴 수렁에 빠지기 마련인데, 이런 경우 본인이 자기 자신을 잘 알기 때문에 자기가 먹고 살 만하면 밖을 나오지 않으려고 한다. 아마 어느 직장을 가더라도 정상적인 직장 생활이 불가능하다는 것을 자기 자신이 잘 안다. 자, 이런 내담자가 방문하면 심리상담자가 과연 어떻게 해야 할까? 우선 상담 신청서를 쓰게 하고 SCT(성인용 및 아동용 문장검사)를 마친 뒤, MMPI(다면적인성검사)를 실시하거나 TCI(기질 성격검사)를 하면서 "평소에 불안이 왜, 오나요?"라고 묻는다면 그는 이렇게 답할 것이다.

"전 사람이 싫어요?"

"그건 왜죠?"

"그것을 전, 잘 모르겠어요. 그냥 불안이 올라와요……." 라고

2. 이런 일로 상담소에 가도 돼요?

내담자가 상담센터를 가기까지는 여러 가지로 고민을 할 수가 있다. 이 일로 심리상담실에 가야 하나? 간다면 어느 곳으로 갈까? 또 어떻게 말을 해야 원하는 상담을 진행할 수가 있을까 등을 걱정을 할 수 있다. 그래서 일반적으로 상담의 어려움을 극복하기 위해 여러 가지를 생각하다가 센터를 찾는데, 그렇다면 이런 내담자가 방해되는 요소는 과연 어떤 것이 있을까?

대체로 부정적인 감정에 젖어 있다가 그것을 방어할 수 있는 요인이 증가하면서 내적인 불안이 올라온다. 그러면 내담자는 이 일을 어떻게 해결할 수가 있을까?

이를 때 가끔 심리상담사가 내담자에게 묻는다. "이렇게 심한 상태에서 그렇게 견디셨습니까?"라고 말하면 그 말이 떨어지기 전에 대답한다. "다들 그렇게 사는 것 아닙니까?"라고 반문하는데 모두가 자기와 비슷한 경험을 가지고 산다고 생각한다. 그리고 이런 사람일수록 다음과 같은 고민을 하는 사람이 예상보다 많을 것이다.

'심리상담이 과연 나에게 필요한가?'

'내가 다른 사람보다 더 예민해서 그런가?'

'이런 일로 센터에 가야 하나?'

'아무리 생각해도 다른 방법이 없는데 상담한다고 금방 좋아질까?'

'내가 한 말이 되돌아오는 것은 아닐까?'

'상담기록은 언제까지 보관하지?'

'상담을 받았던 일로 더 나빠지면 어쩌지?'

'내가 말한 것들이 다른 사람에게 알려지는 것은 아닌가?'

'내가 말을 잘 못하는데 그래도 상담센터에서 좋아할까?'

'상담료는 얼마나 받지?'

'상담은 어떤 곳을 택해야 좋지?'

'상담은 어떤 식으로 진행하게 되지?'

'상담은 몇 번 하는 것이 가장 좋을까?'

'내가 한 말을 오히려 이상하게 보지 않을까?'

'혹시 상담비만 버리는 것은 아닐까?'

3. 자동적 사고에 빠진 사람들

이제 트라우마가 어떤 영향을 주는가를 알아보기 위해서 다음과 같이 생각해 보자. 우리 주위에는 자동적 사고에 빠진 사람이 많다. 다음의 예를 보자. 한 남성이 출근하는 길에 저쪽에서 걸어오는 분이 분명 부장님이었다. 왜, 어디 갔다가 오실까?

황급히 인사를 하려고 하는데 그냥 못 본 채 가 버린다. 이때 당신이라면 과연 어떻게 할까?

'왜, 날 못 본 체하지?'
'그저께 회식 때 한 말이 거슬렸을까?'
'이번 승진 심사에 또 빠진 건가?'
'아니, 날 못 보았을까?'
'그를 리가 없어!'
'내가 요즘 뭐 잘못한 게 있었나?'

이 내담자는 지금 게슈탈트에서 말하는 전경과 배경에서 혼란을 겪고 있다. 한마디로 건강한 사람이라면 전경이 배경으로 빠르게 이동할 것이지만 만약 그 반대라면 혼자서 끙끙거릴 수가 있다.

'아마 부장님이 날 못 보았을 거야.'
'다른 생각을 하고 있었을 거야.'

그날 온종일 우울하였다. 그러다가 다음 날이 되었다. 더 이상 혼자서 끙끙거리지 못하고 옆자리에 있는 직원에게 묻는다.

"김 대리, 요즘 부장님에게 무슨 일 있는 거 아니야?"
"왜요?"
"어제 큰길에서 날 못 본 체하더라. 뭐가 안 좋은 게 있나 봐?"
"아니, 몰랐어요? 부장님 요즘 정신없을 걸요"
"왜?"
"부모님이 교통사고 당하셨다네요"
"언제"
"그저께......"

내담자의 핵심신념은 그 사람의 모습을 말한다. 예컨대 감각이 외부에서 들어오면, 불안, 우울, 분노로 이어지게 되는 과정을 말하는데 항상 주어진 상황에서 나타나게 된다. 그래서 자동적 사고는 순간적으로 일어나서 통제하기 어려울 수가 있고 논리적인 사고에 푹 빠질 수가 있다.

이것을 심리상담사가 찾는 방법은 내담자의 감정의 변화를 인식하거나 감정과 사고의 연계성에 따라 심리교육, 생각 기록하기, 심상 떠올리기 등으로 알아낼 수밖에 없다. 그 외에 밖에서 들어오는 지각 신경이 전두엽을 거치지 못하고 편도체로 가면서 사태는 더 커지게 된다. 그렇다면 이러한 특성이 어떻게 대뇌와 연결이 되는가는 뉴론의 부정적인 시냅스가 커지면서 생기는 현상이다. 이것을 이겨 내야 하는 긍정적인 시냅스가 갈수록 증가해야 하는데 그렇게 되려면 시간과 노력이 더한층 필요하게 된다.

한 개의 뉴론에 시냅스가 10~15개 정도인데 그것이 지속적으로 커지며 자동적 사고와 연결되면서 성장이 이어지게 된다. 그러면 시냅스의 수는 점점 불어날 것이고 이것들이 부정적 정서를 크게 만들면서 내담자를 부정적인 정서로 옮겨가게 한다. 부정적인 오류는 장차 편도체에 악영향을 주는데 가소성은 갈수록 커지게 된다.

우리의 뇌에서 가소성의 집합 장소가 가장 큰 곳이 해마이다. 해마의 가소성은 사람마다 다소 차이가 있겠지만, 한날한시에 똑같이 태어난 쌍둥이도 세상을 바라보는 경험에 따라 다를 수 있고 또한 같은 부모, 자녀, 형제 사이에도 각각 달라서, 사람마다 세상을 바라보는 긍정적인 생각이나 부정적인 생각에 따라 시냅스는 엄청난 차이를 보이게 된다.

자, 이제 이런 것을 생각해 보자. 아이가 두 명 공원에서 놀고 있었다. 이때 고추잠자리가 날아와 아이의 어깨에 앉았다. 한 아이는 고추잠자리가 어깨에 날아와 준 것이 고마워서 어쩔 줄 모르고 좋아했다. 그런데 다른 아이는 집에서 본 바퀴벌레와 닮았다며 너무나 징그럽다고 여겼다. 그 후 어떻게 되었느냐고요. 이 아이는 잠자리뿐만 아니라 다른 벌레를 싫어하게 되었다. 이런 일은 우리 일상에 자주 생기는 일인데, 사람에 따라서 상황이나 바라보는 시각의 차이로 다르게 경험한다.

똑같은 경험과 환경을 만들어도 그 사람이 인식하거나 해석하는 차이에 따라서 다르다. 이처럼 부정적 사고와 긍정적 사고의 차이는 시냅스의 자람에도 크게 영향을 주게 된다. 즉 그 사람대로의 기준이나 양식이나 기질, 성격에도 좌우될 수 있을 것이고 세상을 바라보고 느끼는 대로 재해석이 가능하다. 한 내담자가 똑같은 상담사를 만나서 내면에 있는 사건 사고에 관하여 주고받아도, 한 사람은 좋아하는데 또다른 사람은 부정적일 수가 있다. 이런 사례를 보고 우리는 심리상담사를 만나도 대개는 다른 짐작을 할 수가 있을 것이다.

'내가 이 상담사에게 해서는 안 될 말을 한 것은 아닌가?'
'내가 한 말을 상담사에게 제대로 전달 못 해서 이해를 못 했거나 오해를 한 건 아닐까?' 등의 내담자마다 다른 차이를 보일 수가 있다. 그런 경우 나는 이렇게 말해 주고 싶다.

"이것저것 조리 있게 말을 하려고 하지 말고 아무것이나 마음 내키는 대로 하시면 됩니다"라고.

대체로 내담자는 어떤 상담사를 만나도 불필요한 걱정을 한다. 너무 조리 있게 말을 잘하려고 하거나 말을 잘 못한다고 걱정할 필요가 없다. 그리고 할 말을 정하고 오지 않아도 된다. 단지 내담자가 '이 시간은 내 시간이니 나를 위해 쓰겠다.'라는 큰 마음을 가지면 된다. 지금 이 순간에도 상담하겠다고 고민하는 사람이 있다면 주저하지 말고 그냥 상담소에 가면 된다. 그 어떤 목표가 정해지지 않아도 된다. 모든 상담은 꼭 내 안에 있는 문제를 다 해결하겠다는 생각을 안 해도 된다. 상담사를 만나 큰 기대 없이 말을 하다가 보면 의외의 성과를 낼 수가 있는데 이런 긍정적인 생각을 하는 사람에 따라 다른 사람은 부정적인 생각에 빠질 수가 있다.

'이 상담을 받으면 좋아질 수가 있을까?'

이런 내담자일수록 단 한 번의 상담에 너무 큰 기대를 하다가 오히려 실망할 수도 있는데 단순하게 생각하고 가야 한다. 예컨대 가까운 이웃이나 친구랑 농담 나누듯 편하게 생각하면 된다. 왜냐하면 심리상담사는 우리 모두의 말동무가 될 수가 있다. 그 말동무와 나누는 이야기에서 생각도 경험도 느낌도 달라질 수가 있다.

심리상담은 이렇게 전 세계적으로 널리 인정받는 마음의 치료이고 심리적으로 힘든 사람 모두에게 효과가 있다는 것이 입증되었다. 그래서 일부 사람들을 위한 전유물이 아니고, 또한 심리학이 과학이 아니라는 것을 의심하지 않아도 된다.

미국 심리학회(APA)에서는 심리상담이 과학적으로 완전히 가치 있고 효과적이라는 것을 수많은 연구활동을 통해 입증되었다. 물론 이에 관해서는 우리나라 심리상담의 모든 시스템도 똑같은 맥락으로 제대로 적용되고 있다. 심리학은 어느 나라 없이 온전하게 입증되었기에 각

시, 군, 구의 지자체에서는 〈청소년상담복지센터〉를 운영하고 있으며, 각 학교에서는 〈위(Wee)클래스〉를, 대학교에서는 〈학생상담센터〉를 운영하고 있다.

만약 심리학으로 이러한 효과성이 뒷받침되지 않았다면 어떻게 이러한 제도가 우리나라에 정착될 수가 있었을까? 그렇다면 심리상담을 한 번 받는 것으로 모든 문제가 해결될 것인가에 관한 확실하고 뚜렷한 해답이나 확답은 없다고 하더라도, 심리상담 자체를 망설이지 말아야 한다.

이제부터 모든 상담은 내담자가 가진 문제를 상담의 목표에 따라 조금씩 다를 수가 있지만, 내담자가 바라는 기대에도 다를 수는 있다. 그렇다면 상담의 기대를 처음부터 지나치게 하지 말고 우리가 몸이 아파서 병원에 갔다가 이 병원에서 치료가 잘 안 되면 다른 병원을 찾아가듯이 그런 마음으로 가볍게 들르면 된다. 물론 병원처럼 보험이 되지 않는 안타까운 현실을 생각하면 조금은 어렵지만, 〈네이버〉나 〈숨고〉를 통하면 의외의 성과를 낼 수가 있다.

그것은 개인의 특성, 문제의 정도, 본인을 둘러싼 주변 환경에 따라서 다를 수 있고, 그것을 바라보는 심리상담사에 따라서 얼마든지 생각과 능력이 다를 수 있다. 그것뿐이겠는가? 같은 사건이라도 그 사람의 내면에 따라 얼마든지 다를 수가 있음을 알아야 한다.

자, 이제 내담자가 가진 개성, 환경, 성격 등과 자동적 사고 및 시냅스를 말했다면, 이제 심리학을 바라보는 기준이나 관점과 주창하는 이론에 따라 얼마든지 다른 인식과 해석을 내어놓을 수가 있는 것도 생각하면서 다음을 보자.

우리가 상담의 시조라고 말하는 프로이트는 다음과 같이 구조 이론을 통해서 우리의 정신을 세 가지라고 말했다. 그것을 놓고 초자아, 자아, 이드라고 명명하였다. 예컨대 필자의 이름, 백형진이라는 사람이 있다고 하자. 하지만 프로이트의 주장에 따르면 이 사람은 한 사람이 아니라 세 사람이라고 보았다.

겉으로 보면 한 사람으로 보이지만 실상 내 정신 속에는 초자아인 내가 있고, 자아인 내가 있고, 그리고 이드인 내가 있어서 세 사람이 있다는 것이다. 이 말을 듣고 있으면 조금은 어려울 수가 있다. 그러면 심리학자들의 말을 조금 더 자세히 들어보자. 그 안에 한 사람인 초자아를 가진 나는 착함과 올바름을 추구하는 정신의 기능을 갖추고 있어서 가끔 욕망을 통제하라, 이웃에게 해를 끼치지 말라, 착한 사람이 되어라, 이렇게 말하는 것이 바로 '초자아'이다. 이것은 본능과 욕망을 억제하고 선을 추구하는 것을 말하는데 우리는 초자아를 '마음속의 성찰'이라고 말을 한다.

이것을 다시 생각해 보면, 성찰이 없으면 이 사회는 무법천지가 될 것이고, 초자아가 없으면 내 안의 동물적 욕망이 날뛰게 되어서 혼란스러울 것이다. 그렇지만 내 안에 초자아가 있어서 내가 살기에 아주 좋은 사회로 만들거나 문화나 문명을 발전시키면서 우리 사회를 유지하는 데 가장 필수적인 정신 기능을 보유하게 된다. 그렇다면 이런 초자아(superego)는 과연 어떤 속성이 있을까?

첫째, 두 가지 속성을 가지고 있는데 하나는 '도덕과 윤리'이며 다른 하나는 '자아 이상'이다. 이 첫 번째로 말하는 도덕과 윤리라는 것은 내 머릿속에 들어 있는 개념인데 즉 악을 멀리하고 선을 추구하는 기능을 말하게 된다.

그런데 자아 이상은 '나는 이 정도의 사람은 되어야 한다.'는 이상적인 자기를 추구하는 기능을 말하게 되는데, 그렇지만 초자아는 벌을 주는 역할도 하게 되는 것을 말한다. 이른바 도덕과 윤리를 어기거나 자아 이상에 못 미치면 자아를 벌하게 된다.

자, 그렇다면 이번에는 두 번째로 말하는 이드(id)는 어떤 것을 말하는가? 이것도 프로이트가 만든 용어로서 동물적 본능, 욕망을 의미하게 된다. 이를테면 먹고, 자고, 마시고, 섹스하는 원초적 본능을 말한다. 인간에 깃든 동물적 욕망으로 이기적이고 자기중심적인 성향을 말한다. 다음으로 셋째는 자아를 말하게 되는데, 이것은 나의 본체이고 '자아'란 온전히 '나'라고 생각하면 된다. 지금 말을 듣고 있는 나인데 에고(ego)라고 말을 한다.

그렇다면 지금부터 어떤 일을 할 것인가? 아니면 하지 말 것인가를 선택하는 것은 그 주체가 바로 나이기 때문이다. 그렇다고 결정권이 자아라고 해서 무조건 좋은 건 없다. 무엇이든지 이렇게 할까? 저렇게 할까를 판단하는 결정의 힘이 드는 일이니까?

그래서 자아는 항상 이드와 초자아 사이에서 어느 한쪽의 손을 들어 주는 역할을 하는 것으로써 갈등의 연속일 수가 있다. 우리가 매번 정신적 갈등에 휩쓸리게 되면 이드와 초자아에 끼여서 '자아의 갈등'을 일으키게 된다.

이렇게 '백형진(나)'이라는 한 사람 앞에는 세 사람이 살고 있다고 보면 된다. 내가 살아서 숨 쉬고 있는 이 순간에는 혼자 있는 것 같아도 매번 세 사람이 타협을 이루면서 함께 살아가고 있다는 것을 우리는 매 순간 잊지를 말자. 정녕 몸은 하나일지는 모르겠지만 마음은 하나일 때가 결코 없다.

건강한 자아는 뛰어난 외교술을 이용해서 이드와 초자아를 적절하게 배합하면서 살아가고 있는데, 이것이 어긋나면 문제가 생기게 되면서 무의식에 놓인 이드와 초자아의 관계에서 나를 잘 유지하고 있는지 아닌지 그것을 확인하는 것이 심리상담이 된다.

왜냐하면 초자아에 얼마나 익숙한가에 따라서 삶도 그렇게 이루어질 것이니까! 하지만 내담자에 따라서 어떤 사람의 심리상담은 단기간에 개선이 되는 것도 있고, 오랜 시간을 통해서 목표가 도달하는 것도 있을 수 있는 것이, 자아와 초자아와 이드의 역할 때문일 것으로 보면 된다.

그러면 어떻게 해야 세 사람을 잘 지키거나 제대로 살필 수 있을까? 그건 자기가 좋아하는 운동을 해서 몸을 키우듯이 이드와 초자아를 헬스장이나 아침 산책을 해서 몸과 마음에 근육을 키워 나가야 한다. 이런 그 사람의 노력에 따라 감정의 소용돌이에 휘말리지 않을 수 있을 것이고, 부정적인 생각을 극복하면서 당시의 어려움을 이겨 낼 수가 있게 된다.

나를 둘러싼 환경, 성격, 인간관계, 나만의 감정, 일상을 위해서 그어떤 영향을 나름대로 끼치면서 살아간다. 그렇다면 우리가 세 사람을 모시는 방법과 목표에 따라서 진정 어제의 나와 오늘의 나는 다를 것이다. 그러므로 그 사람의 핵심 신념에서 나를 만날 수가 있고 또한 지금까지 순수한 나의 내면을 떠나 살아온 기질과 환경에도 차이가 있을 수가 있다. 그래서 나는 나 아닌 상대를 나와 똑같아야 한다는 믿음이나 생각 자체를 하지 말아야 한다.

제**4**장

상담 전에 확인할 것들

1. 사례개념화를 살피자

사례의 개념화를 찾은 것은 문제의 성격, 발생경로 및 문제원인, 내적역동, 외적역동, 필요 자원의 순으로 이어진다. 첫 번째로 나타나는 문제의 성격은 어떤 것일까? 인지치료는 생각이다. 행동적 차원은 행동주의적 관점에서 어떤 것이 있다. 그리고 관계적 차원이다. 다른 사람과의 관계가 어떤가를 보면서 가설을 세운다.

두 번째는 문제의 성격이 이해되면 그 문제 발생의 경로 및 문제의 원인을 찾아야 한다. 모든 문제는 우연히 일어나지 않는다. 이 문제의 촉발원인과 유발원인이 있다. 그래서 촉발원인과 유발원인을 찾고 그 문제를 설명하면 된다.

사실이란 문제가 있어서 촉발사건과 유발사건이 있다. 그 사건을 찾고 그 원인은 어디에 있는 것일까? 내담자가 가지고 있는 이 문제는 촉발사건이 뭘까? 왜 이 사건이 내담자에게 문제가 되었는가? 과정적 인지적 행동적 관계적차원인가?

이것을 질문하면서 찾아가는 것이다. 이 문제가 원인을 끼친 것을 설명해야 한다. 어떤 문제가 원인을 끼쳤을까? 그 개인의 발달사일까? 개인사일까? 여러 가지 다양한 분야에서 찾는다. 왜 이 문제가 원인이 되었을까? 이 문제가 끼친 요인이 뭘까? 개인적 요인인가? 가족적 요인인가? 발달사적 요인인가?

이 문제를 유발하고 지속시키는 뭐가 있다. 그 문제를 지속시키는 개인의 역동이 있다. 동력이 있다. 관계 속에서 마음에서 요동치는 것이 있다. 내적역동이나 내담자의 말을 들으면서 이 사람의 지속시키는 내적 요건이 뭘까? 발견하려고 노력해야 한다. 지속시키는 것은 무엇인가? 파악하는 질문이다.

그렇다면 문제를 지속시키는 뭐가 있기는 한가? 내담자의 이야기를 들으면서 그 속에서 미처 발견하지 못하는 내적역동을 찾아내야 한다. 상담사는 문제를 지속시키는가? 이 정신역동에 무엇이 있어서 그 사람을 그렇게 하는가? 방어기제가 있다. 그렇다면 방어기제가 뭘까?

행동주의에서 행동적인 것에서 내적역동에서 찾을 수 있다. 감정적에는 상담이론은 뭘까? 정신역동, 제3의 심리학의 칼로저스, 의미치료도 감정에 있다. 불안, 두려움 이런 것이 있다. 비합리적인 것 인지행동치료에서 비합리적인 정서에 문제가 있다.

상담자는 이론을 위해서 내적역동을 바라보는 것이 달라진다고 볼수가 있다. 두 개의 문제를 지속시킨다. 여기에서 다섯 가지 심리를 볼수가 있다. 우리가 심리치료를 구분해 본다. 이때 구분은 연대기적 구분이 아니다. 무엇을 중시하는가에 달라진다.

그 사람의 내적역동, 무의식, 방어기제, 정신역동이다. 이 사람이 내적으로 볼 때 지속시키는 무의식이 움직인다. 심리여건에서는 학습 심리학이 중요하다. 이는 행동주의와 인지치료가 구별한다. 어떤 문제를 지속시키는 것 행동에 관해서 소외시키고 강화해서 일어난다. 대체로 인지치료를 보면 지속시키는 문제는 인지적 왜곡에서 일어나고 REBT 에서는 비합리적 신념이 있다.

제삼의 여건에서는 실존주의적 심리학으로 불안을 받아들이지 못해서이다. 인본주의에서는 충분히 기능할 수 있는데 제대로 처리하지 못해서이다. 제4의 심리학에서는 이성적 차원이 아니라 자아 초월에서 그 무엇 영성이라는 역동을 보게 된다.

제5의 심리학에서는 문제의 내적역동에서 주변 환경이 문제이다. 내담자를 둘러싼 개인의 문제가 아니라 주위 환경이 문제라고 보는 것이다. 내담자의 체제와 관계의 문제, 소통의 문제는 지속시키는 요인이나 내적역동이 무엇인지 상담이론에서 찾는 것이다.

외적요인은 내담자의 외부적인 환경이다. 외적역동하는 문제를 알고 환경이 무엇인가. 환경이 어떤 역량을 주는가를 아는 것이다. 예컨대 가족의 역동, 주변 사람의 반응, 물리적 환경, 가정의 역동, 물리적 반응을 보는 것이다. 즉 물리적 환경이 어떻게 영향을 주고 있는가에서 보는 것이다. 사례개념화에서 필요 자원은 무엇인가? 내담자 문제해결을 위해서 내담자가 길러야 할 것은 무엇인가?

그에 관한 특성은 무엇일까? 상담자 문제해결에서 내담자와 상담자의 특성을 찾아보는 것이다. 이것은 하나의 가설이면서 내담자 성격과 원인을 이해하고 방향성을 정한다.

여기서 사례개념화의 성공과 실패가 결정된다. 상담자가 파악한 문제의 성격이 무엇인가를 질문하면서 반대경로, 문제의 원인, 내담자의 지속시키는 내적역동, 내담자를 지속시키는 외적역동, 내담자가 해결하고 극복을 위해서 필요한 것 역량은 무언가?

어떻게 사람을 사례개념화할 것인가? 방법과 절차를 알아보면 문제와 성격이 원인에 관해서 가설을 세운다. 상담자가 파악한 문제의 성격이 무엇이냐? 무엇을 파악하는가? 내담자의 문제의 성격을 질문하면서 파악하게 된다. 이 문제가 무엇에서 발생되었나?

촉발요인과 유발요인이 뭐냐? 이 문제의 발생 경로와 원인은 무엇이냐? 상담자가 찾아간다. 이 문제는 계속 지속시킬까? 내적 요인을 찾는다. 네 번째는 내담자 문제를 지속시키는 외적역동이 무엇이냐? 내적인 것은 내적역동이고 내담자를 둘러싸고 있는 이 문제를 지속시키는 것은 외적요인이다.

필요자원은 내담자가 이 문제를 해결하거나 변화를 위해서 필요한 것이 무엇인가? 무엇이 있으면 내담자의 문제를 해결할까? 이것이 사례념화의 기능이다. 첫째, 상담자가 파악한 문제의 성격은 무엇인가? 내담자는 자신의 문제를 호소한다.

겉으로 드러나는 중상들이 있다. 불안이 관계의 증상이다. 정서적 증상이 있다. 신체의 문제 사람을 피한다든지 사람의 문제를 파악하기 위해서는 문제의 핵심은 뭐냐? 문제의 성격을 말할 때는 나열하고 소개하는 것을 넘어간다. 심리적인 것에서 서술해야 한다. 심리적인 차원이든 상담자가 사례개념화에 관해서 가설을 세운다.

가설을 세울 때는 그 밑바닥이 심리상담이론이 기초가 되어서 가설을 세운다. 문제의 성격도 내담자 호소도 심리적 차원에서 생각 진술에 본다. 내담자의 성격은 뭔가? 심리적인 성격은 뭔가? 내담자의 문제는 하나이지만 심리적인 생각에는 달라진다.

감정적 차원인지, 인지적 차원인지, 행동적 차원인지, 관계적 차원인지를 알아볼 수가 있다. 내담자의 성격은 뭘까? 호소 문제를 통해서 핵심 문제는 불안한 감정일까? 이것은 두려운 문제일까? 인지적 차원에서일까? 생각을 잘못해서 그래. 아니면 잘못된 행동이 있을까? 관계적일까? 여기에서 네 가지 차원을 구분해서 할 필요가 있다. 감정의 차원인 것은 자기 자신에 있어서 두려움이 있다. 염려가 있다. 정서가 있다. 불안과 두려움이 있다. 감정적이다.

상담사로서 어떻게 하면 내담자에게 도움을 줄 수 있을까? 혹은 호소 문제를 해결하려면 어떤 상담이론이 좋을까? 이러한 고민을 해결해 줄 수 있는 것이 사례개념화이다. 내담자의 문제해결을 위하여 내면을 깊이 들여다봄으로써 상담의 효과를 크게 높일 수가 있다. 즉 내담자의 내면을 파악하고 욕구의 방향성을 정확하게 설정할 수가 있어야 한다. 그리하여 내담자의 정보를 분석하는 법과 문제의 원인을 알아내는 것이 중요하다.

다음의 도표의 이미지 출처는 이명우의 〈사례개념화기반 개인상담의 실제〉를 내담자로부터 얻은 표면적 정보를 통합하여 내담자 문제 본질과 원인의 가설을 세우는 것과 내담자의 정보를 모아서 조직화한다. 또 내담자 상황과 부적응적 패턴을 이해하고 설명하며, 상담을 안내하고 초점을 맞춘다. 그리고 도전과 장애를 예상하고, 성공적 종결의 준비를 위한 방법 및 임상적 전략을 세우게 된다.

■ 사례개념화의 요소

호소 문제	호소 문제 그리고 촉발 요인에 관한 특징적 반응
촉발 요인	패턴을 활성화하여 호소 문제를 일으키는 자극
부적응적 패턴	지각, 사고, 행동의 경직되고 효과 없는 방식
유발 요인	적응 혹은 부적응적 기능 촉진 요인
유지 요인	내담자 패턴을 지속적으로 활성화하여 호소 문제 경험하게 하는 자극
문화적 정체성	특정 민족 집단의 소속감
문화, 적응과 적응 스트레스	주류 문화에 관한 적응 수준 (심리 사회적 어려움 등 포함한 문화 적응 스트레스)
문화적 설명	고통, 질환, 장애 원인에 관한 신념
문화 대 성격	문화와 성격 역동 간 상호작용 정도
적응적 패턴	지각, 사고, 행동의 유연하고 효과적 방식
상담목표	단기 – 장기 상담 성과
상담 초점	적응적 패턴의 핵심이 되는 상담 방향성을 제공하는 중요한 치료적 강조점
상담 전략	보다 적응적 패턴 달성을 위한 실행 계획 및 방법
상담 개입	상담목표와 패턴 변화를 달성하기 위해 상담 전략과 관련된 세부 변화 기법 및 책략
상담 장애물	부적응적 패턴 때문에 상담과정에서 예상되는 도전
문화적 상담 개입	해당 사항 있을 때 문화적 개입, 문화적으로 민감한 상담, 개입 구체화
상담 예후	상담하거나 하지 않을 경우, 정신 건강 문제 경과, 기간, 결과 예측

■ 생리 심리 사회적 사례개념화

유발 요인	생리적 약점(예; 내담자 건강과 가족 건강) 심리적 약점(예: 성격 스타일과 대처 능력) 사회 문화적 약점(예: 가족, 사회생활력, 지지망)
상담목표	증상 감소 정상치로 환원 또는 기능 증진
상담 초점	생리, 심리, 사회 문화적 약점에 따라 촉발되거나 악화된 문제적 상황
상담 전략	기본 상담 전략: 필요 시 생리, 심리, 사회 문화적 영역 모두 다룸 공통 상담 전략:지지, 대체, 심리 교육, 약물 치료
상담 개입	약물 평가 및 모니터링(준비도와 상담 순응 문제에 주의) 지지 치료 기법(예: 격려) 인지행동적 개입(예: 부적응적 사고와 행동을 보다 적응적인 것으로 대체), 이완, 역할 놀이, 행동 활성화 지원 집단, 주요 타자/ 가족/ 직장 상사 등을 포함하는 심리 교육 집단

■ 인지행동적 사례개념화

유발 요인	부적응적 행동, 부적응적 신념
상담목표	부적응적 신념과 행동을 감소시킴 보다 적응적인 신념과 행동을 개발함
상담 초점	부적응적 신념과 행동에서 촉발되거나 악화된 문제적 상황
상담 전략	기본 상담 전략: 특정한 부적응적 신념과 행동을 확인하고 수정함 공통 상담 전략: 지지, 인지적 재구조화, 대체, 노출, 기술 훈련/심리 교육
상담 개입	소크라테스식 대화 기법, 증거 조사, 논박 포함한 인지적 재구조화, 사고 중지, 행동 활성화, 노출, 행동 시연

■ 단기 역동 사례개념화

유발 요인	순환 전 부적응 패턴(자기 행동, 자기를 대하는 타인 행동, 타인 반응에 관한 예측, 자기 대하는 자기 행동)
상담목표	통찰(새로운 이해), 교정적 관계 경험(새로운 경험)
상담 초점	순환 전 부적응 패턴에서 촉발된 문제적 대인관계
상담 전략	기본 상담 전략: 경험적 대인관계 학습을 촉진하고, 순환적 패턴을 수정/개선하기 위해 치료적 관계 활용 공통 상담 전략: 지지, 해석, 교정적 정서 체험
상담 개입	순환 전 부적응 패턴 수정/개선, 역동 해석, 전이 분석, 명료화와 직면 예리한 질문을 통한 작업, 코칭, 실습 (의도적 실용주의: 다른 접근들의 개입 선택적 이용)

■ 해결 중심 사례개념화

유발 요인	강점, 자원, 문제의 예외, 시도해 본 해결 방안
상담목표	해결 방안 구체화 및 강점 강화
상담 초점	예외 또는 해결 방안을 찾을 수 있는 문제적 상황
상담 전략	기본 상담 전략: 예외 찾기 및 해결 방안 구체화, 공통 상담 전략: 지지(해결 방안의 구체화)
상담 개입	예외 찾기/해결 방안 실행하기, 구체화, 기적 질문, 가상 질문, 척도 질문

■ 아들러 상담의 사례개념화

유발 요인	가족 구도:특히 출생 순위와 가족 환경 생활 양식 신념 :특히 초기 기억과 자기관, 세계관
상담목표	사회적 관심과 건설적 행동 증가
상담 초점	잘못된 신념과 낙담으로 촉발되거나 악화된 상황
상담 전략	기본 상담 전략:사회적 관심과 건설적 행동 촉진하기 공통 상담 전략: 지지, 인지적 재구조화, 해석
상담 개입	생활 양식 평가, 초기 기억 분석, 격려, 은유, 이야기, 유머 사용, 건설적 행동, 역설, 마치 ~인 것처럼 행동하기

2. 사례개념화의 전략은 무엇인가?

사례개념화 정의 및 문제의 가설 수립

사례개념화의 정의는 내담자의 문제 및 증상, 원인 또는 관련 요인, 상담 개입 방향과 방법을 이론적으로 설명하는 전 과정을 의미한다. 개념화는 내담자의 문제, 원인, 배경 등 전체적인 가설적인 틀을 깊이 있게 세운다. 이에 내담자가 제시한 정보에 관하여 선택적 기억, 선택적 정보를 통해 문제를 찾게 된다. 그렇게 하면서 문제의 가설 수립 및 전략을 위해 다양한 정보를 바탕으로 내담자의 문제에 종합적 설명 혹은 가설을 만든다. 이렇게 가설에 기초하여 상담목표를 세우게 되고 목표를 세우기 위하여 최선을 다한다.

상담목표와 전략을 설정한다.

내담자가 상담할 때 분노를 억제하지 못하고 있다면 분노의 원인을 파악하고 빈도와 강도를 줄이도록 한다. 내담자 스스로 자신의 분노하는 모습을 정확히 알도록 분노 일지를 쓰게 하는 것도 도움이 된다. 화를 내는 내담자의 사고 형태에 의견을 주고받으며 현재의 사고 형태와 신념을 살피게 되는데, 내담자가 반복적으로 분노를 일으키게 되는 사건과 관련된 인지적 왜곡을 보완하기 위해서 인지적 재구성법을 적용하여 분노를 일으키는 사건과 관련된 생각이 합리적인지 다른 해석이 가능한지를 알아본다.

이렇게 해서 반복적으로 분노를 일으키는 상황을 살피게 되는데, 분노가 발생할 때마다 내담자가 하는 행동을 스스로 인식하도록 돕고 분노를 표현할 수 있는 비파괴적이고 대안적 방식이 있는지를 알아본다. 내담자가 우울한 감정을 완화시키는 방법으로는 어떤 게 있을까? MMPI를 이용해서 우울의 정도를 확인하고 일상생활을 유지하는 데 섭식과 수면 등을 알아보면서 우울한 감정을 노출시킬 수 있도록 도와준다.

내담자의 치료적 개입

① 내담자에게 drive(추동, 충동), need(요구, 욕구), went(원하는 것, 소망), trait(기질)을 파악한다. 내담자의 증상은 원하는 것과 현재의 상태에서 오는 스트레스와 좌절(MMPI 검사)로부터 발생하게 된다. 내담자의 타고난 기질(TCI 검사)을 파악해 합리적인 상담목표를 설정하고 변할 수 없는 성격(MBTI검사)을 수용하여 새롭게 적응하도록 돕는다.

② 내담자의 발달상의 결손, 고착 시기, 방어기제, 현실 검증력, 현

실 적응력을 파악한다. 정신증은 지지치료를 하고 신경증은 통찰 치료를 한다. 그리고 증상이 내적요인인지, 환경적 요인인지 파악 하도록 한다.

③ 내담자의 타인과의 관계나 경험을 통해 왜곡된 대인관계를 수정하도록 한다.

④ 자기의 주관적 경험, 자신의 경계, 자존감, 존재감, 주체적인 존재 로서의 느낌을 파악하는 데 힘쓴다. 이때 강박적인 사람은 주로 자기 삶을 통제하고 통제를 위한 투쟁은 강박적 반추를 낳는다. 그리고 우울한 사람은 주로 돌보는 일로 만족을 얻으나 자기 자신을 돌보지 못해 우울함에 빠진다.

⑤ 내담자에 관하여 공존 병리와 감별을 진단한다.

⑥ 심리치료 관점을 견지한다. 내담자의 역동은 바꿀 수가 없지만 효율성을 바꿀 수 있을 것이다. 내담자에게 새로운 경험과 통찰을 하도록 하면서 자기의 주체성과 현실적 자존감을 확장시켜 주도록 한다. 과거의 자동적이었던 사고와 행동을 선택하거나 조절하면서 자유가 증가하도록 한다. 그리고 자신만이 가진 특정한 경향을 어떤 경로로 갖게 되었는지 알아보고 이해하면서 자기 수용이 가능해지도록 한다.

사례개념화의 이유

① 왜, 어떻게 오셨나요?

상담자는 내담자의 내방경위를 들으면서 어려움에 대처문제를 살펴게 된다. 먼저 내담자의 인적사항, 내방경위와 상담에 온 계기, 호소 문제와 증상에 관해서 어떠한 대처방안이 있는지를 알아본다. 문제의 상태에 따른 증상과 과거 병력 정신과적 진단 및 이전에 있었던 상담의 자료나 경험을 알아보고, 발달적으로 가족관계에 어떻게 포함되었는지 살피면서 심리검사결과 및 정신과적 진단이 경과를 살펴볼 수가 있다.

사례개념화의 기능은 내담자와의 대화를 통해서 상담을 구조화하고 상담전략을 세우면서, 앞으로 있을 문제를 예측하게 된다. 이런 전 과정을 통해 상담에 관하여 옳고 그름을 판단하게 되고, 그때마다 잘못된 점을 수시로 수정 보완하여 상담의 효과를 높이는 기능을 할 수가 있다.

② 내담자는 무엇이 힘든가요?

내담자의 심리적 특성은, 이것이 인지인지 아니면 정서의 문제인지 그것도 아니라면 행동에 문제인지를 살피게 된다. 첫 단추가 중요하듯이 첫 경험이 아주 중요하다. 내담자의 첫 회기에 관해서 호이트(Hoyt, 2018)는 다음과 같이 말했다. "요구는 저항을 낳고 부담은 반감을 낳으며 강요는 반발을 낳는다. 그래서 단회를 강요하는 것이 아니라, 제안하는 것이 중요하다고 본다. 그래서 단일 회기의 치료에 있어서 한 회기로 충분할 수 있는 가능성, 그리고 마지막 될 수 있는 첫 회기가 의미하는 바에 주의를 기울여야 한다"라고.

③ 무엇 때문에 극복이 어려운가요?

내담자의 원인 분석 요인으로 문제와 심리적 특성은 어떻게 일어났

느지 그 초기사건을 찾도록 하는 것이 중요하다. 그래서 심리적 요인으로 그 원인을 찾을 수 있다.

④ 그렇다면 무슨 기법을 찾아야 할까?

이렇게 심리상담사가 내담자에 관해서 상담의 방향을 확보했으면 앞으로 어떤 기법으로 어떻게 이끌어 갈 수가 있는지를 생각하게 된다. 그렇다면 내담자가 방어기제를 무엇을 쓰고 있으며 어떻게 하고 있는지 그에 관한 교훈이 있다면 알아본다.

3. 사례개념화와 심리검사

상담센터에서 심리검사를 하는 이유는 센터마다 조금씩 차이가 있겠지만, 내담자의 이해를 위한 최종 목적인 〈사례개념화〉를 만들기 위해서는 꼭 필요한 절차이다. 상담자는 내담자가 가지는 문제의 근원을 밝히고 그에 관한 치유의 방향을 찾기 위해서는 지도 혹은 내비게이션이라고 하는 사례개념화를 해야 한다.

이는 병의원에 가면 의사가 환자 상태나 심신의 유무를 알아내서 그에 합당한 치료를 하기 위한 것과 같다. 예컨대 병의원에서 치료를 위해 과거에는 청진기를 사용했으나 오늘날은 엑스레이로 바뀌었고, 지금은 CT, MRI, 초음파에 이어 fMRI에까지 오게 된 걸 알 수 있다.

그렇지만 사람의 심리는 가시적이지 않을 수 있어서 자세히 살피기 위해서는 심리검사를 활용해야 한다. 즉 심리검사를 통해 내담자의 몸과 마음 및 정서적 어려움이 어디에서 생겨났는지를 알아내는 것이 내담자의 건강의 지표를 확인하는 기준이 된다.

이것은 내담자의 사건 사고에 관한 문제의 뿌리를 파악하게 되는 데 중요한 '단서'가 된다. 이런 세밀한 작업을 통해서 내담자에게 꼭 필요한 심리검사를 하게 되는데 과연 어느 부분에 문제가 생겼는지 알 수 있게 된다.

따라서 이런 것들이 상담의 올바른 목표를 정하게 될 것이고 내담자가 원하는 상담목표에 정착하게 된다. 이처럼 심리검사는 내담자에게 최적화된 치료 방법을 찾는 데 다시 없는 중요한 자료가 된다. 내담자의 평소 가지고 있는 사고나 행동에 영향을 주면서 과연 어떠한 환경적 요인이 작용하게 되었는지, 아니면 약점으로 작용하는지를 파악하는 것이다.

이것은 내담자 특정의 행동패턴이나 정서적 반응을 이해하고 개인 맞춤형 치료전략을 세우게 된다. 그렇게 해서 상담의 진행과 변화를 만들어 치료 시간이 지남에 따라 내담자의 몸과 마음을 재평가하게 되어서, 그에 따라 변화를 관찰하여 필요할 경우 새로운 치료를 할 수 있는 방향을 살피는 계기가 된다.

한마디로 심리검사는 내담자의 마음의 상태를 이해하고 최적의 치료 방법을 찾아내는 데 필요한 도구로써 역할인데, 그렇다면 상담의 기법은 검사 내용을 바탕으로 어떻게 이어 왔는지 살펴보자.

심리학의 원조를 보면, 1950년대 이전에는 가장 먼저 프로이트의 정신분석이 치료에 제일 각광을 받았다. 그러나 1950에서 1960년대로 오면서 동물 중심인 행동치료에서 점차로 인지치료로 옮겨갔으며, 지금은 두 가지를 합병하는 인지행동 치료를 선호하게 되었다.

그렇다고 내담자 중심치료, 게슈탈트 치료, 인본주의 등의 무수한 치료기법을 무시해도 된다는 이야기는 아니다. 그것들도 그 나름대로 심리상담에 큰 역할을 이어가고 있다. 그리고 필자가 최면상담을 할 때는

MMPI, MBTI, TCI 등의 검사가 중요한 역할을 한다. 그 이유는 내담자가 성격적으로 문제가 있는지, 기질적으로 문제가 있는지, 혹은 환경적으로 문제가 있는지 알아보는 게 내담자에 관한 치료의 척도이기 때문이다.

그렇다면 심리검사가 주는 요인과 그에 따라 신뢰 및 타당도가 어떻게 영향을 미치는지 살펴보자.

신뢰도와 타당도

모든 심리검사에서 가장 중요한 것이 신뢰도와 타당도이다. 이는 검사 결과의 안정성과 일관성의 지표로 활용하게 되는데, 예를 들어 같은 사람에게 여러 번 같은 검사를 시행해도 똑같거나 비슷한 결과가 나온다면 높은 신뢰도를 유지할 수가 있다.

이 말은 내담자의 상태가 과거와 지금이 별로 달라지지 않았다면 검사 결과 역시 다르지 않다. 그렇지만 매번 하는 검사가 할 때마다 다른 결과가 나온다면 누가 심리검사를 믿을 수 있겠는가? 그러면 이런 검사를 신뢰도가 아주 낮다고 볼 수 있는데, 타당도는 내담자의 관심 있는 내용을 정확하게 측정하는지를 나타낸다.

다시 말해서 심리검사 결과가 실제로 심리적 특성을 잘 반영하는지를 평가하는 것을 말한다. 심리검사 결과가 내담자의 심리와 상관없는 외부적인 것 때문에 왜곡되지 않도록 보장하는 것이 필요하다. 검사에서 타당도가 높을수록 심리적 특성을 정확하게 평가될 것이며 내담자를 아는 데 도움이 된다. 그래서 임상에서는 신뢰도와 타당도가 높은 심리검사를 사용하게 된다.

심리검사의 종류

(1) 종합 심리검사 (Full battery)

이 검사는 상담할 때 필수적으로 하지 않는다. 필요하다고 판단 되었을 때 내담자와 의논해서 진행하게 되는데, 그 이유는 적잖은 비용과 시간이 많이 소요되기 때문이다. 이 검사의 목적은 전문적인 심리 평가 도구를 활용하여 내담자의 인지 및 사고기능, 정서상태, 성격특징, 핵심갈등영역, 대인관계, 심리적 자원 등 기능에 필요한 전반을 탐색하게 된다.

이렇게 심리적 문제를 정확하게 평가하고, 심리치료계획을 세울 수 있다. 이 검사가 상담센터에서도 필요하겠지만 병의원 등에서도 활용하고 있다. 실시 주요 대상은 아동부터 청소년, 성인까지 모두 가능할 것이며, 검사 시간은 사람에 따라 다소 차이는 있을 수 있지만, 일반적으로 3~4시간 걸린다.

이 외에도 심층적인 평가나 면접을 주기로 진행하며 필요한 정보를 수집한다. 검사에 관한 장소는 비교적 편안한 분위기에서 상담 전문가와 이루어진다. 내담자 개개인의 특성과 상태에 따라 검사 시간과 상황을 조절하여 좋은 결과를 얻을 수 있도록 해야 한다.

검사 결과를 분석하고 해석하는 과정은 상담 전문가가 수행하며 검사비용은 병원이나 센터에 따라 약간의 차이가 있을 수 있다. 일반적으로 비용이 많이 들기 때문에 꼭 필요할 때 선택하는 것이 좋으며, 이 검

사는 심리적 문제를 꼼꼼하게 파악하고 심리치료계획을 세우는 것이
중요하다.

■ 종합 심리검사 및 연령별 검사 내용

검사 종류	측정하는 영역	연령
MBTI★	16가지 성격유형별 특성 검사	9세 이상
TCI★	기질 및 성격검사	7세 이상
BGT VMI	신경심리학적 문제를 간단하게 선별하는 심리검사	모든 연령
PTI K-WISEC K-WAS5 K-ABC	개인의 인지 및 지적 능력 수준을 평가하고 개별 인지 기능 등의 특성 및 장단점을 파악하는 지능 검사	만 12세 이상
MMPI-2★	성격 및 임상적 측면을 객관적으로 평가하는 다면적인성검사	모든 연령
HTP★ KFT★	직접 그리는 집, 나무, 사람, 가족화 그림을 통해 심리적 정서적 성격적 행동의 특징이나 상태를 평가하는 투사적 그림 검사	만 2세 이상
SCT★	심리 및 정서적 상태, 성격 및 행동적 특징, 자기 및 외부에 대한 지각 대인관계 양상 등을 평가하는 검사	만 2세 이상
PorschachK-CBCL	사고, 정서, 현실 지각, 대인관계 방식, 등 다양한 측면의 인격 특성을 평가하는 표준화된 검사	만 4~17세
SMS	사회 지능 및 자조 이동, 작업, 의사 소통, 자기 관리, 사회와 능력 등과 같은 다양한 사회적 적응 능력의 발달 수준을 평가하고 측정하는 검사	만 0~30세

★ 별표는 〈하늘심리상담센터〉에서 기본적으로 하는 검사임

이 검사는 상담전문가에게서 진행되고 평가를 통해 성격적 특징, 감정, 행동과 사고패턴 등을 종합적으로 파악하는 데 목적을 둔다. 이 검사를 하는 과정에서 내담자가 말로 표현하기 어려운 감정이나 생각을 알 수 있으며, 강점과 약점을 찾아내 더 나은 치료계획을 세울 수가 있다.

내담자의 정신건강문제, 스트레스, 감정조절문제, 대인관계, 진로선택, 학업 등 다양한 상황에서 필요하며, 검사 결과에 따라 병의원의 약물 치료, 여부를 결정할 수 있는 데 큰 도움을 줄 수가 있으며, 종합검사는 병원, 정신건강센터, 상담기관 등에서 적정한 검사를 분석하여 안내하는 역할을 한다.

(2) MMPI (미네소타 다면적 인격 검사)

이 검사는 내담자가 가장 많이 선호하는 검사이다. 검사 결과는 어제와 오늘이 다르듯이 내담자에 따라 수시로 오차가 생길 수 있다. 일반적으로 불안이 올라올 때는 크게 나쁘게 나오다가 또 증상이 호전되면 결과도 좋아질 수가 있으므로 검사 내용에 너무 심각하지 말아야 한다.

성인용 MMPI-2(567개) 문항이고, 청소년용 MMPI-A(478) 문항이다. MMPI는 다른 검사보다 신뢰도와 타당도가 높아 심리상담 및 임상 장면에서 가장 많이 선호하는 감사이다. 이 MMPI는 심리상담뿐만 아니라 기업에서의 인사선발, 법적자문, 정신건강관련선별검사, 연구 등 다양한 분야에서 많이 사용되고 있으며, 소요 시간은 사람에 따라서 다를 수가 있으나 가령 일반적으로 1시간 전후로 소요하게 된다. 검사 결과를 통해 내담자들이 경험하는 구체적인 증상, 성격적인 특성, 적응능력, 행동경향 등을 객관적으로 측정할 수 있는 좋은 점이 있다.

(3) TCI (성격 및 기질 검사)

이 검사는 상담 장면에서 시간이 지날수록 많이 사용된다. 심리 생물학적 인성 모델에 기초하여 개발된 자기 보고서 검사인데 만 3세부터 성인까지 다양하게 사용할 수 있다. 한 개인의 기질과 성격을 구분하여 측정하는데, 이때 기질은 부모 즉 유전적으로 타고났으며 성격은 후천적으로 발달된 것을 본다.

인간은 타고난 기질과 환경의 상호작용으로 개인이 성격을 이해해 볼 수 있는데, 자신과 타인의 성향을 똑바로 이해함으로써 관계개선을 도모할 수 있다. 기질이란 자극에 자동으로 일어나는 정서적 반응의 성향을 나타내며, 성격은 의식적으로 추구하는 목표 및 가치에서의 개인차를 나타낸다.

이 검사를 위해서 부부나 커플이 상담센터를 방문하는데, 부모로부터 받은 기질을 알고 또 내가 가지고 있는 성격을 살펴본다면, 서로가 다른 성향을 똑바로 이해하게 될 것이고 그에 따라 공감을 가지게 된다.

또한 결혼하기 전 상대의 장단점을 알 수가 있어서 남녀에 도움이 클 뿐만 아니라 심리상담에 있어서 이것보다 더 좋은 검사가 있을까 싶다. 이 검사를 한 뒤 상담을 하는 것과 아닌 것의 차이는 아주 크다.

- TCI 성인용(140문항) 20~30분 소요
- JTCI 12~18 중·고등학생용(82문항) 10~15분 소요

- JTCI 7~12 아동용. 양육자보고서(86문항) 10~15분 소요
- JTCI 3~6 유아용. 양육자보고서(86문항) 10~15분 소요

⑷ HTP (집, 나무, 사람 그림 검사)

이 검사는 미술치료에서 선호하는 검사이다. 주로 청소년이나 아동들에게 많이 사용하는데 심리검사에서 미술이 포함되는 이유는, 그림은 인간의 기본적인 언어로 원시 시대부터 조상들이 감정과 행동을 기록하기 위해 오랫동안 사용해 왔고, 글을 배우기 이전 그림으로 자기표현을 할 수 있어서다.

그림 검사는 언어나 글로 표현하는 것과는 다르게 무의식적인 측면을 내포하고 있어서 투사검사로 분류된다. 이 검사를 사용하는 데 필요한 연령은 아이부터 노인까지 다양한 것이 특징이다. 주로 성인이나 아동들에게서 언어표현이 어려운 경우에 아주 유용하게 사용할 수 있다. 이 검사는 그림을 통해 개인의 내면적인 상태를 이해하는 데 도움이 되기는 하나, 다만 그림 결과만으로 단일한 반응으로 판단하지 않고 다른 임상자료와 함께 고려하는 것이 유익하다. 이 검사 외에도 동그라미 가족화를 선호한다.

⑸ SCT (문장 완성 검사)

이상 및 상담 현장에서 많이 사용하는 검사기법 중의 하나로 다른 심리검사보다 검사 목적에 맞게 문항을 쉽게 구성할 수 있고, 누구에게나 간편하게 실시하고 적용할 수 있다는 장점이 있다. 처음 개발되었던 미국에서는 그동안 수없이 많은 버전의 문장완성검사를 만들어 왔

고 해석 방법 또한 다양하다.

우리나라 문장검사 또한 여러 가지 버전이 출시되어 널리 사용되고 있으며 임상가, 상담가들의 전문적인 경험과 심리학적 지식에 따라 다양한 방식으로 해석, 활용하고 있다. 이 검사는 심리상담센터의 기본 검사라고 할 수가 있다.

내담자에게 필요한 자료를 주고 문장의 뒷부분을 이어가게 하는 일종의 투사검사로서 일반적으로 소요 시간은 15분~30분 걸리게 된다. 이 검사는 개인의 내면적인 경험과 감정을 이해하는 데 도움이 된다. 임상 및 상담센터에서 가장 많이 사용하는 MMPI, TCI, HTP, SCT, MBTI 등과 같다고 할 수 있다.

문장완성검사를 볼 때 인간의 유전자는 글자로 이루어졌다. 그래서 라캉은 몸과 마음이 글자로 이루어졌다고 말했는데, 말과 글은 살아가는 데 크게 영향을 주며 그것은 인간의 믿음을 이루게 되고 서로가 믿음을 가지고 소통한다.

그래서인지 인간은 거짓말의 유혹에 약하다. 우선 보이스 피싱을 보면 해마다 거짓말에 속아 지금 순간에도 신경정신과를 찾는 사람이 주위에 얼마나 많은가? 순간적인 실수에 속아 인생을 망치고 고통 속에 사는 사람이 주위에 많다.

더욱이 사랑의 달콤한 말에 속고 사는 남녀는 또 어떤가? 〈사랑과 전쟁〉이란 KBS 프로를 자주 본다. 남녀의 삼각관계의 표본이 되는데, 이런 상황은 특히 부자의 표본인 강남에서 많이 일어난다. 특히 클럽, 화류계도 비슷한 일들이 생기기도 하지만 인간관계에서 사기극이 만들어지는 거짓말의 근원은 결국 우리의 뇌에 있다.

뇌는 공상과 현실을 구분하지 못하는데 마치 어린아이들이나 미숙한 사람, 사회 부적응자, 욕심 많은 사람은 그래서 공상이 많을 수밖에 없다. 그들에게는 현실은 따라주지 않는데 마음이 앞서니 공상이 먼저일 수가 있는데 그들은 나이가 어릴수록 모르는 것이 거의 없다.

왜냐하면 어른들이 답을 몰라 곤란해할 때 어린이는 안다고 자신 있게 말한다. 그러나 그들이 내놓는 답은 허망하기 짝이 없다. 왜 그럴까? 공상이기 때문이다. 세상에 거짓말을 받아 주는 것은 어릴 때뿐이다. 이렇게 사람들이 말을 소중하게 하는 만큼 거짓말에는 가혹하게 대한다. 그러나 거짓말은 없어지지 않는다. 거짓말같이 손쉽게 이득을 볼 수 있는 수단도 없기 때문이다. 거짓말은 사회관계뿐만 아니라 자신에게도 문제다. 몸과 마음, 영혼이 다 뿔뿔이 흩어지기 때문이다.

인간은 몸과 마음, 영혼이 연결되어 하나의 인격체를 이루고 있다. 그 사람의 인격과 각각의 요소가 적절한 균형을 유지하면서 서로를 받쳐주고 밀고 당기면서 삶이 지속되어 간다. 그렇지만 거짓말로 삶의 균형이 무너지면 그때부터는 인간 이하의 존재인 짐승이나 마찬가지다.

특히 여러 가지 복합적인 정신병 질환자는 사회에서 격리가 불가피하다 함은 거짓말의 피해가 너무 크기 때문이다. 요즘은 영혼을 스스로 파괴하는 정신이상자가 늘어나는 추세다. 그래서 심리상담사는 필요하면 상담을 진행하는 도중에 즉시나 직면이 꼭 필요할 때도 있다. 내담자의 잘못된 습관이나 폐습에 젖어 있거나 핵심신념인 스키마에 문제가 있다면 이를 위해서 잘못된 습관을 바꾸도록 할 필요가 있지만, 직면을 바로 알아듣지 못하고 이유를 달고 따지면 상담사가 가장 곤란한 것도 이것이다.

사회는 갈수록 혼탁해지고 있는데 그것은 어떤 논쟁에도 정답이 없고 옳고 그름이 없는 세상이 오고 있기 때문이다. 그렇다면 과연 일반인이 믿을 곳이라고는 법원밖에 없는가? 그 이전에 기댈 곳이 없다면 앞으로 이 사회는 어떻게 될까?

특히 정신병 중에서도 유독 강박증과 사이코패스를 두루 갖춘 사람이 우리 주위에 득실거리고 있다. 이제 상담도 겁이 난다. 좋은 뜻에서 한 말을 녹음해서 고발하는 세상에 산다. 이런 성향의 사람들을 세계보건기구에서도 가족 및 가까운 지인에게 부탁해서 빠른 치료를 권하고 있다.

서울대학병원 정신건강의학과 교수인 권준수는 "세계가 주목하는 강박증에 대한 대가이다. 강박증 환자의 피질과 선조체에 문제가 있다"라고 말한 최고의 강박 관련 전문가이다. 선조체는 뇌의 깊숙한 곳에 있는 신경 덩어리를 말하는데, 대뇌에서 정보를 받아서 정보를 집행하는 곳으로 최신 대뇌영상술인 확산텐서영상(DTI)과 확산첨도영상(DKI)을 이용해서 이런 강박증에 관한 치료영역을 한층 더 늘리고 있다고 교수는 말을 했다. 그의 저서 〈나는 왜 나를 피곤하게 하는가〉에 덧붙여 강박증 환자도 문제지만, 자기 뇌가 망가지면 미래가 없다는 걸 본인이 모르고 있다는 게 더 큰 문제라고 말했다.

4. 상담하기 전 자격증을 확인하라

심리상담사의 자격을 꼭 확인하라고 말하는 이유는 상담센터가 신고제이기에 국가나 공공단체에서 상담업소의 능력을 검증할 수가 없다. 따라서 어떤 심리상담사는 몇 시간 강의를 듣고 자격증을 받거나 간단한 시험으로 자격을 취득할 수 있는 지경에 와 있다.

그렇다면 우리의 귀중한 시간과 돈, 그리고 상담에 쏟는 에너지를 고작 몇 시간 투자해서 받은 심리상담사들에게 나의 문제를 맡길 수는 없지 않겠는가? 그러므로 상담자의 자격과 검증을 꼭 개인별로 할 필요가 있다.

지금까지는 정부나 공공 단체에서 심리상담센터에 관한 규제가 전혀 이루어지지 않은 상황에 있기에 포털 검색창에서 상담, 심리, 자존감, 코칭 등의 관련 단어를 검색해 보면 전문상담서비스와 상담제공 업체와의 구분이 이루어지지 않은 게 문제이다.

심리상담을 예약하고자 하는 사람은 관련 사이트에 접속하여 상담 전문가를 자세하게 살펴보는 것이 좋다. 가능하면 상담사의 학위, 경력, 자격증을 세심하게 알아보고 심리상담에 관하여 국가자격증과 민간자격증을 구별하는 능력을 갖추어야 한다.

그렇다면 지금부터 상담받기 전 내담자를 위해서 담당 분야에 어떤 국가자격증과 민간자격증이 있는지 〈노수정의 상담 가기 전 필독서〉에서 알아보고자 한다.

국가자격증과 민간자격증

심리상담센터를 운영하는 사람은 국가자격증과 민간자격증으로 구분된다. 국가공인상담사자격증은 청소년**상담사** 전문담당교사, 장애인 재활상담사 등의 세 가지 자격증이 있다. 그 외에 정신건강임상심리사, 이상심리사, 언어재활사 자격증 등으로 나누어져 있는데

첫째, 청소년 상담사(1급, 2급, 3급)는 여성가족부에 속한다. 또한 심리상담과 관련 학부를 졸업하면 3급을 취득할 수 있는 시험에 응시할 수 있는데, 2급에 응시할 수 있는 사람은 상담 실무 경험을 가졌거나 심리와 관련한 대학교에 석사 과정을 취득해야 2급에 응시할 수 있다.

둘째, 전문상담교사(1급, 2급, 3급)는 교육부에 속해 있으며 심리 관련 학과 졸업자로서 교직 학점을 이수한 자에게 자격증 취득할 수 있는 권한이 생긴다. 2급은 관련 학과를 졸업한 사람이나 소정의 교직을 이수한 사람이면 가능하다. 그렇지만 1급에 응시할 수 있는 사람은 2급 이상의 교사 자격증을 가지고 있으면서 3년 이상의 교육 경력을 거쳐야 가능하다.

셋째, 정신건강임상심리사(1급, 2급)는 주무 부처인 보건복지부로 되어 있으나 자격증 발급 기관은 국립정신건강센터이다. 자격을 취득할 수 있는 사람은 심리학 석사학위를 취득한 후, 정신건강전문요원을 위한 수련 기관을 거쳐서 3년의 임상 수련 기간을 채우면 1급을 응시할 수 있다. 그러나 2급의 경우 심리학의 학사학위를 취득한 사람이 수련 기관에서 1년 이상 수련을 마쳐야 한다.

넷째, 임상심리사(1급, 2급)는 한국산업인력공단 심리 관련 학부를 졸업하면 2급을 취득할 수 있는 자격이 있다.

다섯째, 언어재활사(1급, 2급)는 한국보건의료인국가시험원에서 시험을 응시하고 자격증 발급 기관은 보건복지부로서 해당 자격증을 취득하려면 관련 학과를 졸업해야 하며, 주어진 실습 기관에 수련받아서 국가고시에 합격해야 한다.

여섯째, 재활인 재활상담사(1급, 2급)는 한국보건의료인국가시험원에서 시험을 주관하고, 자격증의 발급 기관은 보건복지부이다. 장애 때문에 사회 참여에 어려움을 겪는 사람들을 위해 진단, 평가, 상담, 사례 관리, 직업 재활을 제공하는 전문가이다. 이 자격을 취득한 상담사는 장애인의 활동과 사회 참여를 촉진하기 위해 자립적인 생활과 직업에 관하여 적응을 돕는다. 이들은 복지사 자격을 취득하고 장애인 재활 관련 교과목을 이수하고 5년 실무 경력을 가지고 있으면, 장애인 재활상담사 2급을 취득할 수가 있다.

민간자격증

　우리나라의 심리상담 업계에서는 한국상담심리학회, 한국상담학회, 한국청소년상담학회들의 상담전문가를 양성하고 있다. 대학상담센터 및 사설상담기관에서 상담 인력을 제공할 때도 위의 학회에서 자격증을 취득한 사람을 선호한다.

청소년상담사 윤리 강령

가. 제정 목적

1. 청소년상담사의 책임과 의무를 제시하여 내담자를 보호한다.
2. 청소년상담사가 직무 중에 발생하는 문제를 처리할 수 있는 기준을 제공한다.
3. 청소년상담사의 활동이 전문직으로서의 상담의 기능 및 목적에 저촉되지 않도록 기준을 제공한다.
4. 청소년상담사의 활동이 지역 사회의 도덕적 기대에 부합하도록 준거를 제공한다.
5. 대한민국 청소년들의 건강 성장을 책임지는 전문가로서의 청소년상담사를 보호하는 기준을 제공한다.

나. 청소년상담사로서의 전문적 자세

1. 전문가로서의 책임

　가) 청소년상담사는 청소년 기본법에 따라 청소년의 권리와 책임을 다 할 수 있게 지원해야 한다.

　나) 청소년상담사는 자기의 능력 및 기법의 한계를 인식하고 전

문직 기준에 위배되는 활동을 하지 않도록 한다.

다) 청소년상담사는 검증되지 않고 훈련받지 않은 상담기법의 오남용을 하지 않도록 유의한다.

라) 청소년상담사는 청소년과 관련된 정책, 규칙, 법규를 정통해야 하고, 청소년 내담자를 보호하며, 청소년상담사가 최선의 발달을 이루도록 노력해야 한다.

2. 품위 유지 의무

가) 청소년상담사는 전문상담사로서 품위를 손상하는 행위를 하지 않 는다.

나) 청소년상담사는 현행법을 우선적으로 준수하되 윤리 강령이 보다 엄격한 기준을 설정하고 있다면 윤리 강령을 따른다.

다) 청소년상담사는 상담적 배임 행위(내담자 유기, 동의를 받지 않은 사례 활용 등)를 하지 않는다.

3. 보수 교육 및 전문성 함양

가) 청소년상담사는 자신의 전문성을 유지 향상시키기 위해 법적으로 정해진 보수 교육에 반드시 참여한다.

나) 청소년상담사는 다양한 사람들을 상담함에 있어 상담에 필요한 이론적 지식과 전문적 상담 및 연구 능력을 향상시키기 위해 교육, 자문, 훈련 등 지속적인 노력을 기울여야 한다.

다. 내담자의 복지

1. 내담자의 권리와 보호

가) 청소년상담사는 내담자의 복지를 증진하고 존엄성을 존중하는 것 에 최우선 가치를 둔다.

나) 청소년상담사는 내담자가 상담 계획에 참여할 권리, 상담을 거부하거나 개입 방식의 변경을 거부할 권리, 거부에 따른 결과를 고지 받을 권리, 자신의 상담 관련 자료를 복사 또는 열람할 수 있는 권리 등을 보장받아야 한다. 단 기록들에 관한 복사 및 열람을 제한할 수 있다.

다) 청소년상담사는 외부 지원이 적합하거나 필요할 때 의뢰를 요청 할 수 있으며, 이를 청소년 내담자 및 보호자(만 14세 미만 내담 청소년의 경우)에게 알리고 서비스를 받을 수 있도록 노력한다.

라) 청소년상담사는 자신의 질병, 죽음, 이동, 퇴직 등으로 상담을 중단해야 하는 경우 이에 적정한 조치를 취해야 한다.

마) 청소년상담사는 청소년 내담자에게 무력, 정신적 압력 등을 사용하 지 않는다.

2. 사전 동의

가) 청소년상담사는 상담을 시작할 때 내담자가 충분한 설명을 듣고 선택할 수 있도록 적절한 정보를 제공해야 하고, 상담자와 내담자 모두의 권리와 책임을 알려 줄 의무가 있다.

나) 청소년상담사는 내담자에게 상담과정의 녹음과 녹화 여부, 사례 지도 및 교육에 활용할 가중성을 설명하고 내담자에게 동의 또는 거부할 권리가 있음을 알려야 한다.

다) 청소년상담사는 내담자가 만 14세 미만의 청소년인 경우, 보호자 또는 법정대리인의 상담 활동에 관한 사전 동의를 구해야 한다.

라) 청소년상담사는 내담자에게 상담의 목표와 한계, 상담료 지불 방법 등을 정확히 알려야 한다.

3. 다양성 존중

가) 청소년상담사는 모든 인간의 기본적인 권리, 존엄성, 가치를 존중 하며 성별, 장애, 나이, 성적 지향, 사회적 신분, 외모, 인종, 가족 형태, 종교 등을 이유로 내담자를 차별하지 않는다.

나) 청소년상담사는 내담자의 다양한 문화적 배경을 이해하고 청소년 상담사 자신의 고유한 문화적 정체성이 상담과정에 영향을 주지 않도록 노력해야 한다.

다) 청소년상담사는 자신의 개인적 가치, 태도, 신념, 행위를 자각하고 내담자에게 자신의 가치를 강요하지 않는다.

라. 상담관계

1. 다중 관계

가) 청소년상담사는 법적, 도덕정 한계를 벗어난 다중 관계를 맺

지 않 는다.

나) 청소년상담사는 내담자와 연애관계 및 기타 사적인 관계를
맺지 않는다.

다) 청소년상담사는 내담자와 상담비용을 제외한 어떠한 금전
적, 물질적, 거래 관계도 맺지 않는다.

라) 청소년상담사는 내담자와 상담 이외의 다른 관계가 있거나
의도하지 않게 다중 관계가 시작된 경우에는 적절한 조치를
취해야 한다.

2. 부모/ 보호자와의 관계

가) 청소년상담사는 부모(보호자)의 권리와 책임을 존중하고 청
소년 내담자의 건강한 성장을 위해 부모(보호자)에게 상담자
의 역할을 설명하여 협력적인 관계를 성립하도록 노력한다.

나) 청소년상담사는 내담자의 성장과 복지에 필요하다고 판단되
는 경우, 내담자의 동의하에 부모(보호자)에게 내담자에 관
한 최소한의 정보를 제공한다.

3. 성적 관계

가) 청소년상담자는 내담자 및 내담자의 가족, 중요한 타인에게
자신의 지위를 이용하여 성적접촉 및 성적 관계를 가져서는
안 된다.

나) 청소년상담사는 이전에 연애관계 또는 성적인 관계를 가졌
던 사람을 내담자로 받아들이지 않는다.

마. 비밀보장

1. 사생활과 비밀보장의 의무

　가) 청소년상담사는 내담자의 부모(보호자)의 사생활과 비밀보장의 권리를 최대한 보장해야 한다.

　나) 청소년상담사는 상담기관에 소속된 모든 구성원과 관계자 슈퍼바이저 주변인들에게도 내담자의 사생활과 비밀이 보호되도록 주지시켜야 한다.

　다) 청소년상담사는 청소년 내담자 상담 시 사전에 상담에 관한 내담자의 동의를 받고 상담과정에 부모나 보호자가 참여할 수 있으며, 비밀보장의 한계에 따라 정보를 제공할 수 있음을 알린다.

　라) 청소년상담사는 청소년 내담자 상담 시 상담 의뢰인(교사, 경찰 등)에게 내담자 및 보호자(만 14세 미만 내담 청소년의 경우)의 동의하에 정보를 제공할 수 있다.

　마) 청소년상담사는 비밀보장의 의미와 한계에 관하여 청소년 내담자의 발달 단계에 적합한 용어로 알기 쉽게 설명해 주어야 한다.

　바) 청소년상담사는 강의, 저술, 동료자문, 대중매체 인터뷰, 사적 대화 등의 상황에서 내담자의 신원 학인의 가능한 정보나 비밀정보를 공개하지 않는다.

2. 기록 및 보관

가) 청소년상담사는 내담자에게 전문적인 서비스를 제공하기 위해 상담 내용을 기록하고 보관한다.

나) 기록의 보관은 공공기관이나 교육기관 등은 각 기관에서 정한 기록보관 연한을 따르고 이에 해당하지 아니한 경우에만 3년 이내 보관을 원칙으로 한다.

다) 청소년상담사는 기록 및 녹음에 관해 내담자의 사전 동의를 구한 다.

라) 청소년상담사는 면접기록, 심리검사자료, 편지, 녹음 및 동영상 파일, 기타 기록 등 상담과 관련된 기록을 보관하고 처리하는 데 있어서 비밀을 준수해야 한다.

마) 청소년상담사는 원칙적으로 내담자 및 보호자(만 14세 미만 내담 청소년의 경우)의 동의 없이 상담기록을 제3자나 기관에 공개 하지 않는다.

바) 청소년상담사는 내담자와 보호자가 상담기록을 삭제하지 못할 경우 타당한 이유를 내담자와 보호자에게 설명해 주어야 한다.

사) 청소년상담사는 퇴직, 이직 등의 이유로 상담을 중단하게 될 경우 기록과 자료를 적절한 절차에 따라 기관이나 전문가에게 양도한 다.

아) 전자 기기 및 매체를 활용하여 상담 관련 정보를 기록 관리하는 경우, 기록의 유출 또는 분실 가능성에 관해 경각심과

주의 의무를 가져야 하며 내담자의 정보보호를 위해 적극적인 노력을 해야 한다.

자) 내담자의 기록이 전산 시스템으로 관리되는 경우 접근 권한을 명확히 설정하여 내담자의 신상이 공개되지 않도록 조치를 취한다.

3. 상담 외 목적을 위한 내담자 정보의 사용

가) 청소년상담사는 자신의 사례에 보다 나은 전문적 상담을 위해 내담자 및 보호자(만 14세 미만 내담 청소년의 경우)의 동의를 구한 후 내담자에 관해 사실적이고 객관적인 정보만을 사용하여 동료나 슈퍼바이지에게 자문을 받을 수 있다.

나) 청소년상담사는 교육이나 연구 또는 출판을 목적으로 상담 관련 자료를 사용할 때에는, 내담자 및 보호자(만 14세 미만 내담 청소 년의 경우)의 동의를 구해야 하며, 신상 정보 삭제와 같은 적절한 조치를 취하여 내담자에게 피해를 주지 않도록 한다.

4. 비밀보장의 한계

가) 청소년상담사는 상담 시 비밀보장의 1차적 의무를 내담자의 보호에 두지만 비밀보장의 한계가 있는 경우 청소년의 부모(보호자) 및 관계 기관에 공개할 수 있다.

나) 비밀보장의 한계가 있는 경우는 다음과 같다.

1) 청소년상담사는 내담자의 생명이나 사회의 안전을 위협하는

경우 비밀을 공개하여 그러한 위험의 목표가 되는 사람을 보호하기 위 한 합당한 조치 등 안전을 확보한다.

2) 청소년상담사는 법적으로 정보의 공개가 요구되는 경우 내담자에게 그 사실을 알리고 최소한의 정보만을 제공한다.

3) 청소년상담사는 내담자에게 감염성이 있는 치명적인 질병이 있을 경우 관련 기관에 신고하고, 그 질병에 노출되어 있는 제3자에게 정보를 공개할 수 있다.

다) 청소년상담사는 아동학대, 청소년성범죄, 성매매, 학교폭력, 노동관계법령 위반 등 관련법령에 따라 신고 의무자로 규정된 경우, 해당기관에 관련 사실을 신고해야 한다.

바. 심리 평가

1. 심리검사 실시

가) 청소년상담사는 심리검사를 실시하고 해석할 수 있는 능력을 배양해야 한다.

나) 청소년상담사는 심리검사 실시 전에 내담자 및 보호자 만 14세 미만 내담자 청소년 경우에는 사전 동의를 받아야 한다.

다) 청소년상담사는 검사도구를 선택, 실시, 해석함에 있어서 모든 전문가적 기준을 고려하여 사용한다.

라) 청소년상담사는 내담자에게 적합한 심리검사를 선택해야 하며 검사의 타당도와 신뢰도 제한점을 고려한다.

마) 청소년상담사는 다문화 배경을 가진 내담자를 위한 검사 선

택 시 내담자의 사회 문화적 맥락을 신중히 고려해야 한다.

2. 심리검사의 해석

가) 청소년상담사는 심리검사 해석에 있어 성별, 나이, 장애, 성적지향, 인정, 종교, 문화 등의 영향을 고려하여 검사 결과를 해석 한다.

나) 청소년상담사는 청소년이 이해할 수 있도록 심리검사의 목적, 성격, 결과의 성명을 제공한다.

다) 청소년 상담사는 심리검사 결과를 다른 이들이 오용하거나 외부에 유출하지 않도록 해야 한다.

사. 슈퍼비전

1. 슈퍼바이저의 역할과 책임

가) 슈퍼바이저는 사례 지도 방법과 기법들에 관한 교육의 훈련을 지속적으로 받음으로써 사례 지도 역량을 향상시키기 위해 노력한다.

나) 슈퍼바이저는 전자 매체를 통하여 전송되는 모든 사례 지도 자료의 비밀 포장을 위해서 주의하고 필요한 조치를 취한다.

다) 슈퍼바이저는 사례 지도를 시작하기 전에 진행 과정을 충분히 설명한 후 동의를 받음으로써 슈퍼바이저의 적극적 참여를 독려 할 책임이 있다.

라) 슈퍼바이저는 슈퍼바이지에게 전문가적 윤리적 규준과 법적

책임을 숙지시킨다.

마) 슈퍼바이저는 지속적 평가를 통해 수퍼바이지의 한계를 파악하고 그가 자신의 한계를 인식하고 보완할 수 있도록 돕는다.

2. 슈퍼바이저와 슈퍼바이지의 관계

가) 슈퍼바이저와 슈퍼바이지의 상호 존중하며 윤리적, 전문적, 개인적 그리고 사회적 관계를 명료하게 정의하고 유지한다.

나) 슈퍼바이저와 슈퍼바이지는 성적 혹은 연애관계 그 외에 사적인 이익 관계를 갖지 아니한다.

다) 슈퍼바이저와 슈퍼바이지는 상호 간에 성희롱 또는 성추행을 해서는 안 된다.

라) 슈퍼바이저와 슈퍼파이지는 가족, 친구, 동료 등 상대방의 객관성을 유지하기 힘든 사람과 슈퍼비전 관계를 맺지 않는다.

아. 청소년 사이버상담

1. 사이버상담에서의 정보관리

가) 운영 특성상 한 명의 내담자가 여러 명의 사이버상담자를 만나게 되는 경우 상담자들 간에 정보를 공유할 수 있음을 내담자에게 알린다.

나) 사이버상담 운영 기관에서는 이용자가 다른 사람의 신분을 도용 하지 않도록 절차를 마련해야 한다.

2. 사이버상담에서의 책임

    가) 사이버상담자는 만약에 있을지 모르는 위기개입 등의 상황을 대비하기 위해서 내담자의 신분을 확인할 방법을 가지고 있어야 한다.

    나) 사이버상담이 내담자에게 부적합하다고 간주될 경우 상담자는 대면상담 연계 등 이에 적합한 서비스 연계를 해야 한다.

자. 지역 사회 참여 및 제도 개선에 관한 책임

1. 지역 사회를 돕는 전문가 역할

    가) 청소년상담사는 경제적 이득이 있는 경우에도 청소년의 최신의 유익을 위하여 지역 사회의 기관, 조직 및 개인과 협력하고 사회 공익을 위하여 지역 사회의 기관, 조직 및 개인과 협력하고 사회 공익을 위해 전문적 활동에 헌신함으로써 사회에 공헌하도록 한다.

    나) 청소년상담사는 내담자가 다른 정신건강 전문가와 상담을 받고 있음을 알게 되면, 내담자와 동의하여 그 전문가와 긍정적이고 협력적인 관계를 맺도록 한다.

2. 제도 개선 노력

    가) 청소년상담사는 청소년 및 복지 관련 법령, 정책 등의 적용

과 개선을 위해 노력한다.

나) 청소년상담사는 자문을 요청한 내담자나 기관의 문제 혹은 잠재된 사회 문제를 규명하고 해결하는 데 도움을 준다.

차. 상담기관 설립 및 운영

1. 상담기관 운영자의 역할

가) 청소년 상담기관을 운영하고자 할 경우, 운영자로서의 전문성 및 역량을 갖추도록 노력해야 한다.

나) 상담기관 운영자는 직원이나 학생, 수련생, 동료 등을 교육, 감독하거나 평가 시에 착취하는 관계를 가져서는 안 된다.

다) 상담기관 운영자는 자신과 현재 종사하고 있는 직원의 전문적 역량 향상에 책임이 있다.

라) 상담비용은 내담자의 재정 상태 등을 고려하여 합리적으로 책정 한다.

마) 상담기관 운영자는 직원 채용 시 자격 있는 사람을 채용해야 한다.

2. 상담기관 종사자의 역할

가) 청소년상담사는 자신이 종사하는 기관의 목적과 운영 방침을 따라야 하며 기관의 성장 발전을 위해 노력해야 한다.

나) 청소년상담사는 고용기관에 손해를 끼칠 수 있는 상황이나 기관 의 효율성에 제한을 줄 수 있는 상황을 미리 알려 주어

야 한다.

카. 연구 및 출판

1. 연구 활동

　가) 청소년상담사는 청소년 문제해결을 위해 윤리적 기준에 따라 과학적인 방법으로 연구를 계획하고 수행한다.

　나) 청소년상담사는 연구 대상자를 심리학, 신체적, 사회적 불편이나 위험으로부터 보호해야 한다.

　다) 청소년상담사는 연구참여자들에게 연구의 본질, 결과 및 결론에 관한 정보를 제공하는 것이 과학적 가치와 인간의 가치를 손상 시키지 않는 한 연구 참여자들이 이에 정보를 얻을 수 있는 기회를 제공한다.

2. 출판 활동

　가) 청소년상담사는 연구 결과를 출판할 경우에 자료를 위조하거나 결과를 왜곡해서는 안 된다.

　나) 청소년상담사는 투고 논문, 학술발표 원고, 연구 계획서를 실시 할 경우 제출자와 제출 내용의 비밀을 유지하고 저자의 저작권을 존중한다.

타. 자격 취소

1. 청소년상담사는 청소년기본법 제21조의 2(자격의 취소)에 해당하는 경우 자격이 취소된다.

   가) 청소년기본법 제21조의 결격 사유에 해당하게 된 경우

   ① 미성년자, 피성년 후견인 또는 피한정 후견인
   ② 파산 선고를 받고 복권되지 아니한 사람
   ③ 금고 이상의 형을 선고받고 그 집행이 끝나거나 집행을 받지 아니하기로 확정된 후 3년이 지나지 아니한 사람
   ④ 금고 이상의 형을 선고받고 그 집행 유예의 기간이 끝나지 아니한 사람.
   ⑤ 3호 및 4호에도 불구하고 다음 각 항목의 어느 하나에 해당하는 죄를 저지른 사람으로서 형 또는 치료 감호를 선고받고 확정된 후 그 형 또는 치료 감호의 전부 또는 일부의 집행이 끝나거나 (집행이 끝난 것으로 보는 경우를 포함한다) 집행이 유예 면제 된 날부터 10년이 지나지 아니한 사람

   나) 거짓이나 그 밖의 부정한 방법으로 자격을 취득한 경우
   다) 자격증을 다른 사람에게 빌려주거나 양도한 경우

파. 청소년상담사 윤리 강령 재개정 및 해석

1. 한국청소년상담복지개발원은 청소년상담사 윤리강령교육 보급을 위해 노력해야 한다.
2. 한국청소년상담복지개발원은 청소년상담사 대상 의견 수렴 및 전문가 토론학 자격검정위원회의 보고 등 자문을 통해 청소년상담사 윤리 강령 개정안을 수립한 후 청소년상담사 윤리 강령을 개정할 수 있다.
3. 윤리 강령과 관련하여 의견이 있거나 공문 등을 통해 윤리적 판단을 요청할 경우, 한국청소년상담복지개발원에서 전문적 해성을 제공할 수 있다.

5. 한국심리학회

한국심의학회의 윤리 강령에는 인간의 존엄성과 가치를 존중하며 다양한 심리적 조력 활동을 통해 개인이 자기를 실현하는 삶을 살도록 돕는다. 본 학회는 이러한 목적을 구현하기 위하여 상담심리사 자격 제도를 운영한다. 본 학회에서 인정한 상담심리사 1급, 2급의 상담심리사 수련 과정에 있는 학회원은 전문가로서 능력과 자질을 향상시키며 상담심리사의 역할을 하는데 내담자의 복지를 최우선 순위에 둔다. 상담심리사는 전문적인 상담 활동을 통해 내담자의 개인적인 성장을 넘어 국민의 심리적 안녕을 도모함으로써 사회적 공익에 기여하게 된다. 이러한 책무를 다하기 위해 상담심리사는 전문성, 성실성, 사회적 책임, 인간 존중, 다양성 존중의 원칙을 따른다. 윤리 강령의 준수는 내담자와 상담자 보호 및 상담자의 전문성 증진에 둔다. 그래서 한국심리학회는 1946년 창립하여 2023년 기준 76주년이 된 우리나라에서 가장 많은 인원으로 16개 분과와 2만 7천 명의 회원이 소속되어 있으며 해당 분과 이름은 임상심리학회, 상담심리학회, 코칭심리학회, 코칭심리학회, 사업 및 조직심리학회, 사회성격심리학회, 발달심리학회, 인지 및 생물

심리학회, 건강심리학회, 여성심리학회, 소비자광고심리학회, 학교심리학회, 법심리학회, 중독심리학회, 문화 및 사회문제심리학회, 심리측정평가학회 등의 분과학회가 있다.

첫째,   한국임상심리학회는 임상심리 전문가를 말한다.

둘째,   한국상담심리학회는 상담심리학 1급 전문가, 2급 전문가를 말한다.

셋째,   한국코칭심리학회는 코칭심리사 1급, 2급, 3급을 말한다.

넷째,   한국심리학회 산하 분과 자격증으로 수련 과정이 있는 자격증이다. 발달심리학회(발달심리사 1. 2급), 건강심리학회(건강심리전문가), 중독심리학회(중독심리전문가. 심리사)를 말한다.

(1) 한국상담학회

교육적, 학문적, 전문적 조직체이다. 상담자는 각 개인의 가치, 잠재력 및 고유성을 존중하며, 다양한 조력 활동을 통해 내담자의 전인적 발달을 촉진한다. 상담자는 내담자의 신체적 정신적 사회적 영적 안녕을 유지 증진하는 데 헌신한다. 이러한 역할을 이끄는 과정에서 상담자는 내담자의 복지를 가장 우선시한다. 상담자는 내담자의 관계에서 의사소통의 자유를 갖되 그에 관한 책임을 지며 내담자의 성장과 사회 공익을 위하여 최선을 다한다.

첫째,   한국상담학회는 상담전문가 1급, 2급을 말한다.

둘째,	분과학회는 대학상담학회, 집단상담학회, 진로상담학회, 아동청소년상담학회, 학교상담학회, 초월영상상담학회, 부부가족상담학회, NLP상담학회, 군경소방상담학회, 교정상담학회, 심리치료상담학회, 기업상담학회, 중독상담학회, 생애개발상담학회를 말한다.
셋째,	한국상담학회 산하의 분과학회는 1급 전문상담사를 취득한 자에게 학회 일련의 훈련 과정을 거쳐 하위급 수련생을 지도, 감독할 수 있는 수련감독자의 자격을 부여하는 절차로서 승급 제도가 있다.

(2) 한국청소년상담학회

이메일: koycaseoul22@naver.com, 서울 지역학회: 서울시 중구 정동길 25 (정동, 예원학교), 전화번호: 010- 7226-3649 팩스 번호: 02-727-9099로 되어 있다.

(3) 수련이 있는 기타 학회 자격증

언어가 되는 성인이나 청소년과 달리 아동이나 발달 장애인처럼 언어적 접근이 어려우면 미술치료나 놀이 치료 등의 비언어적인 치료 기술을 다룰 수 있는지가 중요하다. 또한 언어로 감정을 표현하기 어려운 대상자라면 예술치료를 할 수도 있다. 특수 치료 업계의 경우 관련 자격증이 많다. 특히 예술치료 분야는 민간 자격이 많아서 관련 학위와 경력, 바우처가 인정되는 자격증의 유무가 기관 채용에 중요한 평가 요소로 작용하고 있는 편이다.

첫째, 한국임상모래놀이치료학회로 자격증 명(名)은 '모래놀이상담'이라고 한다. 모래놀이상담사전문가, 모래놀이상담사 1급, 2급, 3급 전문가, 부모놀이상담사 1급, 2급, 3급으로 되어 있고 국제공인 모래놀이치료사(ISST)이며

둘째, 한국놀이치료학회는 자격증명으로 놀이심리상담자전문가, 놀이심리상담교육전문가, 놀이상담심리사 1급, 놀이상담심리사 2급 등이 있으며

셋째, 한국미술치료학회에서는 자격증명: 수련감독임상미술심리전문상담사(수련감독미술치료전문가), 임상미술심리전문상담사(미술치료전문가), 임상미술상담심리사 1급(미술치료사), 임상미술상담심리사 2급으로 되어 있으며, 한국미술치료학회는 1999년에 설립된 대한민국의 미술치료학회이다. 미술치료의 이론과 실제를 연구하고 개발하는 것을 목적으로 하고 학회의 주요 활동으로는 학술 대회, 워크숍, 출판 활동 등이 있다. 또한, 국내외 미술치료학회와 협력하여 국제 교류와 협력 관계를 구축하고 있는데, 한국미술치료학회는 미술치료의 이해를 높이고, 미술치료 전문가를 양성하며, 미술치료 서비스의 질을 향상시키는 것이 목표다. 학회는 미술치료 분야의 발전에 기여하고, 개인과 사회의 건강과 안녕을 증진하는 데 최선을 다하고 있다. 그리고 미술치료 시각 예술 기법을 활용하여 개인의 신체적, 정서적, 인지적, 사회적 건강과 안녕을 증진하는 치료적 접근 방식이다. 미술치료는 개인이 자신의 감정과 생각을 표현하고, 자기

인식을 높이며, 문제해결 능력을 개발하는 데 도움이 될 수 있다.

넷째, 한국가족치료학회에서는 자격증명으로 슈퍼바이저, 부부가족상담전문가 1급, 2급, 놀이상담심리전문가(놀이치료 전문가), 놀이상담심리사(놀이치료사) 2급 등이 있다.

다섯째, 한국아동심리치료학회에서는 자격증명으로는 슈퍼바이지, 교육전문가, 전문가 1급, 2급과 사업의 목적을 달성하기 위해 다음과 같이 한다. 그리고 아동 심리치료의 학술적 연구, 임상적 연구, 학술 대회 학회지 발간, 임상 사례 발표 및 지도회, 아동 심리치료 관련 워크숍 개최, 아동심리치료사 양성 및 자격 관리, 기타 본 회의 목적을 달성하는 데 필요한 사업이며

여섯째, 한국미술치료연구학회의 자격증명으로는 전문가, 교육전문가 1급, 2급이 있으며

일곱째, 한국문학치료학회에서는 한국문학치료학회(The Society Of Korean Literary Therapy)로서, 주소는 (05029) 서울특별시 광진구 능동로 120 건국대학교 문과대학 409호에 있다.

제5장

상담 전 무엇이 필요한가?

1. 첫 심리상담에서는 이런 것을 찾는다

심리상담사의 영향은 거의 부정적인 효과를 주지 않는 맥락에서 이루어진다. 내담자에게 영향을 주는 것들은 대개 불분명한 경계선, 역전이, 상호 의존, 투사, 과잉 동일시, 공감 피로, 대리 외상, 이차 외상, 통제와 상실과 같다. 초기단계부터 나쁜 인식을 주거나 역량에 침입당하지 못하도록 주의를 기울여야 한다. 이 장벽은 내담자를 보호하기 위해 준비되었을지 모르지만 실제로는 훨씬 더 상담사를 위해 설계되어 있다. 그렇다면 첫 상담에서 준비해야 할 것은 과연 무엇이 있는지 알아보자.

첫 상담에서 무엇을 하는가?

첫째, 상담사는 내담자를 어떻게 도울 수 있는가를 생각할 것이고 내담자의 내면에 있는 상처를 잘 다스리도록 한다.

둘째, 두 사람이 만나 산이나 들이나 근처 쉴 곳을 찾아서 휴식을 취하듯이 편안해야 한다. 그 일이 며칠을 보내는 과정이 될 수 있고 또는 몇 달이 될 수도 있다.

셋째, 두 사람이 건강한 관계를 맺으며 상처를 보듬는 힘을 키우는 훈련을 이어간다.

우리가 심리상담을 제대로 하기 위해서는 내담자에 관한 충분한 이해를 통해서 과거의 아픔이나 상처에서 벗어나도록 힘쓸 것이며 큰 문제가 없어도 지난날을 돌아보며 관계를 이어간다. 이런 시간을 이어가는 동안 상담사는 내담자의 방어기제를 찾게 된다.

그리고 내담자에게 당면한 현안이 있다면 차례로 해결할 수 있는 상담을 이어간다. 그런 과정에서 예기치 않았던 문제가 드러날 때는 내담자에게 지지프로그램을 선택할 것인지 아니면 통찰이 필요한지를 숙고하게 된다.

또한 현안이 되는 문제가 고차원적인가 중차원적인가 저차원적인가를 살펴본다. 처음부터 너무 고차원적인 문제를 해결하려고 하지 말고 작게 목표를 잡아가면서 뜻을 이루어 가도록 한다. 이렇게 내담자에게 알맞게 문제에 다가간다. 만약에 시행 도중 다른 업소에서 색다른 경험이 있다면 그에 따른 방향으로 목표를 정해야 한다. 왜냐하면 심리상담사도 각 전문상담분야가 달라서 내담자에게 다가가는 방법도 다를 것이고 상담목표도 다를 수 있다.

어떤 상담을 원할까요?

첫째, 무의식의 정화는 내담자가 원하는 부분을 세심히 살펴야 한다. 이는 외적인 면의 지지 상담보다는 우선 내면을 통찰하는 쪽으로 방향을 정하는 것이 좋다.

둘째,   현실적으로 가장 무엇이 필요한지 살펴야 한다.

셋째,   과거의 상처로 시달리는 내담자는 어떤 상담기법이 필요한지를 알아서 그에 맞는 기법을 찾아야 한다.

넷째,   스트레스의 원인을 알아본다.

다섯째,   불안, 분노, 우울 중에 어느 것일까?

여섯째,   아직 말하지 못한 것이 있는지 알아본다.

일곱째,   죄책감과 자기혐오에서 벗어나도록 한다.

여덟째,   주변 환경을 자세하게 알아본다.

아홉째,   창조적인 삶으로 이끌도록 한다.

열 번째,   가족 문제, 직장 문제, 친구 문제 등을 살핀다.

열한 번째, 풍요로운 삶의 에너지를 찾도록 한다.

그러면, 당장 뭐가 필요한가?

내담자에게 지금 무엇을 도와줄 것인지를 물어본다. 그렇게 하려고 하면

첫째,   내담자의 무의식을 안심시키는 일이 우선일 것이고

둘째,   내담자에게 적정한 시기를 찾아서 상담사를 오픈하는 것이고

셋째,   내담자의 쾌감 회로를 작동시켜서 안정을 찾게 해 주게 되면서

넷째,	자신의 가치와 매력을 각인시키게 된다.
다섯째,	대화를 통해서 신뢰와 기대감을 쌓는다.

상담 초기에는 인지행동 치료를 선호한다

우리의 뇌가 가지고 있는 신비가 완전하게 밝혀진 건 아니지만 뇌과학자들은 언어의 비밀을 위하여 다음과 같은 사실을 알아냈다. 내담자의 지적, 정신적, 정서적, 신체적 활동을 이루는 데는 신체 기관 중에서 뇌가 담당한다. 뇌는 3층 구조로 된 1.4kg까지 살덩어리와 수십억 년에 걸친 진화를 통해 이어져 왔으며, 언어 구사를 포함한 정신적, 지적 활동을 통하여 대뇌피질이 관장했고, 약 1,000억 개의 신경 세포(뉴런)가 있는 것으로 알려진다.

신경 세포는 저마다 수십 개에서 수천 개의 돌기(시냅스)를 만들어 다른 신경 세포와 전기적. 화학적 신호를 교환하게 되는데, 신체 기관이 전해 준 정보를 빛의 속도만큼이나 빠르게 분석하거나 처리하면서 각각의 신체기관이 상황에 꼭 맞는 운동으로 이어져 있다. 우리가 자아를 인식하게 하고 의식 활동을 할 수 있는 것은 뇌의 역할인데 '자아'나 '지성' '의식'은 물질이 아니라 뇌신경 세포가 주고받는 전기적. 화학적 선로의 결합이다.

대뇌피질은 영역마다 서로 다른 기능을 담당하면서 언어를 위한 영역도 물론 따로 있다. 이 영역은 뇌가 성찰하는 동안 일하는 영역과 함께하는데 부정적인 시냅스에서 긍정적인 시냅스로 교체하게 된다. 그래서 심리상담사마다 내담자를 만나 활용하는 기법도 저마다 차이가 있겠지만, 가능하면 초기상담에는 인지 및 행동치료로 접근하는 이유가 여기에 있다.

이것을 다른 방향에서 설명한다면 뇌를 물동이라고 한다면 고인 물을 맑은 물로 교체할 수가 있을까? 물동이라면 쉽게 물을 비우고 새 물을 담으면 되겠지만, 뇌를 그렇게 교환할 수가 없으니 뇌에 새로운 물을 조금씩 채우는 방법이 가능할 것이다.

이것은 긍정적인 시냅스를 바꾸는 작업이다. 즉 인지행동 치료가 될 것인데 '시냅스 교환 작업'이다. 이 말을 바꾸어 말하면 〈생각 바꾸기〉를 통해서 가능하다. 이 작업을 이루기 위해서는 논리적이어야 하고 의식이 문제가 될 것이다. 그렇다고 모든 논리가 전부일 수는 없다. 이 작업이 잘 되려면 뇌가 깨어 있어야 한다.

내담자가 의식적으로 깨어 있으면 일반화, 왜곡, 삭제를 가능하게 할 것이고 무의식에 있는 그 무엇을 의식으로 바꾸는 작업도 가능하게 된다. 이 작업이 어떻게 이루어지겠는가를 살펴보자.

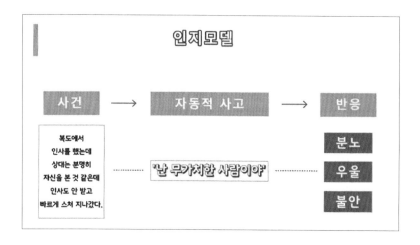

일반화	하나의 일을 전체로 한다는 것을 말하는데, 예를 들면 남자 친구에게 한 여성이 데이트 폭력을 당했다고 가정하면 그 남자 친구만 나쁜 것이지 세상 모든 남자가 나쁘거나 혐오스럽게만 보지 말아야 하는데 이를, 모든 남자 친구가 나쁘다고 말한다.
왜곡	말 그대로를 받아들이지 않는 것을 말한다. 친구에게 배신당한 사람이 있었다고 가정하면, 누군가 자기에게 잘해 줄 때 무슨 불순한 목적이 있어서 그렇다고 생각하는 것을 말한다. 이런 사람은 모든 일을 있는 그대로 받아들이지 못한다.
삭제	정보를 온전히 받아들이거나 제대로 전달하지 않고 자기 뜻대로 받아들이면서 남에게 전달하는 것을 두고 말한다. 예를 들어 누군가 갈등이 생기면 자기 잘못한 부분을 삭제하고 상대방이 잘못한 부분만 확대해서 말하거나 어떤 정보를 자기 마음대로 받아들이고 싶은 것만 받아들이는 것을 말한다.

2. 그 외 방어기제를 다루는 것

흑백논리 대개 이분법적 사고나 절대적 사고라고 말한다. 우리가 일상에서 '흑 아니면 백' 혹은 '모 아니면 도'라고 하는 것을 말하는데 중간은 없고 양 갈래를 말한다.

과일반화 특정한 경험으로부터 얻은 결론과 관련된 상황에 따라서 내담자가 과하게 적용하는 것을 말한다. 이른바 일반화가 충분한 증거나 논리가 부족한 상태에서 과도하게 이루어지는 것을 말한다.

독심술 사고 현실적이고 객관적인 증거대로 고려하지 않고 다른 사람의 마음을 아는 것같이 생각하거나 판단하는 사고방식을 말한다. 자신의 판단을 지지하는 증거가 없으면서, 또 주변 정황이 판단과 배치되는데도 불구하고 독심술 사고를 말하는데, 투사(projection)가 독심술 사고에 속한다.

확대-축소 어떤 현상의 중요성이나 정도를 심하게 왜곡해서 평가하는 것으로 어느 한 측면은 확대하고 다른 측면은 축소하는 것이다.

내담자가 기억이나 추론 등에서도 특정한 기억이나 추론을 더 많이 하게 되고 다른 기억이나 추론은 더 적게 한다면 확대-축소에 해당된다. 예컨대 우리의 의식을 어느 한 무대에 비교하면 의식의 무한대는 좁아서 한번에 장치를 할 수 있는 사물 수나 들어올 수 있는 사람 수가 제한되어 있다. 이런 의식의 무대를 작업 기억 또는 단기 기억이라고도 한다.

심리학에서는 이 크기가 7±2라고 말한다. 7개 정도의 정보 단위가 들어오면 대뇌에 더 들어올 수 없는 것을 말하는데, 이를 놓고 트라우마와 대조해서 알아본다면 아이의 트라우마는 7세 이전에 생긴 것이 가장 많다. 심리학자는 수많은 심리 요법이 있지만 행동치료, 정서치료, 인지치료로 크게 나누었다.

첫째로 행동치료는 행동을 바꾸는 사람이 달라진다는 전제로 진행하는 것인데, 직접 움직여서 그 사람의 경험을 통해 문제를 해결하는 것이다. 즉, "해 보면 알 수 있어!"라고 말한다.

두 번째 정서치료는 마음이 바뀌면 사람이 달라진다는 원리인데, 마음을 안정시키면서 힘을 주는 방식을 말하는 것이고 "너의 마음이 그랬겠구나!"라면서 내담자에게 안심과 용기를 준다. 그러나 인지치료는 "생각이 바뀌면 사람이 달라진다."라고 할 수 있다. 이는 옳고 그름을 판단하도록 해서 변화를 유도할 수가 있는 것은 아니다.

'그래! 내 생각이 정말 틀린 것 같아'라고 마음을 바꾼다. 그렇다고 하더라도 상담자가 어느 기법을 활용하는지에 따라서 색다른 효과가 나타날 수가 있는데, 이는 몸, 마음, 생각 중에 상담사가 어디에 중점을 두고 있느냐에 달려 있다.

예컨대 엄마가 아이를 데리고 〈어린이대공원〉에 놀러 왔다고 하자. 엄마가 아이에게 병아리가 있는 곳으로 천천히 걸어가면서 말했다.

엄마 수진아, 병아리가 예쁘지.
아이 ….

아이가 무서워서 엄마의 치마폭을 끌어당긴다.

엄마 수진이는 병아리가 무서운가 봐! 〈정서치료〉
엄마 괜찮아, 겁먹지 않아도 돼. 저것 봐! 무섭지 않잖아 〈인지치료〉
엄마 자, 엄마와 같이 한번 만져 보자.

엄마가 아이의 손을 잡고 함께 병아리를 만진다. 〈행동치료〉

여기서처럼 엄마가 아이에게 하는 행동을 나누어 생각해 볼 수가 있는데 이 방법이 도움이 될 수도 있지만 가끔 반대될 수도 있다. 아이는 엄마가 생각하듯이 큰 사건에만 문제가 있는 것이 아니라 아주 작고 미세한 행동에도 영향을 줄 수가 있기 때문이다. 예컨대 내담자의 기질은 조금씩 다르다. 어떤 아이는 모험에 빠르게 대처하는 아이가 있을 수 있고 어떤 아이는 비교적 느릴 수가 있다. 똑같은 일과 행동을 해도 적절한가를 반응을 살피면서 신중하게 접근해야 한다.

예를 들면 어떤 아이는 호기심을 가지고 뭐든지 하는 아이가 있는가 하면, 눈치만 보고 엄마 치마폭 뒤에 숨어 있는 아이도 있다. 이렇게 타고난 기질만 다른 것이 아니라 아이의 행동이 익숙해지는 시기도 다를 수 있다. 아이들도 말을 누구보다 일찍 배우는 아이가 있는가 하면 늦은 아이도 있다. 그래서 아이의 기질과 성격에 따라서 제대로 살피는 엄마가 아이를 잘 키우는 방식이다.

클로닝거 교수의 〈기질 및 성격 이론〉에서는 자극 추구가 높으면 새롭거나 신기한 자극에 쉽게 끌리고, 위험 회피가 높으면 위험하거나 싫어하는 상황에 관해 회피하는 것으로 반응하게 되며, 사회 민감성이 높으면 타인의 표정과 감정에 민감하며, 인내력이 높으면 지속적인 강화가 없어도 한번 보상된 행동에 꾸준히 지속된다.

3. 상담 시작 전까지의 고민

　　각종 트라우마를 치료하기 위해 심리상담을 찾는 내담자는 해마다 증가하는 추세에 있다. 사회가 복잡해지면서 사건 사고에 관한 국민 정서에 부정적인 감정이 증가하는 것이 주원인이 될 것인데, 이러한 요인은 심리상담에 관한 인식이 긍정적으로 작용하고 있다는 표시일 것이다.

　　내담자가 상담센터를 방문했을 때 가장 먼저 접수면접 및 초기상담을 통해 상담의 목표가 정해지게 된다. 그러면 여러 가지 심리검사를 통해서 내담자가 무엇 때문에 불안, 우울, 분노를 느끼는지 알게 되는데, 그런 뜻에서 첫 상담의 필요성은 아무리 강요해도 모자라지 않을 것이다.

　　내담자들은 일상에서 다양한 형태의 불안을 경험하게 된다. 그 불안이 때로는 공포, 두려움과 걱정의 이름으로 나오기도 하는데 어떤 사람은 성격 자체가 불안을 느끼고 외부 상황에 민감하게 반응함으로써 쉽게 긴장하는 사람도 있을 수 있다.

　　그래서 객관적으로는 별일이 아닌 일임에도 걱정하고 안절부절못하는 사람들이 있는데, 이렇게 병적으로 불안과 공포를 자주 경험하는 사람들은 이런 증상을 경험할 때마다 당시로부터 적절한 도움을 받아야 하기에 사회생활에 적응이 못하는 경우가 많다.

그래서 내담자를 위해 면담으로 이유를 파악하고 증상의 정도, 발병시기, 현재 상황 등을 이어가는 과정을 통하게 된다. 그렇다면 심리상담사가 대체로 내담자를 위해서 무엇부터 물을까? 나름대로 분석해 보기로 하자.

첫째,   부모님이 어떤 분인가 물어본다. 생존 여부와 상관없이 아버지와 어머니의 성격을 알아보고 또 부부 사이는 어떤지를 살피고 가족 구성원과의 관계 그리고 이에 관한 성향을 묻는다. 그리고 엄마 아빠를 대하기가 어떤지 가정 분위기를 살피게 되는데, 현재와 과거 사이를 구분해서 어린 시절 중에 어떤 일이 있었는지 찾는다.

둘째,   요즘 의지가 되는 사람이 누군지 살핀다. 그것은 부모나 가족, 친지 등일 수도 있고 선후배가 될 수가 있지만, 간혹 의지할 사람이 없다 하는 사람도 있을 수 있다.

셋째,   지금까지 살아온 과정을 보고 유치원 시기로부터 초, 중, 고, 대학까지 친구 관계나 환경, 경제적 여건 등을 알아보고 가장 행복했던 시기와 가장 힘들었던 시기를 구분해서 살핀다. 이때 필요하다면 〈life-style, 라이프 스타일〉도 첨부할 수도 있다.

넷째,   지금의 현안, 문제나 성향이 어떤지를 살핀다. 지금 하는 일이 자기와 잘 맞는지, 배우자가 있다면 부부 사이가 어떤지, 아들과 딸의 관계는 어떤지 살피는 것은 물론, 현재 삶의 만족도를 알아본다.

4. 심리상담을 받으면 완치되나요?

    불안 때문에 고생하는 내담자와 작업을 할 때 필자는 두 가지 차원에서 접근한다. 먼저 불안을 느낄 때 작동하는 여러 가지 요소 중에서 인지적, 감정적, 생화학적, 구조적, 에너지적 요소를 다룰 수 있도록 한다. 트리거(trigger), 즉 불안을 촉발하는 자극을 중화하는데 이것은 무술을 배우는 것과 같다. 내가 내담자라면 먼저 상대와 싸워서 상대가 나가떨어지는 것을 배우겠지만, 궁극적으로는 싸울 필요조차 없게 하는 방법을 터득하는 것이 좋다. 스스로 불안이나 우울과 싸움을 포기하고 세상이나 사회에 부적응적인 사람을 떠올리면서 K 씨라는 사람의 〈사례개념화〉를 살펴본다.

〈사례 1〉

    남자, 36살 K 씨는 몰카로 5년 전 경찰에 적발되었다가 이번에 다시 적발되었다. 2023년 12월 24일 상담을 예약했으나 이유 없이 오지 않았고, 다시 재지정받게 되어 25일 11시로 예약했으나 30분 늦게 도착했다. K 씨는 시간 개념이 없는지 미안한 표시도 없이 상담 후 집으로 돌아갔다. 그리고 두 시간쯤 지나서 상담하는 도중에 녹음한 것을 바탕으로 협박을 해 왔다. K 씨는 내재적으로 불안을 모르는 〈경계성 성격장애〉 및 〈반사회적 성격장애자〉이었다. 그 외에 강박증과 편집증을 두루 갖추고 있으며 연극성 성격장애와 자기애성 성격장애도 보유하고 있었다. 내가 바라본 K 씨의 뇌는 500만 년 전부터 발달된 전두엽의 자아가 무너진 것으로 보인다. 그래서 K 씨의 속 뇌인 편도체의 자아가 퇴행해서 이미 괴물의 형상을 갖고 있다. K 씨는 지금 순간에도 외부 자극의 감각에 접촉되면 전두엽으로 가느냐 편도체로 가느냐를 놓고 경쟁하는데, 대체로 그의 감각은 전두엽을 스쳐서 편도체에 이른다. 그 시간은 0.5초간의 차이가 될 것이다.

호소 문제

K 씨는 "우울해서 아무것도 할 수가 없어요. 저를 도와주세요. 저도 결혼이라는 것을 할 수가 있을까요? 뭐든 실패한 것 같아요. 무엇을 해야 할지 이제 정말 모르겠어요."라고 접수면접에서 말을 했다.

키는 156cm의 정도이었으며 얼굴은 까만 점 같은 게 몇 개 보였다. 영역별 호소 문제를 찾아보니 "누나와 아빠가 절 싫어하는 것 같아요. 늘, 엄마에게 미안해요."라고 말했다. 그렇다면 증상별 호소 문제는 대체 뭐가 될까? 편집증이 심했다. "친구들이 동성애자라고 나를 비웃는 것 같아요."라고 말했으며 강박증이 심해서 같은 말을 수시로 반복했다. K 씨에게 가장 문제가 되는 것은 어린 시절이 될 것이다. 엄마와 아빠가 가난 때문에 자주 다투는 것을 보고 자랐다. 그러면서 왜 그랬는지 모르지만 일찍 동성애에 눈을 떴다. 친구들이 자기를 동성연애자라고 할 것이 항상 부담이 되었었다. 그런 마음은 이만큼 자랐어도 계속되고 있다. 그러나 K 씨에게 더 나쁜 영향을 준 것은 한 살 차이의 누나였다. 누나는 항상 동생에게 사랑을 주는 엄마와 아빠가 싫었다. 그러다 보니 자연스럽게 사이가 좋지 않았는데 나이가 들어서 몰카에 빠진 것을 보고 애정이 떨어졌다. 이런 환경에서 자란 그는 사회에 불만과 적개심을 자연스럽게 품고 살게 되었으며 경계성성격장애가 되었다. 가장 큰 문제는 불안을 마음속으로 체득하지 못하게 된 것이 문제였다. "불안이 없어요. 무슨 일을 저질러도 죄의식이 일어나지 않아요."라는 말을 했으며 반사회적 성격장애자로 위법적인 일을 늘 마음에 두고 살아야 했다.

K 씨의 주제별 호소 문제에서는 다음과 같다.

"나는 앞으로 무엇을 하고 살아야 할지 모르겠어요."
"내가 자꾸 괴물이 되어 가는 것 같아요."
"내가 정말 누구인지 모르겠어요."
"나는 앞으로 어떻게 살아가나요."
"저, 이제 상담받는 것 싫어요."

K 씨의 가족사항은 위에 열거한 것과 동일하다. 그래서 사례개념화를 기록하는 정보방식과 유사했으며 가족의 연령, 민족, 사회적 지위, 결혼 상태, 직업, 종교 등을 나름대로 기록하기로 했다. 그의 상담경험

은 5년 전부터 병의원과 사설상담소에 두루 다녔으나 별 도움이 되지 않아서 그만둔 채였다.

그는 내게 말했다. 신경 정신과 약은 먹어도 별 도움이 없어서 쓰레기통에 버렸다고 진술했다 현재 상담시점은 내담자가 왜, 이 시점에 상담받으러 왔는가를 기록하는 데 중점을 두고, 발현되는 증상과 관련이 있는지 아닌지 기록하게 된다. 다음은 그와의 대화를 소개한다.

상담사 어서 오셔요. 반갑습니다. 무슨 도움을 받으려고 오셨나요?

내담자 몰래카메라를 하다가 경찰에 걸렸어요.

상담사 네. 그래요. 이번이 처음이었던가요?

내담자 아녀요. 5년 전에 걸렸어요. 이번이 두 번째로 걸린 셈이죠.

상담사 아, 네 그랬군요. 그럼 변호사는 선임했나요. 제가 알기에는 요즘 선임비가 올라서 천백만 원이 기본이라는데~

내담자 네. 그런데 아는 사람이 있어서 삼백만 원에 했어요. 그리고 제가 법대를 졸업했고 법학석사를 해서 그쪽에는 훤하게 알고 있어요. 아마 어지간한 변호사보다 제가 더 나을 걸요.

상담사 그렇군요. 여기 신청란에 그렇게 쓰여 있네요. 주소는 서울시로 되어 있고요. 식구는 아버지, 어머니, 누나 그리고 본인으로 되어 있네요. 맞나요?

내담자 아녀요. 누나는 시집갔어요.

상담사 그렇군요. 그런데 이번 〈몰카〉 일은 가족이 알고 있나요?

내담자 아뇨, 엄마는 아는 것 같은데 아버지나 누나는 아마 모를 걸요.

상담사 그렇군요. 그럼 이번에 합의금이랑 선임비를 내려면 돈이 많이 들겠네요.

내담자   네, 그게 걱정이어요. 어떻게 해야 할지.......

이렇게 말을 그쳤다. 그 이유를 잘 알지는 못하지만 언뜻 한 말에 따르면, 어제 경찰에서 조서를 받는 중에 있었던 장면이 머리에서 나타난다고 했다. 충격 때문인지 아니면 뇌가 나빠져서 온 환상이나 환청 때문인지는 잘 구별이 되지 않는다. 왜냐하면 다면적인성검사에서 결과가 아주 나쁘게 나타났다.

상담사   제가 방금 검사한 기록을 말씀드리는 것이 좋을 것 같군요. 〈MMPI, 다면적인성검사〉에 나타난 것을 보니까 증상이 아주 안 좋아요. 특히 강박증, 편집증, 경계성성격장애, 반사회적성격장애가 가장 크게 높아요. 이렇게 되면 정밀 검사를 하 는 것이 좋은데 한 건당 MMPI의 검사비가 들어요. 어떻게 하시 겠어요?

내담자   저, 지금 돈이 없고요. 경찰서에서 조서를 받을 때의 환상과 환청이 들려서 더 나쁘게 나온 거예요.

상담사   그게 언제쯤부터인가요?

내담자   좀 된 것...... 같아요.

상담사   혹시 트라우마가 편도체에서 변연계 전반으로 깊이 침투했으면 빨리 치료를 서두르는 것이 좋겠어요. 증상에 관해서 조금 더 도움일 될 것 같아서 말씀드려야 할 것 같네요. 우리의 뇌는 3층 구조의 기능을 가졌어요. 가장 중요한 뇌의 구조는 중간 뇌인 변연계에 있는 감정의 뇌, 혹은 포유류의 뇌라고 하지요.

우리에게 정서와 생리적 표현 중에서 가장 중요한 것이 편도체인데 이곳에서 두려움과 분노와 경험의 중추 역할을 담당해요. 여기에서 원시적부터 도전-도주 반응이 야기되는 곳이고요. 몇 년 전 뇌과학자들이 동물 실험을 했지요. 실험실에서 동물 즉 쥐의 양쪽 편도체를 제거했더니 두려움과 공격성이 감소했어요. 그 결과 이 실험에서 나타난 특이한 증상으로 쥐가 고양이한테 다가가 귀를 건드렸다고 해요. 그런데 야생고양이는 집고양이처럼 얌전해졌다고 하네요. 이것을 보고 인간을 비교하기 위해서 수술을 처음 시도했는데 미국에서는 성공했다는 일부 보도가 의협신문에 났어요. 우리나라에서도 뇌 관련 박사님이 모였지요. 그래서 5~6년 전 뇌과학자 5명이 상계동 백병원에서 시술했는데 실패했대요. 그런데 이 검사로 밝혀진 것이 있어요. 우리 신체의 스트레스 반응을 잘 설명하게 되었지요.

〈스트레스의 HPA축〉

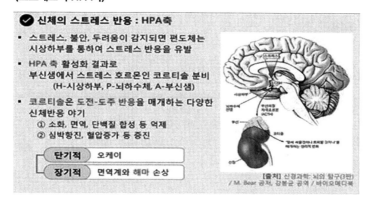

이를 HPA축이라고 해요. 각종 스트레스에서 불안이나 두려움이 감지되면 편도체는 시상하부를 통하게 되고 거기서 반응을 유발 한다는 것이지요. 그때 HPA 축이 크게 활성화 된다고 해요. 그리고 분신샘에서 스트레스 호르몬인 코르티솔이 분비되지요. 분비되는 코르티솔은 도전-도주 반응을 매개하는 신체반응을 만들어 내요. 첫째는 소화, 면역, 단백질 합성 등이 억제되기도 하고 둘째는 심박항진, 혈압증가 등이 증진되어 단기적으로 문제가 없는데 장기적으로 면역계와 해마가 크게 손상되지요. 이것 때문에 수면에도 영향을 미치는데, 이는 뇌간 망상활성체가 대뇌의 전력공급장치라면 시상하부가 뇌간이 망상 활성계를 켰다 껐다 하는 스위치 역할을 한다고 합니다. 그래서 전뇌대뇌변연계인 기저핵이 대뇌 반구 깊숙이 자리 잡은 핵집단으로 말미암아 시상을 둘러싼 부위인 운동선택과 불수의 운동으로 도파민 관련인 파키슨 헌팅톤병, ADHD, 조현병, 중독현상이 일어나요. 좀 더 무서운 현상은 틱 증상의 발생 원인이 되어 기저핵의 선조 체에 문제가 생길 수 있다고 해요. 이를 더 자세히 보면 기저핵은 대뇌피질의 보조운동영역과 전운동 영역에 개입해서 원하는 운동은 강화하게 되고 원치않는 운동은 억제함으로써 수의적 운동보다 정밀하게 세련되게 만드는 역할을 하게 되는 것이지요. 그리고 송과체, 송과샘의 역할과 부정적인 스트레스 역할로 해마의 기억세포가 줄어들거나 사라질 수가 있는데 뇌 가소성에서도 밝혔듯이 우리 몸 중에서도 가장 지대한 영향을 주는 해마의 손상이 문제가 될 겁

　　　　　니다.

　내담자　　네.......

5. K 씨의 심리검사를 본다

K는 "심리검사 전 알면 좋은 필독서"를 쓰게 한 내담자다. 그는 2023년 12월, 마스크를 쓰고 찾아와서 30분쯤 말한 내용을 녹음해서 숨고 및 기타 사이트에 〈악플〉을 올렸다. 괴물이 된 K의 〈다면적인성검사〉를 올린다.

단면적인성검사(MMPI)는 세계적으로 널리 쓰이고 있고 가장 많이 연구되어 있는 객관적 검사이다. 오늘날까지 MMPI에 관해서는 45개 나라에서 115종류 이상의 번역판이 나오고 있으며, 12,000가지 연구 논문이나 저서가 발표되어 있다. 전통적으로 성격검사는 객관적 주관적으로 나누는데, 그 구별은 자극의 모호성과 반응의 다양성 및 검사 결과의 해석에 숙련된 임상가의 관여도에 따라 결정된다. 다음은 그의 성격에 대해서 내용을 해석한다.

(1) 강박성 성격장애 (Obsessive-Compulsive Personality disorder)

내담자의 DSM-5에서 살펴보면, 사소한 데에 지나치게 얽매이고 일을 완벽하게 하려다 때를 놓칠 때가 많고 하는 일에 열중한 나머지 사람들과의 교제는 뒷전으로 미룬다. 그는 무슨 일도 대충 지나치지 못한다. 나에게 도움이 되지 않는다는 것을 알면서도 버리지 못하는 것이 문제이며 그런데 자기 말을 듣지 않는 사람과는 사귀지 못한다. 돈에 관해서는 인색한 편으로 완고하다는 소리를 듣는 편이다. 진단 편람에 4개 이상이면 강박증이라고 하는데 전체 8개를 체크했다.

(2) 편집성 성격장애 (Paranoid Personality disorder)

그가 지적한 내용을 DSM-5를 살펴보면, 내 비밀이나 개인상에 관해서 남한테 말하지 않는 편이다. 남의 말에 쉽게 상처받는데 그때 받은 상처나 원망을 잘 잊지 못한다. 남이 빈정거리거나 비난하면 톡 쏘는 편이며 애인이 몰래 바람 피우는지 의심한다. 진단 편람에서 4개 이상을 보이면 〈편집성 성격장애〉로 진단이 되는데 5개가 나왔다. 이런 편집성은 첫째, 타인의 동기를 적대적이고 착취적이라고 해석하는 등 광범위한 불신과 의심을 특징으로 보이고, 일반적으로 과도한 의심과 적대감 때문에 다른 사람과 논쟁하거나 공격적인 행동을 보인다. 특히 주변에 있는 사람들과 적대적인 관계를 형성함으로써 친밀한 대인관계를 맺기가 어려우며 자신에게 부당하다고 생각되는 일을 이어가며 한번 품은 원한은 사소하더라도 잊거나 풀지 못하고 타인을 냉정하게 대한다.

(3) 경계성 성격장애 (Borderline personality disorder)

내담자가 지적한 내용을 DSM-5에서 살펴보면, 상대를 이상적인 사람이라고 여기다가 환멸감이 느껴질 때 그 격차가 아주 크다. 자기 자신이 어떤 인간인지 모를 때가 있다. 간혹 충동적으로 위험한 일이나 좋지 않은 일을 할 때가 있으며 자살을 기도하거나 하고 싶다고 말을 한다. 하루 동안에도 기분이 천당과 지옥을 오가는 것이 특징이며 그렇지만 언제나 마음속 어딘가에 공허감이 숨어 있고 대수롭지 않은 일에도 뜻대로 되지 않으면 격노하는데, 지나치게 생각에 골몰하거나 기억이 나지 않을 때가 종종 있다. 진단 편람에 5개 이상이면 경계성 성격장애로 보는데, K 씨는 8개로 나타났으며 늘 불안정적이며 부정적이며 왜곡된 자기상, 자아 정체성의 혼란, 자기인지결여로 고통을 겪고 있어서 적대적 혹은 편집적으로 세상을 바라보거나 희생양이라는 인지 왜곡이 있다. 타인에 관한 극단적인 이상화나 평가절하, 수용과 거부, 의존과 공격의 흑백 논리적 사고가 있으며 스트레스 상황에서는 일시적으로 편집형사고 또는 해리증상을 보인다.

(4) 반사회성 성격장애 (Antisocial personality disorder)

자주 위법적인 행동을 반복하고 이익이나 쾌락을 위해 남을 속인 적이 있다고 말하며, 대개 임기응변이 능하고 미래보다 현재에 만족하면 된다고 생각하는데, 위험에 신경 쓰지 않고 목숨을 두려워하지 않는 것이 특징이다. 약자를 괴롭히는 데 약간의 쾌감을 느끼고 있다. 진단 편람에서 3개 이상이면 소시오패스 즉 반사회적 성격장애라고 보는데 4개를 보이는 것은 주위에 피해를 줄 인물이다. 그는 5년 동안 몰카를 저질렀을 때도 도덕적이나 윤리적으로 문제를 보이지 않고 있으며, 언제나 자신의 이익이나 쾌락을 위해서는 상대가 누구이든 가리지 않은 속성을 지니고 있으며, 이런 사람이 부모가 공무원이었다는 게 믿기지 않는다. 그는 권위자에게 대드는 공격적인 대인관계를 보이고 있으며, 자신이나 타인의 감정을 이해하지 못하고 충동적, 폭력적 무책임, 타인 비난, 배려 없는 행동을 보인다. 사회적인 규범이나 법을 잘 지키지 않는 것이 특징이며, 가끔 무책임하고 폭력적인 행동을 반복적으로 하면서 사회적 부적응을 자주 초래하는 특성을 가졌다. 가끔 높은 공격성으로 절도, 사기, 폭력과 같은 범죄에 연루되는 경우가 있는데, 18세 이상의 성인에게서 진단이 이루어지며 15세 이전에는 품행 장애를 나타낸다. 가장 중요한 것은 흔히 아동기나 청소년기부터 폭력, 거짓말, 절도, 결석이나 가출 등의 문제 행동을 나타내는 것이 일반적이지만, 아동기부터 주의 결핍 과잉 장애를 보이거나 청소년기에 품행 장애를 나타낸다.

이러한 이유로 사례개념화를 작성하는 이유는 앞으로 사회에 부정적인 위해를 줄 사람이며 특히 그는 병의원 및 상담실을 돌아다니거나 음식점에 다니면서 악플을 해서 합의를 목적으로 돈을 뜯어내는 파렴치적인 성격을 가지고 있다. 이 사람의 이름을 공개하지 못하는 이유는 개인정보 보호법에 위배가 되기 때문이다. 심리상담소나 기타 주위에 이런 사람이 나타나면 가까이하지 않는 것이 좋다.

K의 호소 및 촉발요인

첫째, 촉발요인은 몰래카메라를 찍다가 걸려서이다.

둘째, 호소 문제는 앞으로 결혼에 대비해서 우울증을 없애는 것과 경찰서에 〈확인서〉를 내고 변호사 선임비와 합의금을 내기 위해서이며 앞으로 동성연애를 멈추고 싶다.

셋째, 부정적인 패턴은 몰카 충동을 억제하지 못한다.

넷째, 유발요인은 어린 시절에 가족에게 무시당했다. 그러나 그때는 착한 편이었다.

다섯째, 마이너스 유지요인은 이제 자신을 감당하기 어렵다.

여섯째, 플러스 유지요인은 희망과 낙관, 성취 경험을 넓히고 싶다. 그의 마음속에 이 부적응적 패턴이 얼마나 오랫동안 자리 잡게 되었는지를 알기 위해서 정신역동이론과 무의식, Rogers 이론과 조건화로, CBT 이론 및 핵심 신념으로, 대상관계이론 및 내적표상이론으로 전 과정을 넓혀 나갔다. 그가 보유한 성격으로 사회에 얼마나 해악을 끼칠지 다음의 글에서 심도있게 짚어본다.

6. 김경일 씨〈심리 읽어드립니다. P286~312〉를 통해서 사이코패스와 소시오패스의 차이점을 살펴본다

K의 마음을 읽습니다

혹시 주변에서 이런 사람이 있지 않나요? 가끔 상담센터를 돌아다니면서 상담사의 말을 녹음해서 합의금을 노리는 K 씨 말입니다. 가끔 TV에서 전국의 음식점을 상대로 전화해서 협박하는 사람이 수억 원을 받아서 형사 고발한 사건이 있었지만, 이제 심리상담실을 상태로 악플을 올리고 합의금을 노리는 범죄가 나타나기 시작했습니다. 그것도 그는 법을 잘 아는 법학석사라는 사람이 변호사와 조직적으로 움직인다는 것에 신경 쓰입니다. 내가 말하는 K 씨는 정신적으로 문제가 있는 동성애자이며, 몰카범에 사이코패스 및 소시오패스를 가진 악질적인 사람이기 때문입니다. 때로는 측은지심을 불러일으킬 만한 묘한 표정으로 있기도 한데 흔히 소시오패스라고 하면 굉장히 악의적인 얼굴일 것이라는 추측하지만, K 씨는 즉 소시오패스는 그렇게 얼굴을 쉽게 남에게 드러내는 것은 아니었다.

자, 이제 그의 민낯을 공개한다. K 씨는 측은지심을 불러일으키는 불쌍한 얼굴로 사람의 동정심을 이용할 수 있는 사람이며 어쩌면 남이 보이게는 번듯한 법학석사라는 것을 자랑하면서 동성애자에 몰카나 찍으면서 사는 그런 사람이다. 그것뿐이 아니라 신장개업한 음식점이나 슈퍼 그리고 병의원에 돌아다니면서 〈악플〉을 올려서 합의금이나 받아먹는 악인이다.

그렇다면 이제부터 사이코패스와 소시오패스의 특징을 기록한다. 예컨대 그는 내가 일을 열심히 하고 있는데 "야, 그거 해도 안 돼", "그거 해 봤자 별수 없어"라고 하면서 동기부여를 주는 건 고사하고 무력감을 심어 주는 사람이 가끔 주위에 있다. 나도 친구 중에 기업에 다니다가 그만둔 한 간부가 후배들에게 친절한 목소리와 천사 같은 모습에 마음씨 좋은 모습으로 후배들에게 무력감을 심어 주는 말을 하는 사람을 본 적이 있는데, 이것도 소시오패스가 가지고 있는 측면 중의 하나라는 것을 몰랐었다.

이처럼 소시오패스는 기본적으로 무언가를 잘 이용해서 살아가는 사람이다. 상대방의 재능이나 지위, 재산을 이용하는 것만이 소시오패스가 아니다. 소시오패스는 상대방을 자기와 같은 위치로 떨어뜨리거나, 그 사람이 무언가를 계속하도록 제자리에 머물도록 그리고 자신보다 성장하지 못하게 막는 일을 한다.

그렇게 해서 이용하기 편하게 하는 작업을 담당하는 사람들이 소시오패스이다. 하지만 이런 사람들은 자기에게 그런 기질이 있다는 사실을 모르거나 결코 인정하려고 하지는 않을 수 있다. 내가 아는 사람이 있는데 그는 그런 사람이었다. 이 친구 옆에는 한 친구가 있었는데 그는 지난 1년 동안 아주 많은 것을 빼앗겼다. 문제는 무언가를 한번에

강탈하는 것이 아니라 조금씩 가져간 뒤 돌려주지 않으면서 자신을 이용하였다.

말하자면 처음에는 지난 아픔을 이야기하거나 자기가 어려운 상황에 있었다고 하소연하고, 그러다가 또 집에 오라고 하면서 가깝게 지낸다. 그렇게 해서 시간을 보내다가 보면 어느 날 그는 무엇이거나 좋은 자리에 있고 나는 버려진 자리에 있게 된다. 그것뿐이 아니라 어느 날 보니까 자기의 귀중한 물건을 자기 것인 것처럼 쓰고 있는 것인데 다음에는 어디를 가도 아무것도 쓰지 않고 모두가 자기가 쓰고 있는 걸 알게 된다는 것이다.

상황이 이렇게 되다 보니 더 이상 참을 수가 없었다. 그래서 결심하고 이제부터 그의 요구를 들어주지 않겠다고 하지만 그것은 잠시이고 또 그의 요구를 들어주게 된다. 매번 이렇게 마음을 먹지만 뜻대로 안 된다. 이제는 선을 긋고 자신을 지키기 위해 노력하지만 그를 만나면 안 된다는 것이 문제다.

그게 어떤 표정이냐고 묻는다면 정말 남들에게 흉내가 쉽지 않다. 굳이 말하라고 하면 장화 신은 고양이의 표정이지요. 촉촉한 눈망울로 상대방을 아련하게 바라보며 온갖 측은지심을 불러일으키는 표정 말이다. 그게 바로 소시오패스의 표정이라고 보면 된다. 이렇게 소시오패스에게 이용당할 수밖에 없는 근본적인 이유는 남에게 온갖 동정심과 측은지심을 이용한다는 것이다.

소시오패스는 악마적인 얼굴만 있는 게 아니다. 그는 마음씨 좋은 선배일 수도 있고 언제든지 장화 신은 고양이처럼 불쌍한 표정을 무기 삼아 내 마음을 무너뜨릴 수 있는 그런 사람이다. 그래서 내가 사전에서 소시오패스를 알아보면 굉장히 다양하고 또 정의하기도 쉽지 않다. 하지만 이 소시오패스의 가장 중요한 특징은 내가 아무리 거절해도 죄책감이나 동정심을 이용해서 자기가 원하는 것을 끝까지 얻는다는 것이다.

또 내가 무언가를 할 수 없게 만들거나 반대로 무언가를 계속하게 만들어서 자신의 손아귀에서 벗어나지 못하게 하기도 한다. 이처럼 우리 주위에는 소시오패스의 이러한 결정적인 속성을 가진 사람들이 꽤 많다. 이런 유사한 사람을 모두 소시오패스라고 명확하게 규정할 수 없어도 이런 모습을 보이거나 이런 습성을 가진 사람은 무시할 수 없을 만큼 많다는 걸 알아야 한다. 주위에 소시오패스의 성향을 보이는 사람들은 죽을 때까지 같지는 않지만, 소시오패스적인 모습을 보이는 사람은 과연 우리 주위에 어떤 얼굴일까? 그들의 언행에서 어떻게 소시오패스적인 측면들이 나오는지 다양한 연구가 나오고 있다.

그렇다면 이제 사이코패스의 내력을 살펴보고자 한다. 왜냐하면 내가 아는 몰카범은 사이코패스와 소시오패스를 모두 가지고 있다. 그렇지만 우선 두 개의 차이를 보면 사이코패스는 거의 선천적인 성향이 강하고 거의 타고난다고 본다. 사이코패스는 태어날 때부터 뇌가 다르다고 하는데, 그리고 사이코패스는 불안, 스트레스 등과 관련 있는 편도체가 굉장히 약한 상태에서 태어나고 이후의 삶에서 편도체가 거의 제대로 기능을 하지 못하는 것이 특징이다.

우리는 다른 사람들과의 관계 속에서 내가 무언가를 잘못했을 때나 반대로 다른 사람이 나한테 잘못했을 때 무척 속상해한다. 또 그런 사람들과 대화가 잘 풀리지 않으면 마음이 불편하거나 불안할 것이다. 그런데 사이코패스는 편도체 사이즈가 작기도 하고 적절할 때만 적절한 정도로밖에 편도체가 기능을 하지 못하는 패턴이다. 그렇지만 소시오패스는 조금 다르다. 물론 소시오패스도 어느 정도 타고나는 것으로 보인다고 하는데 그렇지 않은 경우도 많다. 1989년 루마니아의 독재자 차우셰스쿠가 몰락한다. 비참한 최후를 맞이하게 된다. 그런데 이 독재자는 우리가 잘 모르는 악마적인 조치 하나를 취하게 된다. 당시 루마니아 정세는 파탄에 빠져 있었다. 그래서 태어난 지 얼마 안 되어 고아원에 맡겨진 아이를 돌볼 재원이 부족했다. 차우셰스쿠를 비롯한 루마니아 정부는 아이들에게 접근하지 못하게 하였다. 이 아이들이 생활하다가 바이러스에 감염되거나 병에 걸리면 치료비가 들게 되는데, 그래서 아예 다른 사람들과 접촉을 금지해서 애초에 병에 걸릴 위험을 차단하여 치료비를 안 쓰겠다는 계산이다.

참 기가 막히는 짓을 했다. 사람이라면 할 수 없는 짓을 한 것인데, 이때 루마니아 고아원에 맡겨진 갓 태어난 아이들은 생후 1~2년, 심지어 3년까지 그저 먹을 것만 주고 아무도 안아주지 않은 상태로 자라게 된다. 이 아이들은 몇 년이 지나 미국의 가정에 입양되는데 놀랍게도 이 아이들 중 거의 절반에 가까운 비율이 소시오패스의 모습으로 살아간다.

이 아이들이 자라는 동안에 가정에서 원래 기르고 있던 고양이를 3층에서 던져버리는 아이도 있었고, 양부모가 잠든 사이에 다른 형제들의 머리를 망치로 가격한 아이도 있었다. 그래도 지금 언급한 내용들은 그나마 이야기라도 할 수 있는데 그보다 훨씬 더 잔인하고 끔찍한 일을 저지른 아이들도 아주 많다.

더욱 놀라운 것은 양부모들은 이미 아이들이 문제가 있다는 걸 모른다는 것이다. 왜냐하면 자기 양부모 앞에서는 아주 멀쩡하게 행동하니까. 우리 주위에서 사이코패스를 보면 즉시 '이 사람은 무언가 이상하다.'는 게 느껴진다. 행동이 굉장히 부자연스럽고 지적 능력도 다른 사람들보다 떨어지기 때문에, 보통 사람들과 뭔가 다르다거나 심한 경우 이상하다는 생각이 들게 된다. 하지만 소시오패스는 다르다. 이들은 자신에게 피해를 줄 수 있는 사람 앞에서는 아주 착한 척을 할 수 있다. 하지만 자기에게 위해를 가할 수 있는 상대가 존재하지 않을 때, 자신의 나쁜 감정이나 불편한 심리를 자기보다 약한 상대에게 얼마든지 거리낌 없이 복수로 표출한다. 이게 바로 사이코패스와 소시오패스의 큰 차이이다.

루마니아의 사례에서 보았듯이 어린 시절 아무도 안아주지 않은 아이들이 높은 빈도로 소시오패스가 됐다는 것은 사이코패스와 달리 소시오패스는 후천적인 결핍이나 혹은 결여의 요인으로 얼마든지 만들어질 수 있다. 어린 시절에 학대받지 않았어도 아주 악독하고 범죄적인 수준에 가까운 방임으로 말미암아서 소시오패스적 성향이 만들어진다는 것이다. 이처럼 소시오패스는 타고나지 않은 경우도 많고 어린 시절에 어떻게 자랐느냐에 따라서 많이 결정된다.

그렇다면 소시오패스와 사이코패스의 공통점은 과연 무엇일까? 바로 공감 능력이 없다. 다만 사이코패스는 공감 능력이 없이 태어난 것이고 소시오패스는 공감 능력을 가지고 태어났지만 공감 능력을 키울 만한 환경이 없었다는 것이다. 사이코패스와 소시오패스는 공감 능력이 부족하다는 사실에 사이코패스와 소시오패스는 서로 다른 길을 간다. 사이코패스는 공감 능력이 결여하거나 부족하다는 사실을 악용해 나쁜 짓을 하는 게 아니라 공감 능력이 부족해서 나쁜 짓을 한다. 소시오패스는 공감 능력이 떨어지는 자신의 성향을 이용해서 나쁜 짓을 한다. 이것을 다시 설명한다면 사이코패스는 자신이 공감 능력이 떨어진다는 것을 모르는 상태에서 범죄를 저지르고, 소시오패스는 알면서도 그걸 이용해서 범죄를 저지른다.

심지어 타인에게 진정으로 공감하지 않기 때문에 타인을 이용하는 데 거리낌이 없고 타인의 공감 능력을 이용하는 능력도 아주 탁월하다. 그렇다면 소시오패스를 구분하는 방법은 뭘까? 소시오패스는 사람을 잘 이용한다. 자기 입맛대로 이용하다가 버리는 것이다. 그런 행동이 가능한 이유가 뭘까? 바로 그런 행동을 뒷받침하는 철학 혹은 가치관이 있다.

히틀러가 유대인들을 학살했는데 어떻게 그런 잔혹한 행동을 할 수 있었을까? 히틀러는 '유대인과 집시는 태어날 때 이미 더러운 피를 갖고 태어난다.'는 것이다. 하지만 게르만 민족은 고결한 피를 갖고 태어났다는 우생학을 가지고 학살을 시작했다. 이 잘못된 신념 즉, 사람은 태어날 때부터 천한 것과 귀한 게 따로 있다는 생각이 소시오패스들의 특징이다. 이런 생각을 가지고 있는 모든 사람이 소시오패스는 아니겠지만, 소시오패스의 대부분이 이런 생각을 가지고 있는 게 분명하다. 이런 사람들은 사람을 등급으로 나누고 그 등급이 태어날 때부터 이미 정해져 있다는 믿음이다. 신념이다. 등급이 정해졌다는 신념이 상대방은 사회적 틀을 지켜야 하지만 자신은 안 지켜도 된다고 생각한다.

이 두 생각이 합쳐지면서 계급마다 규칙을 다르게 적용하는 것인데 누구는 지켜야 하지만 누구는 지키지 않아도 된다고 생각하는 것이다. 이렇게 계급을 나누고 규칙을 자의적으로 적응하는 그들의 말과 행동 역시 소시오패스의 언행 중 하나이다. 히틀러는 이렇게 말했다. 사람이 살아가는 가정이라는 사회 공동체에서도 적응되는 규칙을 게르만족은 지키지 않아도 된다. 아이는 가정이라는 엄마 아빠의 테두리 안에서 태어나고 성장하는 존재인데 우수한 게르만의 민족은 마치 공장 시스템처럼 한꺼번에 모여서 아이를 만들어 낼 수 있다는 식으로 규칙을 만들었다. 그래서 소시오패스적인 사회에서 소시오패스적인 사람들이 강조하는 것이 하나 있다.

좋은 것이라면 기존의 규칙을 무너뜨리더라도 얼마든지 만들어 낼 수가 있다, 기존의 인간과 관련된 가장 중요한 규칙을 없애더라도 효율성만 높다면 얼마든지 바꿀 수 있다는 것이다. 역사적으로 제멋대로 하려는 파쇼적인 사회에는 공통점이 하나 있다. 바로 가정을 해체하려는 것을 말한다. 인간에게 가장 중요한 것 중 하나가 가족이고 가정인데, 사회의 근간인 가족이라는 기본 규칙을 자의적으로 해체하려고 했기 때문에 그런 정부나 독재자들은 소시오패스로 불러도 될 것이다.

이런 사람들이 즐겨 쓰는 말이 하나 있다. "사람은 절대 변하지 않는다"라는. 물론 누구에게나 잘 변하지 않는 게 있다. 그게 바로 우리가 말하는 성격인데 외향적인 사람, 내성적인 사람, 개방적인 사람, 보수적인 사람 등 저마다 각기 다른 성격을 갖고 있다. 그래서 관련 연구를 찾아보면 이런 성격들 대부분이 사실 타고나는 경향이다. 기본적으로 무슨 호르몬의 영향을 더 받았느냐에 따라 화학적인 요인이 작용하여 어느 정도 성격이 결정되는데, 성격은 안 변하겠지만 인격은 변할 수 있다.

하지만 인격은 나의 그런 성격에 걸맞고 다른 사람들의 공존할 수 있는 자기만의 색깔이 담긴 협동의 자세와 사회적 능력이다. 다른 사람들과 공존하면서도 나만의 색깔을 지니고 있다면 자기 성격의 장점을 보여 주면서 살아가게 된다. 그래서 성격이 내성적인 사람은 고립되어 살고 외향적인 사람은 돌아다니면서 살게 된다.

사람의 성격은 잘 변하지 않지만, 그 사람의 인격은 어떤 삶을 사느냐에 따라서 변한다. 그렇기에 사람이 안 변한다는 것을 얘기하는 사람들도 소시오패스적 성향을 보인다.

"봐, 너는 해도 안 되잖아. 열심히 했지만 내가 볼 때 너는 이거랑은 아니야."

겉으로는 위로하는 것 같지만 상대가 낙심하고 지쳤을 때 틈을 이용해 이런 말을 해서 아주 강력한 무기력을 심어 놓는 사람들이 있다. 이런 사람들은 자신의 영향력을 벗어나 외부적으로 뭔가를 성취하는 것을 막기 위해 자동적으로 습관적으로 소시오패스적인 성향을 보인다. 예를 들면, 텍사스대학교 진화심리학자 데이비드 버스 교수는 소시오패스 성향의 남편이 부인에게 어떤 행동을 하는지 보았다. 수많은 남편이 아내에게 말했다.

"당신은 못생겼다고. 매력이라고는 손톱만큼도 없으며 이성에게 그어떤 호감도 줄 수 없어"

이런 말을 조금 하는 것이 아니라 계속하는 것이다. 왜 그럴까요? 바로 아내가 자기를 떠나지 못하게 하는 겁니다. 소시오패스들은 평상시에도 자기의 영향력을 벗어나지 못하게 하는 언행들을 자주 하게 됩니다. 그 언행에는 '너는 변할 수가 없다', '너는 성장할 수 없다'는 뜻이

담겼다. 이 연구를 통해 소시오패스는 소시오패스를 알아본다는 사실이 밝혀졌다. '사람은 절대로 변하지 않는다'고 하는 것은 고착형 사고방식(Fixed mindset)이다. 이 사고방식을 가진 사람은 사고가 고정돼 있어서 인간이 결코 성장하거나 발전할 수 없다. 학교에서 학생을 가르치는 교수가 고착형 사고방식을 가지고 있다면 학생들을 무기력하고 불행하게 만들고, 수업을 통해 학업 성취도를 높이는 일도 막아버릴 것이다. 그런데 캐서린 뮌크스(Katherine Muenks)라는 심리학자가 흥미로운 패턴을 발견한다. 고착형 사고방식을 가지고 있는 학생은 고착형 사고방식을 가지고 있는 교수를 능력 있다고 평가한다는 것이다. 상대를 금방 알아본다. 그 교수는 한 학기 내내 어떤 말을 계속했을 것인데 고착형 사고방식을 가진 학생들은 그 말을 간파하고 그 교수가 그런 측면에서 능력이 있다고 판단한다는 것이다.

그러나 고착된 관점을 갖고 있지 않은 학생들은 교수를 보면서 그런 측면을 발견하지 못한다. 단지 그 교수가 좋아서 능력 있다는 것이다. 내가 열심히 해 온 일들을 한순간에 무의미한 것으로 만들어 버리면서 위로하는 말을 쓰고 있다면, 그 말에 에너지를 얻는 게 아니라 더욱 더 무기력해진다면, 그 사람은 나에게 소시오패스적인 언행을 하는 것이다.

어떤 사람이 저를 위로할 때면 과연 위로인지 격려인지 분명히 구분 못 할 때가 있다. 그 사람이 "괜찮아, 그렇지만 너는 무의미한 말을 한 거야!"라고 한다면 그것은 소시오패스적 위로이다. 격려는 전혀 다른 의미가 된다. "너는 이걸 잘했는데 이걸 못해서 실패한 거 같아?"라며 이렇게 장단점을 구분하는 게 바로 격려다.

우리 인생이 왜 불행해질까? 바꿀 수 없는 것을 바꾸려 할 때 불행해진다. 우리 인생이 왜 허망해질까? 그리고 왜 허탈해질까? 바꿀 수 있는 걸 그대로 놔둘 때 계속 방치했을 때 결국 훗날 허탈감과 허망함을 느끼게 된다. 소시오패스는 바꿀 수 있는 걸 바꾸려고 하면서 나에게 절망하도록 하고, 바꿀 수 있는 데도 그건 못 바꾼다고 말하면서 살게 한다. 그렇게 무너진 나를 이용하는 정교한 시스템을 구사하는 존재이다.

그렇다면 이제 소시오패스를 어떻게 피해야 하는가를 알아야 할 차례다. 내가 누군가에게 이용당하고 있다거나 나를 계속 무력하고 무기력하게 만든다면, 이런 느낌이 들 때 그 사람을 만날 수 있는 용기가 필요할 것이다. 이 결단력이 가장 중요한 데 문화심리학자 김정은 박사는 이런 얘기를 합니다. 한국 사람들은 외로움을 견디다 못해 나쁜 관계로 도피한다고요. 모든 건 내가 외롭기 때문입니다. 내가 외롭기 때문에 내 주위에서 끊임없이 착취하고 내 등골을 빼먹는 소시오패스와의 나쁜 관계로 도피하는 악순환이 일어납니다.

그렇다면 나를 외롭지 않게 만들기 위해서는 어떻게 해야 할까요? 바로 아주 가까운 친구로부터 집착을 버리는 것이 좋습니다. 과거처럼 같은 동네에서 자라고 같은 고향에서 살아가는 세대에 우리가 살지는 않습니다. 우리는 나서 만나고 곧 헤어지고 그렇게 사는 사회에 살고 있습니다.

그것이 직장에서만 있는 일이 아닙니다. 학교나 사회생활에서 공동생활을 하다가 금방 이사 가고 그래서 헤어지면서 살게 됩니다. 과거처럼 의리나 친구라는 개념마저 사라진 지가 오래되었고, 포스트모더니즘에 살면서 뭐가 옳고 그른지도 말하지 못하는 시대에 우리가 살지 않습니까. 수천만 명이 일일생활권에 살면서 대한민국 같은 곳에서는 특정 관계에 너무 강하게 집착되면 오히려 나를 무너뜨릴 수 있는 위험한 함정이 되기도 합니다.

항상 누군가의 모든 걸 공유한다는 건 과거 농경사회에서나 가능했던 일입니다. 그런데 재밌게도 우리의 뇌는 여전히 원시 수렵 농경사회에 살고 있다는 것을 생각하는 것 같습니다. 친구라면 혹은 가족이라면 모든 것을 더 공유하고 함께해야 한다고 생각하고 있지요.

그런 생각이 너무 강한 나머지 우리는 느슨하게 친한 관계가 얼마나 소중한지 잘 느끼지 못합니다. 사람들은 외로움을 잘 느끼지 않은 이들도 있고 주위에 사람이 많은 이도 있습니다. 그런 이들은 나의 타인과의 거리가 어느 정도여야 관계가 가장 행복하게 유지되는지를 잘 알고 있습니다.

나 역시 일 년에 한 번, 또는 이 년에 한 번 만나는 친구도 있고 또 몇 달에 한 번씩 보는 친구도 있습니다. 물론 대부분 더 친하다고 생각하는 친구를 더 자주 만나게 되긴 합니다. 그런데 재미있는 것은 가끔 만나는 친구라도 자주 만나는 친구처럼 만났을 때 즐겁고 행복한 정도는 더 비슷하다는 거예요. 그런데 만약 제가 자주 보는 친구는 더 친하니까 남겨 두고 몇 년에 한 번 볼까 말까 한 친구는 내 인간관계에 도움이 별로 안 되니 없애거나 한다면 어떻게 될까요?

그건 잘못된 판단인 것 같습니다. 내 삶에 자주 만나는 친구도 좋지만, 특정한 순간과 특정한 일들을 함께하는 친구도 필요할 수가 있다니까요. 이제 나이가 드니 과거처럼 등산하던 친구, 목욕탕에 같이 가던 친구, 술 한잔할 때 만나던 친구가 있지 않습니까? 그렇습니다. 도구도 각종 용도에 따라서 차이가 있듯이 내가 뭔가를 하고 싶을 때 생각나거나 그리운 사람이 있습니다.

이런 다양한 친구들이 있다면 친구 한 명 한 명과의 관계는 느슨할지 몰라도 외롭지 않을 겁니다. 나를 외롭지 않게 하는 친구들이 많다면 그 사람은 행복감을 느끼면서 살아갈 겁니다. 그러면 그 행복을 에너지 삼아 다음 일을 더 잘할 수 있게 됩니다. 그런데 살아보면서 아무리 사람을 만나도 어릴 적 친구보다 좋은 친구가 없었습니다. 그것을 죽마고우라고 하는데 가끔 그들을 떠올리면 가만히 있어도 행복합니다.

만약 내 인생에서 그런 친구가 없다면, 그런 친구를 생각할 수가 없다면 나는 어떻게 될까요? 나는 가장 많이 만나고 헤어져도 열 번을 만나도 부담 없는 친구는 고향 친구입니다. 산골 두메에서 같이 큰 이해룡, 지금은 죽었지만 하병정, 하은희, 하영희도 그런 친구 중 하나입니다.

아무리 내가 가질 것을 다 가져도 아무리 몰락해도 이런 친구를 가끔 볼 수가 있다면 며칠을 밥을 안 먹고 지내도 행복할 것입니다. 비록 지금은 자주 볼 수가 없지만 나는 '아, 이런 게 바로 행복한 관계구나'라는 생각이 듭니다. 이런 친구가 어느 날 문득 연락이 없어지면 나는 얼마나 외롭겠습니까? 이런 친구는 아마 죽었다 깨어나도 소시오패스가 되지는 못할 겁니다. 우리가 꼭 알아야 할 것들이 있습니다. 소시오패스는 악마의 얼굴만 하고 우리에게 다가오지 않습니다. 때로는 천사의 얼굴을 하고서 우리의 동정심을 이용하기도 하고 나를 무기력에 빠뜨리기도 합니다. 상대방이 나를 위로해 주고 있는데도, 오히려 '해 봐야 별수 없겠구나!' 하는 무기력감을 준다면 그 사람이 설령 소시오패스가 아니라 해도 결코 가까이해서는 안 됩니다.

직접적 위로받지 않았는데도 내 마음을 달래 줄 무언가를 찾게 해 주는 사람들이 있겠지요. 그 사람들은 나를 위해서 존재의 이유를 알게 해 주는 사람들입니다. 내가 무엇을 할 수 있는 사람인지, 내 가치를 깨닫게 해 주는 사람들이지요.

또한 내가 나에게 해 줄 수 있는 칭찬입니다. 문화, 예술. 취미, 레저가 왜 중요할까요? 내가 나에게 만족하면서 스스로에게 감탄할 수 있는 여지를 제공하기 때문입니다. 참으로 놀라운 건 성실하고 너무너무 착한 사람인데 소시오패스에게 계속해서 이용당하는 사람이 있습니다. 그런 사람들의 특징을 보면 문화, 예술, 취미, 레저가 거의 없는 사람들입니다. 이런 경험을 많이 하지 않으니까 내가 나에게 느낄 수 있는 작고 소소한 감탄들도 없습니다. 자신에게 만족감이 없는 것이지요,

성실하고 착한 성품은 그 무엇보다도 중요한 사람의 인격이자 중요한 요소입니다. 하지만 문화, 취미, 레저와 같이 스스로 하는 문화 예술적인 체험이 전혀 없는 삶은 소시오패스에게 이용당할 위험을 높일 소지가 큽니다. 이런 활동은 단순히 시간을 보내기 위해서만 하는 것이 아닙니다. 여가를 보내고 교양을 쌓기 위해서만 하는 게 아니라는 겁니다.

물론 이러한 목적도 중요하지만, 내가 나에게 스스로 만족할 기회를 자꾸 만들어 나가고, 내가 나에게 스스로 감탄할 수 있는 무언가를 계속해서 체험해 나가야 합니다. 그런 삶은 나를 소시오패스로부터 지켜 주는 가장 중요한 안전망입니다. 반대로 소시오패스가 나에게 가장 바

라지 않는 삶이기도 할 겁니다. 이런 생각은 우리가 문화, 취미, 레저, 예술로 또 한번 다른 각도로 보는 좋은 기회가 될 것입니다.

내가 누군가에 이용당하고 있다. 누군가가 나를 자꾸 무기력하고 불행하게 만든다면 그 사람을 만나지 않으려는 용기가 필요합니다. 만나지 않을 용기는 어떻게 생길까요. 간단합니다. 다른 사람을 만나는 것이지요. 모든 걸 한 사람과 다 하려고 하지 말고

"같이 맥주를 마시기에는 이 친구가 좋지!"

"테니스장은 이 친구와 가야 재밌어"

이런 좀 더 폭넓고 느슨한 인간관계가 필요합니다. 이제 꼭 기억하시기 바랍니다. 소시오패스는 악마의 얼굴만 하고 다가오지 않습니다. 천사의 얼굴도 가지고 있습니다. 누군가에게 위로받고 있는데도 자신의 한계가 더 크게 느껴지고 절망감이 자꾸 든다면, 그 사람은 소시오패스가 아니더라도 나에게 도움이 되지 않는다는 것을 기억해야 합니다. 또 사람이 아니더라도 나 자신을 위로해 줄 무언가를 찾는 게 가장 중요합니다. 나를 즐겁게 하는 문화적인 삶, 취미가 있는 삶을 누리시기 바랍니다. 그래서 초등학교 동창도 만나고 중고등학교 동창도 만나고 아무리 바쁘더라도 어릴 때 같이 뒷동산에서 즐겁게 뛰놀던 그 친구를 만나면서 나의 삶을 풍요롭게 하는 겁니다. 이제 나이가 들다 보면 경쟁하기 위해서 사람을 만나면 안 됩니다. 뽐내기 위해서 만나면 더욱 안 됩니다. 그냥 위로하고 위로받고 사랑할 줄 아는 친구를 찾아서 살아가야 합니다. 그게 외로움을 벗어나는 유일한 길이기도 하겠지요.

7. 편도체와 전전두피질의 관계

위의 K 씨와 같은 경계선 성격장애를 가진 형태를 두루 살펴보자

이런 사람은 사회를 정상적으로 살아가기가 사실 어려울 수밖에 없다. 이런 경계선 성격장애를 앓는 사람들의 유형을 나누어 보면, 첫째로, Cluster A군은 편집성 성격장애, 조현성 성격장애이다.

둘째로 Cluster B군은 반사회성 성격장애, 경계선 성격장애, 연극성 성격장애, 자기애성 성격장애이다. 셋째로 Cluster C군은 회피성 성격장애, 의존성 성격장애, 강박성 성격장애로 분류하게 되고 있다

이런 성격의 유형자를 내담자로 심리상담을 이어가기는 상당히 어렵다. 왜냐하면 언제 어떤 형태에서 돌발적인 모습을 보일지 모르기 때문이다. 즉 예컨대 12회를 주관적으로 상담을 진행하기로 했다면, 심리상담자는 사례개념화를 회기별로 진행하는 도중 언제 어떻게 심리상담자도 모르게 진행하는 사항을 일부 녹취해서 돌발적인 행동을 당할지 모른다. 이런 사람은 자기 자신을 위해서 뭐든지 수단과 방법을 가리지 않기 때문에 필요 부분을 편집해서 경찰 및 검찰청에 고발할 수 있을

것이다. 그리고 이를 통해서 고소 취하를 유도하기 위해 합의금을 종용할 수가 있는 사람이라는 것을 명심해라. 그래서 이런 사람은 반드시 회기 내 사항을 나름대로 녹음을 하거나 해서 돌발적인 상황을 주시할 필요가 있다. 그렇다면 이런 경계선 성격장애자의 유형은 어떤 하위 유형이 있는지 살펴보면 위축성, 충동성, 분개형, 차별형으로 나타나는데 특히 겉으로 보면 사교적이고 순응적인 것으로 보이지만 드러나지 않을 뿐 속으로는 분노와 적개심이 가득하다. 내면에서 분노를 조절하고자 노력한다. 그렇게 함으로써 타인에게 인정을 받으려고 하지만, 여의치 않으면 좌절과 우울 불안감에 휩싸인다. 뭐든지 잘해 내려는 완벽함과 결함 투성이고 많은 것이 결여된 모습 사이에서 고통스러워한다.

사람은 누구나 결함을 가진 존재인데 그것을 인정하지 못하고 자기 방어 태세를 갖추다가 결국 타인에게 강한 의존을 반복하는 상황에 타인에게 분노가 커지고 그 분노를 감추기 위해 자책만 늘어나 이후에는 신체에까지 여러 증상을 표출한다. 이상과 같은 경계성성격장애는 여러 가지 형태를 가지고 있지만, 인지 도식적인 면에서 그들의 형태를 면면히 알아본다면 어떤 것이 있을까? 다음과 같은 상황을 유추해 볼 수가 있을 것이다.

네가 광화문 이순신 동상이 있는 한가운데 길을 잃고 서 있는 5살 아이라고 상상해 보라. 조금 전까지만 해도 너는 엄마 손을 잡고 있었는데 어느 순간 엄마는 군중 속으로 사라져 버렸다. 엄마를 찾으려고 주위를 미친 듯이 주위를 둘러보지만, 엄마는 보이지 않고 낯선 사람들만 너를 차가운 눈빛으로 쏘아보며 지나갈 뿐이다.

이와 같이 경계선 성격장애가 있는 사람은, 자주 느끼는 것으로 자신만이 고립된 듯하고 불안하며 혼자라는 사실에 자주 겁에 자주 질리는 그런 감정상태를 유지하고 있다고 할 수가 있다. 그래서 이들이 가진 인지도식을 보면, 그들 나름대로 위험한 세상에서 나는 아무런 의지할 대상도 없이 혼자 버려져 있다고 생각하거나, 내가 의지하고 싶은 사람에게 보호를 요청하면 그 사람은 나를 공격하고 조롱할 것이라는 모순된 감정을 보인다.

다시 말하면, 타인을 보호자인 동시에 적으로 인식하는 것으로 언제나 보호받는 욕구와 상처받고 싶지 않은 심리를 가지는 그런 사람이다. 이런 사람에게 어설프게 동정심으로 다가갔다가 오히려 상처만 주고 증상을 악화시키는 경우가 자주 생기게 된다. 그렇다면 이런 사람을 상담하기 위해서 어떤 생각을 주도적으로 하면서 내담자를 위한 상담을 진행해야 할 것인가?

편도체를 안정화하는 습관을 만들기

경계선 성격장애는 성격장애의 한 부분으로 불안정한 대인관계, 반복적인 자기 파괴적인 행동, 극단적인 정서변화와 충동성을 나타내는 장애에 속한다. 일상에서의 경계선 성격장애를 가진 유형을 보면 A여성의 경우 최근에 살아야 할 이유를 느끼지 못한다. 사귄 지 얼마 안 된 남자 친구의 사소한 행동에 불같이 화가 난 나머지 헤어졌고, 얼마 지나지 않아 충동적으로 다른 남자를 사귀었다. 이러한 행동들이 반복되고 자책만 늘어 우울해진 나머지 자살을 기도했다. B군은 군대 동기와 급속도로 친해졌고 마음이 잘 통하는 것 같았다. 하지만 며칠 뒤 한순간 그 동기와의 관계를 끊었다. 동기가 자신을 버릴지도 모른다는 불안감을 떨칠 수가 없었기 때문이다. C군은 평범한 직장인처럼 보이지만 그의 생활은 매우 극단적이다. 어떤 날은 사무실 책상을 쑥대밭으로 만들어 놓고 퇴근하고, 다른 날에는 주말에도 출근하여 그 책상을 정리하고 집에 간다. 또 상사가 자신을 칭찬하면 존경하고 본받고 싶은 사람이라고 입이 닳도록 칭송하다가도, 그 상사가 결과물을 조금이라도 지적하면 욕하고 비난한다. D양은 취업 준비생이다. 요 며칠 동안 공부도 잘 안 되고 주변에 취업한 친구들이 생각나면서 우울, 불안, 공허감에 휩싸이자 먹는 것으로 기분을 풀려고 했다. 공허감이 채워질 때까지 먹다가 후회하고 구토해야 안정을 찾을 수 있었다. 이를 여러 번 반복하다가 효과가 없자 결국 한꺼번에 약을 삼켜 정신병원 응급실로 후송되었다. 6개월째 상담 치료를 받고 있지만, 상담자가 조금이라도 자신에게 소홀함을 느끼면 공허감과 불안감에 사로잡힌다. 일반적으로 이런 유행은 외부에서 들어온 감각정보에서 그 정보가 전전두피질로 가느냐 아니면 편도체로 가느냐를 놓고 0.5초의 순간이 결정된다고 보면 된다.

김주환의 〈내면 소통〉에서 이렇게 말했다. 편도체와 전두엽 피질은 하나가 활성화되면 다른 하나는 비활성화되는 경향이 강하다. 마음근육의 핵심이 되는 전전두피질이 활성화되기 위해서는 편도체가 과도하게 활성화돼 있기에 그렇다. 근육보다는 머리를 써야 벗어날 수 있는 위기 상황임에는 불구하고, 원시인처럼 편도체를 뇌의 작동 방식은 바뀌어야 한다.

일단 편도체부터 안정화하지 않으면 전전두피질 활성화를 위한 마음 근육 훈련이 효과를 보기 어려울 수가 있다. 이렇게 편도체가 활성화될 때 전전두피질의 활성도는 저하되는 것일까? 전전두피질은 논리적이고 이성적인 정보 처리를 하는 기관으로 알려져 있다.

이처럼 경계선 성격장애자들은, 나는 전체 수치의 40%를 정신적질환을 가지고 있기 때문에 정상적으로 편도체와 전전두피질의 활성화를 볼 수가 없다.

이런 성격을 가진 유형의 사람은 언제 어떤 순간이 도래하는 멧돼지의 나타남과 동일한 정신 질환을 유지하기 때문에 일반적으로 나타나는 편도체의 활성화를 그대로 모방할 수는 없을 것이다. 그래서 이런 사람일수록 두 전전두피질과 편도체의 관계를 염두에 두고 상담에 임해야 한다.

즉 노벨 경제학상을 받은 심리학자 대니엘 카너먼의 개념을 빌려서 여기서 말하면 합리적인 '천천히 생각하기'를 하는 기관으로 알려져 있다. 끈기와 과제 지속력을 발휘하기도 하고 상대방의 상황과 나의 상황을 동시에 고려하기도 하며, 창의성을 발휘해 문제를 해결하는 기능을 담당하게 된다고 하였다.

그런데 막상 생존 위협을 받는 위기상황에서는 이러한 논리적이고 이성적인 '천천히 생각하기'는 별 도움이 되지 않을 수도 있다.

이런 상태를 위해서 우리가 까마득한 그 옛날 원시시대의 선조들을 생각해 보자.

한 사람이 토끼를 사냥하려고 산으로 갔는데 갑자기 멧돼지가 덤벼들었다. 비상사태가 된 이때 인간의 뇌는 매우 합리적으로 작동하게 된다.

절체절명의 순간을 알아챈 뇌는 편도체를 활성화하고, '천천히 생각하기'를 하는 전전두피질의 순간임을 알아챈 뇌는 편도체를 특성화하고 '천천히 생각하기'를 하는 전전두피질의 기능을 잠시 멈춰 세울 수 있다.

그럼으로써 직관적이고도 감정적인 '빨리 반응하기'에 의존하는 시스템으로 전환하게 된다. 눈앞에 멧돼지가 나타나서 덤벼들 때는 논리적으로 문제해결 방안을 생각하는 것은 아무 도움이 되지 않는다. 그보다는 차라리 모든 에너지를 근육으로 보내서 당장 도망가든지 아니면 싸우든지 해서 위기를 탈출해야 한다.

그렇게 하려면 생각은 나중에 하고 일단 반응해야 살아남을 확률이 높아진다. 이처럼 심각한 스트레스 상황에는 의식하지 않더라도 저절로 근육들이 긴장하면서 수축하게 된다. 그래서 근육이 과도하게 긴장하면 여러 가지 문제가 발생한다.

가령 과도한 턱 근육 긴장으로 이를 악물게 되면 턱관절 장애나 수면 중 이갈이 현상의 원인이 되기도 한다. 목과 어깨의 지속적이고 과도한 근육 긴장으로 이를 악물게 되면 턱관절 장애나 수면 중 이갈이 현상의 원인이 되기도 한다. 목과 어깨의 지속적이고 과도한 근육 긴장은 거북목을 만들고 목디스크나 어깨 관절 장애를 유발할 수도 있다.

그래서 만성적인 스트레스는 불필요한 근육의 긴장으로 불균형한 자세를 만들어 내고, 이를 여러 근골계 질환의 근본 원인으로 작용한다. 단순화의 오류를 무릅쓰고 간단하게 말하자면 만성 스트레스는 편도체가 지속적으로 활성화된 상태다.

이러한 상태는 몸을 망가뜨릴 뿐만 아니라 마음 근육도 약화시킨다. 근본적인 문제는 동굴에 살면서 사냥으로 먹을 것을 구하던 시대에 적합했던 방식으로 작동하는 뇌를 가진 채 복잡한 현대사회를 살아가야 한다는 데 있다.

예를 들면 길을 가는데 갑자기 불량배가 나타나 주먹을 휘두르거나 등산 갔다가 산짐승과 마주치거나 했을 때, 정말로 근육의 힘이 필요한 상황에서는 편도체가 활성화되는 것이 도움이 된다.

그러나 수능수험 수학 시험지를 받아들거나 입시 면접을 위해 면접관 앞에서 설득력 있는 발표를 해야 할 때라면 이런 순간에도 편도체가 활성화되면 매우 곤란하다. 이런 때일수록 필요한 것은 몸의 근육이 아니라 전전두피질의 기능이기 때문이다.

따라서 이러한 순간에는 편도체를 안정화하고 전전두피질을 활성화할 필요가 있다. 그러나 여전히 원시시대의 동일한 방식으로 작동하는 우리 뇌는 이러한 상황에서도 습관적으로 편도체를 활성화한다. 그 결과 긴장되는 중요한 순간일수록 심장이 두근거리고 호흡이 빠르고 얕아지며 목과 어깨 근육이 긴장되고 이를 악물게 되며 손바닥에 땀이 흥건해진다.

이런 현상이 일어나는 것은 모두 편도체의 활성화에 따라 정작 필요한 전전두피질의 기능은 심각하게 저하되었음을 말한다. 그에 따라 집중력, 판단력, 창의력, 문제해결 등 마음근육도 모두 저하되면서 자기 역량을 제대로 발휘하지 못하게 되는 것이다. 긴장되는 중요한 순간일수록 의도적으로 편도체를 안정화하고 전전두피질을 활성화해야 하는 이유는 바로 그래야만 자기 역량을 충분히 발휘하기 때문이다. 중요하고 긴장되는 순간일수록 오히려 편도체를 안정화하고 전전두피질을 활성화하는 새로운 습관을 뇌에 새기는 것이 바로 마음근육 훈련이 될 것이다.

제6장

내담자는 결코 만만치 않다

1. 왜, 병의원에 권해야 할까?

처음 센터를 방문하는 사람들에게 심리상담을 처음부터 너무 무겁게 보지 말라고 권하고 싶다. 과거보다 상담의 편견이 많이 없어졌다고 하지만, 아직도 실망한 사람들이 다른 심리상담사에 관하여 불편한 선입견을 가질 수 있다.

그래서 최초 상담에 미진한 점이 있다면 또 다른 상담센터를 찾아서 부족한 부분을 보충하도록 한다. 요즘은 인터넷 사이트를 잘만 이용한다면 아주 적은 비용으로 면접 및 초기상담이 가능하다. 첫 상담을 마치고 상담을 이어가고 싶다는 생각이 들면 이어가라고 말하고 싶다.

상담소를 다녀온 뒤 맞지 않다고 실망했다면, 그 부분이 심리상담사 때문인지 아니면 심리상담을 모르는 나의 편견으로 생긴 것인지 확인할 필요가 있다. 그래서 어느 한쪽이라도 잘못이 있다면 첫 면접상담에서 신뢰가 형성되지 못한 게 원인일 수 있을 것이다.

Goldfried(1991)는 내담자의 희망, 치료적 관계, 통찰, 교정, 그리고 현실 검증의 과정을 거쳐 변화한다고 말했다. 즉 첫 만남에 이런 느낌을 받았다고 해 보자. '상담자를 만나 같이 있으면 지금까지 경험해 보지 못한 새로운 뭔가를 볼 수 있을 것 같아요.'라는 믿음 말이다. 그렇다면 심리상담사를 만났을 때 가장 불편을 호소하는 요인들은 뭐가 있을까?

"비밀보장이 잘 되는 걸까?"
"상담기록은 어떻게 보관하지요?"
"내가 상담받았던 기록이 나중에 나에게 불리하게 작용하면 어떡하지요?"
등의 염려가 많다. 그리고 다음의 걱정은?

"심리상담내용이 제3자에게 알려지지 않을까?"
"심리상담비용은?"
"어떤 자격증이 좋은 자격증이지?"
"심리상담 신청은 과연 언제, 어떻게 하는 걸까?"
"상담은 몇 번 하는 것이 가장 좋지?"
"내 얘기를 듣고 이상한 사람으로 보지 않을까?"
"나처럼 우울증이 심한 사람도 상담센터에 많이 올까?

그렇다면 심리상담센터에 온 내담자를 병의원에 가도록 권하거나 병행하는 이유는 과연 어떤 것이 있을까?

첫째, 가장 상담에 우선시 되는 것은 안전이므로 자살 위험성이 있는 경우에는 내담자가 안정을 취할 수 있도록 병의원을 가도록 한다. 이런 내담자는 무엇보다 신속한 의료 개입이 필요하므로 가족에게 알리거나 필요한 조치를 추가로 할 수가 있다.

둘째, 심리적 증상의 심각성과 심리적 위험성이 높을 때는 병원 치료를 권할 수가 있다. 예를 들어 중증의 우울증, 양극성 장애, 조현병의 증세를 보인다면 빠른 치료가 급선무이다.

셋째, 내담자에게 복합적인 치료 접근이 필요한 경우, 심리적 어려움에 신체적인 요인이 없는지 의심이 생기면 병의원을 권할 수 있다.

넷째, 약물 치료가 병행되어야 하는 것을 말한다. 즉 현실 검증력이 손상된 경우나 강박 사고와 행동, 외상 후 스트레스 장애, 높은 불안, 공황 증상을 보이면 약물 치료를 권할 수 있다.

다섯째, 내담자의 심리적 불안이 커서 빠른 진단과 평가가 필요할 경우 치료를 위하여 가족에게 연락하는 도움을 받을 수 있다.

여섯째, 자신과 주변에 공공 사회에 위험을 가할 우려가 확인될 때도 권고할 수가 있다. 그렇다면 신경증과 정신증의 차이를 자세히 볼 필요가 있을 것이다.

예) 신경증과 정신증의 차이

내용	신경증	정신증	비고
현실 검증력	정상적인 현실 조망 능력 있음	현실 왜곡 뚜렷한 손상	
사회적 적응 수준	경미한 부작용	심각한 부작용	
자기 통찰	관찰 자아	심각한 부작용	
중심에 대한 이해	자아 이질적	자아 분열이나 붕괴 자아 동질적	
작업 동맹	쉽게 맺음	오래 걸림	
대표적 장애	우울증, 불안 장애	조현병, 우울증	
치료 방식	외래 방문 치료	약물 및 입원 치료	

2. 요즘 자녀 상담의 고민이 많다

요즘 아이들의 고민이 많다. 특히 부모로서는 아이의 상담에 고민이 생길 수 있는데 가장 많은 것이 불안이나 우울 등이다. 이런 아이의 심리학적 고민과 어려움은 과연 어떤 게 있을 수 있을까? 교우 관계, 학업 성취의 문제, 진학 결정의 어려움, 가정에서의 생활, 급격한 환경의 변화, 자해 및 주위의 폭력, 친구들의 왕따 등 여러 이유가 있다. 이를 때 심리상담을 결심하기까지의 부모 마음 또한 걱정이 태산이다. 어떤 상담을 해서 좋은 영향을 줄 수가 있을 것인가의 어려움이 가족 내에서도 있을 수 있고 또 그에 관한 고민이 생길 수 있다.

'내 아이가 문제가 있으면 어떡하지?'
'부모 때문에 문제가 생긴 것은 아닐까?'
'상담자가 지금까지 나의 양육 방식이나 태도를 비난하지 않을까?'
'이런 걸로 심리상담을 받으면 내가 유난을 떠는 부모가 아닐까?'
'내 아이가 상담을 잘 따라와 줄까?'
'아이가 상담하기 싫어하면 어떡하지?'

'상담받는 문제로 오히려 갈등이 더 심해질 수도 있지 않을까?'

이런 문제로 심각할 수가 있는데, 부모로서 당연히 부모의 책임과 역할이 문제라고 할 수가 있는데, 그것이 설령 부모의 책임과 양육 방식에 문제가 있더라도 심리상담사는 부모에게 비난은 하지 말아야 한다. 가정마다 나름대로 가훈이나 대대로 내려온 특성이 있을 것이고, 형편이나 상황이 완전히 다를 수가 있다는 것을 세심히 살펴야 한다. 그렇다면 상담사는 어떻게 해야 할까? 부모와 아이의 관계에서 정확한 문제의 원인을 분석하고 방안을 모색해야 하는데, 한 발자국 떨어져 보면 이성적으로 판단이 가능할 것으로 생각된다.

3. 아이의 상담의 진행 방식은 이렇다

　미취학 아동이거나 초등학생이라면 상담시간은 대략 40분 내외로 진행하는 것이 보통이지만, 대개 아이보다 부모와 10분가량 먼저 토의를 거치고 상담을 이어간다. 그러나 아이가 중. 고등학생이라면 대략 50분 진행하며 상담하기 전에 약 10분가량은 간단한 면담이 되는 경우가 많다.

　아동의 경우에는 대개 후원자가 따라오게 되지만 청소년인 경우는 혼자서 오는 경우가 많다. 문제는 상담을 진행하다가 예기치 못한 비밀을 알게 되었거나 할 때 과연 이것을 어떻게 해야 할 것인가에서는 그 중대성에 따라 상담사가 신중하게 접근해야 한다.

　하지만 워낙 위급한 경우나 피치 못할 사유가 있을 때는 상담사의 상황을 고려해서 다음 문제를 해결해 나가는 것이 좋은데, 그러나 무엇보다 상담에서의 중요한 것은 신뢰 관계라는 건 잊어서는 안 된다.

　특히 외부의 압력으로 이끌려 온 경우라면 아이의 저항이 있기에 상담사가 가까이 관계를 형성하기가 쉽지 않다. 아이의 처지라면 상담자가 자기를 돕기 위한 사람이고, 부모의 대변인이 아닌 내 편이라는 확신이 들 때까지 드러내지 않을 것이다. 그래서 아이의 비밀이 보장되기 때문에 상담자를 믿고 얘기할 수 있다는 확신을 주어야 한다. 그러나 상담 도중 그 내용이 치료에 있어 아주 중요한 사항이라고 판단되면, 극히 일부분이라도 양해를 구하고 합의된 내용을 알릴 수가 있을 것이다.

부모의 이야기 또한 마찬가지로 보장되므로 청소년, 혹은 아이에게 전달되지 않아야 한다. 상담자는 두 사람의 대변인 역할을 해야 하며 말을 전달하는 사람이 아닌 중요한 시안에 관해서 가족들이 매듭을 잘 풀어나갈 수 있도록 한다. 그리고 상담의 내용이 워낙 중요해서 병원과 상담을 병행해야 할 것이면 과연 어떻게 해야 할까? 당연히 정신적인 문제가 아주 심각한 상황이라면 양쪽을 모두 병행하는 것이 좋다. 병의원의 의사는 하루에도 수많은 환자를 만나기 때문에 내담자와 마음 놓고 상담을 진행하기란 극히 어렵다. 따라서 병원의 진료를 받고 심리상담센터에서는 상담을 이어가는 것이 무난하다고 할것이다.

4. 인터넷 스마트폰 중독 아이들

요즘은 인터넷과 스마트폰 중독에 걱정이 많다. 청소년을 비롯한 아이들에게 무방비로 노출된 인터넷과 스마트폰의 중독이 이를 말해 주고 있다. 부모가 말릴 사이도 없이 인터넷과 스마트폰에 중독되어 학교도 가지 않으려고 한다. 그렇다면 부모는 이런 아이들을 위해서 무엇을 할 수가 있을까? 과연 이 중독증에 벗어날 수 있는 길은 있을 것인가?

일단 깊이 중독된 습관을 바꾸기란 쉽지 않다. 무의식 속에 잠재된 게임이나 놀이를 없애는 것은 인지 및 행동치료로는 감당이 안 될 때가 많기 때문이다. 지금 막 상담센터에서 상담하고 집으로 돌아가는 사이 또다시 스마트폰이나 인터넷을 접하는 것을 어떻게 막을 수 있단 말인가?

이럴 때 아이들을 위해서 최면을 권할 수 있다. 지금까지 자녀들에게 인지 및 행동치료로 큰 도움을 받지 못했을 때는 최면에서 효과를 보았다. 내담자의 내면에 깊숙이 숨어 있는 무의식이나 잠재의식에서 게임을 의식으로 끌어낼 수가 있었다. 게임 중독에서 이겨 낼 수 있는 것은 아이의 적극적인 선택이 없으면 불가능하다.

예컨대 17세 학생이 게임에 빠지게 된 것은 학교 친구들로 말미암아서였다. 처음에는 심심풀이로 했으나 그게 깊어지면서 금전적으로 손해를 크게 보았다. 그때부터 잃어버린 돈을 따기 위해 게임에 더 빠지게 되면서 이제 온종일 매달리게 되었다. 부모가 알 때는 이미 그만두기에는 너무 늦어 있었다.

이렇게 중독된 아이에게 최면상담에서는 게임을 시작했을 때와 돈을 잃었을 때의 허탈감을 없애면서 중독에서 벗어날 수가 있다. 우리 말에 사자성어로 줄탁동시라는 말이 있다. 이 말은 병아리가 알에서 빠져나오려면 새끼병아리와 어미 닭이 함께 쪼아야 가능하다는 뜻이다.

깜깜한 알 속에서 병아리가 신호를 보내면, 밖에서 어미 닭이 알아차리고 같이 쪼면서 마침내 알을 깨고 병아리가 세상에 나오듯이, 아이가 다시는 스마트 폰이나 인터넷의 중독에서 벗어나겠다는 뜻이 확고할 때 치료가 가능한 일이다.

이것은 무엇을 말하느냐 하면, 나쁜 습관을 바꾸고자 하면 자신을 둘러싼 환경을 바꾸어야 하고 이를 이길 수 있는 강한 의지가 필요하다. 세상에는 어떤 일이든 성공하는 사람과 어떤 일을 하든 성공하지 못하는 사람이 있을 수 있다.

이것을 나누는 결정적인 열쇠가 있는데 그 열쇠가 무엇일까? 그것을 한마디로 말하면 내담자의 자신감 차이이다. 그래서 모든 사람은 그릇의 크기 이상으로 크지 못한다는 말이 있는데, 다시 말해 치료에 성공하는 내담자인가 아닌가를 결정하는 열쇠는 그 사람의 생각의 크기에 달려 있다.

인터넷 중독 치료를 할 때, 대체로 부모에게 억지로 끌려오는 사람은 형식적인 시간을 상담에 보내는 것이므로 큰 의미가 없다. 무슨 일을 해도 마찬가지지만 본인의 의지가 가장 중요하다. 우리 뇌는 부정을 모른다. 이것을 하지 말아야지 생각하면 하지 않는 것이 아니라 더 하고 싶은 것이 우리 뇌가 가지고 있는 정서이다. 그래서 아이가 진정으로 하고 싶지 않거나 끊고 싶을 때 필자를 만나면 100% 가능하다는 것을 수없이 느꼈다.

5. 부부, 누구 말을 들을까요?

상담 중에서 아이들의 상담도 어렵지만 가족상담이 힘이 든다. 부부의 상담도 그렇고 부자간의 상담도 그렇다. 아무튼 어느 한쪽을 선택해야 하는 중요한 시점이 다가오면 심리상담사는 선택이 어려울 수가 있다. 간혹 힘이 많이 들 때는 쥐구멍이라도 있으면 갔다가 나오고 싶을 때도 있다.

아내　　"저 사람은 말이 안 통해요. 자기는 다 옳고 저는 다 틀리다. 라고만 하는 겁니다. 그래서 애들도 아빠랑은 말하기 싫다고 해요. 남편이 조금만 양보하면 잘 지낼 수 있는데 그게 안 돼요."

이에 남편이 웃긴다는 어투로 말을 한다.

남편　　"누가 할 소리를 하는지 모르겠네. 저 사람은 내 말을 전혀 듣지도 않아요. 내가 말을 하면 '그래 너 잘났다. 이때까지 살아오면서 제대로 한 가지라도 잘했다고 큰소리칠 수 있는 것 있어?

있으면 어디 말을 해 봐! 공연히 큰소리만 치면서~'라는 식으로 절 아주 무시하는 겁니다. 애들 앞에서도 한 번도 나를 인정한 적이 없어요."

이렇게 센터에 와서도 부부가 서로가 지지 않으려고 앙탈을 부린다. 그러면서 상대를 향해 탓만 하는데 이러면 필자가 도중에 끼어들 틈이 없다.

상담사 　"두 분이 정말 여기서도 탓하거나 싸우네요. 아마 두 분이 서로에게 불만이 많은가 봅니다. 그래서 앞으로 어떻게 되기를 바라는 겁니까?"

더 이상 방관하다가는 상담을 진행해 보지 못하고 싸움판에 말려들 것만 같아서이다.

남편 　"아니, 저 사람이 바뀌어야지 그게 당연한 것 아녀요?"

이번엔 남편이 말한다.

아내 　"뭐야, 당신이 바뀌어야지 무슨 말을 하는 거야."

이렇게 되면 싸움은 더 가속화될 수가 있다.

상담사 "자, 이제 그만들 흥분을 자제하세요. 그리고 제 말을 들어 보세요. 두 분은 서로가 문제가 있다고 하면서 상대방이 먼저 바뀌어야 한다고 주장하지만 제가 묻겠습니다. 자신이 아무 문제도 없고 상대방에게만 문제가 있다고 생각하고 계십니까? 아니면 자신도 문제가 있다고 생각하십니까?"

이제 아내가 말을 한다.

아내 "아니 세상에 문제가 없는 사람이 어디 있나요? 저도 문제가 있지만, 저 양반이 더 문제가 크다니까요?"

상담사 "남편은 이 말에 동의하십니까?"

남편 "……"

남편이 아무 말이 없어서 다시 말을 이어간다.

상담사 "알겠어요. 그렇지만 나는 어느 한쪽 편을 들 수가 없습니다. 그러니까 부인의 말을 듣고 남편이 문제가 더 많다고 하니까 먼저 고치세요. 이렇게 말을 할 수가 없습니다. 또 남편의 말을 들어 보면서 문제는 부인 쪽이 더 많다고 생각하고 계신 듯하다고 내가 나서서 부인에게 이제 고치세요. 라고 할 수는 없겠지요."

부인이 난처한 표정을 짓는다. 그러다가 말을 한다.

아내   "그럼 우리는 이대로 그냥 살아야 해요?"

상담사   "지금 이 상태로는 두 분이 바뀌기 어렵습니다. 그래서 두 분은 서로가 자신에게도 문제가 있다고 하는 것을 인정하시고 상담을 받을 것을 제가 권할 수가 있을 것 같아요."

부인이 묻는다.

아내   "상담받으면 저 사람이 바뀌나요?"

손가락을 남편을 가리키며 묻는다.

상담사   "말씀드린 대로 우선 두 분이 서로 자기 자신도 문제가 있다는 것을 인정하시는 것이 필요합니다. 그리고 상대방이 바뀌기 전에 내가 먼저 바뀐다는 생각을 가지시기 바랍니다. 그런 인식의 전환과 그런 의지가 있어야 도움이 됩니다. 그러면 진정성을 가지고 상담을 받게 되니까요. 이런 요건이 갖춰지면 상담을 통해 아주 바람직한 부부로 탄생할 것으로 보입니다."

아내   "......"

남편   "......"

6. 외로움을 여는 열쇠

내 집은 사가정이다. 아침에 일어나면 용마산 폭포에서 불어오는 바람이 아침저녁으로 시원하다. 가끔 이런 날에는 영화에서 음흉한 소리를 내는 귀신의 울부짖는 것이 들리기도 한다. 거실을 빠져나와 상담센터에 도착하니 한 내담자가 나를 기다리고 있었다.

내담자   "요즘 잠을 못 잡니다. 몇 해 전에 아내를 떠나보내고 마음이 허전해서 재혼했는데 둘 사이에 성격이 잘 맞지 않아서 자주 다툽니다. 무슨 친구가 그리 많은지 동창회니 뭐니 해서 한번 밖에 나가면 함흥차사(咸興差使)입니다. 그럴 때마다 마음속으로 '내가 이러려고 결혼을 했나' 하는 생각이 들기도 하고요."

상담사   "그러면 왜, 부인이 집을 자주 비우는지 그 이유를 알고 계시나요?"

내담자   "그걸 잘 몰라서....... 알면........., 여길 왔겠습니까?"

상담사   "그렇겠지요. 그럼 다른 가족관계는?"

내담자   "아이들은 서울에서 직장에 다니고 있어서 일 년에 한두 번 다녀갑니다. 지금은 우리 두 부부가 아파트에서 살고 있고요.......,?"

상담사   "이런 말씀을 드리기는 송구스럽지만, 단도직입적으로 여쭙겠습니다. 혹시, 결혼 전과 지금의 부부사이에 잠자리는 문제가 없나요?"

내담자   "그것 말인가요. 그게 원만하면 이렇게 여길 왔겠습니까?"

이 부분에 중년신사가 힘을 잔뜩 주었다. 그러더니 무슨 속상한 일이 그리 많은지 짜증스러운 표정을 지어 보였다.

상담사   "그렇겠군요. 그럼 혹시 어떤 이유로 재혼하게 되었는지 물어도 될까요."

그의 말에 의하면 부인과 사별을 한 뒤 쭉 혼자서 아파트에서 살아 왔다. 그런데 가장 힘든 것이 삼시 세 끼 밥을 챙기는 일이다. 남들은 밥은 전기밥솥이 해 주고 반찬은 가게에서 사서 먹으면 된다고 하지만 이런 생활에 익숙하지 않은 사람으로서는 여간 불편한 것이 아니다.

상담사   "그렇군요. 그럼 두 분이 집에서 따로 하는 일이 있나요."
내담자   "네, 뭐, 별로 ......, ?"
   "제가 이런 말씀을 드리는 것은 텃밭이라도 하나 있으면 같이 채소라도 가꾸면서 이야기를 나누든지 그도 아니면 뒷산이라도 올라가면 좋을 텐데 하는 마음에서, 드리는 말씀입니다만 ......, ?"
내담자   "아직은 뭐……?"

상담사 "그렇군요. 그럼 아직, 그런 시간을 가져보지 못한 것 같군요. 그렇다면 두 분이 아픈 과거를 하나씩 가지고 있으니까 남은여 생을 좀 더 보람 있게 살려 해도 시간과 같이 나눌 짬이 많지 않겠네요. 그러면 더욱더 그렇겠지요. 앞으로 나이가 들수록 지 인이나 아는 사람이 줄어들 것 아니겠습니까?

내담자 "그건 무슨 말인가요?"

상담사 "아, 네 특별히 이유가 있어 하는 말은 아니고 연세가 드시면 가 깝게 지내던 친구들도 하나둘씩 돌아가시거나 가까운 친척도 발길이 뜸하겠다는 뜻에서 한 말입니다만,"

누구나 나이가 들고 기력이 떨어지면 여행도 그렇지만 차 타기도 싫 어진다. 그뿐이겠는가? 주머니에 돈이 있어도 쓰임새가 줄어들기 마련 이다. 돈도 친구가 있고 아는 사람이 있어야 쓸 맛이 나고 노력해도 봐 줄 사람이 있어야 기분이 난다. 아무리 좋은 옷, 좋은 침대를 가져도 봐줄 사람이 없으면 그것조차 내키지 않는다.

내담자 "무척 공감이 가는 말이군요."

그는 쉽게 내 말에 동의하였다. 차린 모습이나 하는 행동 하나하나 가 군두더기가 없어서 좋다.

상담사 "앞으로는 두 분이 같이 있는 시간을 늘려갔으면 좋겠네요. 마 음만 먹으면 우리나라도 갈 곳 많아요. 두 분이 같이 손잡고 팔

도금수강산을 두루 살피면서 젊은 날에 못 갔던 곳이나 이름 있는 명소를 돌아보면서 서로의 정을 쌓아가는 겁니다. 그러다가 시간이 나면 옛 친구들을 불러서 맛있는 음식도 나누어 먹으면 좋겠지요."

내담자 "그러고 보니 그것도 하나의 방법이겠군요?"

상담사 "그렇습니다. 이제 뭐든지 서로 오순도순 이야기를 나누면서 건강을 유지하는 것이 무척 필요한 나이지요."

내담자 "네, 그건 그래요.....?"

상담사 "나이가 들면 들수록 건강이 최고입니다. 무엇보다 건강을 잃으면 모든 것을 잃는다고 하지 않습니까? 수년 전 만까지만 해도 선생님과 같은 분들이 나라의 기틀을 다진 분이었지요. 한국경제를 책임진 산중인이기도 하고요. 일부에서는 군사정권이니 뭐니 하면서 다른 말을 하는 분들도 있지만 그건 그것대로 역사가 증명해줄 것이고 해방 이후 이 짧은 기간에 이 나라 경제를 옥석 위에 올려놓은 분은 바로 선생님들의 힘이었으니까요. 이제 그에 고마움이나 존경을 표하는 사람들도 갈수록 줄어들어가고 있습니다만 그것은 어쩔 수 없는 시대의 흐름이겠지요."

내담자 "지금 포스터모더니즘에 대해서 말하고 계시는 것 같군요. 그리고 과거에는 모더니즘을 말하는 거고요?"

상담사 "네 맞습니다. 모더니즘사회에서는 선생님 같은 분이라면 무엇이든 하고 싶은 건 못할 것이 없었을 것이고 그 어느 것 하나 부족한 것 없이 살았었겠지요. 그 어디를 가도 어른들로서 대우받으면서 사셨거든요.

내담자   "(......,?)"

그는 사뭇 진지하게 경청했다. 이런저런 과거 이야기에 회환이 오는 것인가? 그의 눈에서는 이슬 같은 작은 눈물방울이 한 톨씩 맺히는 것이 보였다. 회한인가? 바라볼수록 측은한 생각이 들었다. 이맘때쯤의 나이가 들면 그럴 것이다. 나는 화제를 다른 데로 돌려야 되겠다고 마음을 고쳐먹었다.

상담사 "처음 부인은 어떤 부인이었는지 궁금하군요. 사별하셨다니 정이 꽤 깊었던 분 같네요."

내담자 "그랬지요. 우린 정말 잘 맞는 부부였어요."

상담사 "그런데 어떻게"

내담자 "네, 말씀드리기가 민망하지만 위암으로."

상담사 "아, 그렇군요. 아픈 과거를 가졌었군요. 제가 무례한 질문을 한 것 같아서 미안합니다."

내담자 "아닙니다. 이미, 다 지난 일인 것인걸요."

말은 그렇게 하면서도 아내의 이야기가 나오자 더욱더 눈시울이 붉어졌다.

상담사 "사랑하시던 분이 불치의 병으로 돌아가시고 얼마나 마음이 아팠겠습니까? 하지만 과거에 부인은 그 부인대로 좋은 추억이 되었겠지만 이제 새 부인을 맞이했으니 남은여생을 복되게 살기 위해서는 좋은 추억을 많이 만들면서 행복하게 살아야하지 않겠습니까?"

내담자   "그건 그렇지만 ......,?"

상담사   "이제 누구의 눈치를 볼 것도 없이 뭐든지 하고 싶은 일이 있으면 하시면서 사시는 나이이지요."

내담자   "네, 말만이라도 고맙습니다."

이야기를 이어가는 동안 기분이 한결 편해졌다. 나는 그의 안색을 살피면서 말을 이었다.

상담사   "그러니까 이제부터 두 분이 너무 많은 것을 기대하지 말고 편하게 여생을 보내는 것이 어떻겠느냐는 뜻에서 드리는 말입니다만. 톨스토이(LevNikolayevichTolstoy)가 '인생의 길'에서 한 말이 있습니다. 죽음을 망각한 생활과 죽음이 시시각각으로 다가옴을 인식한 생활은 두 개가 완전히 다른 상태다.' 라고 말입니다. 전자는 동물의 세계에 가깝고 후자는 신의 세계에 가깝다는 말이지요."

내담자   "네......,그건?"

상담사   "발자크(Honore de Balzac)는 '아무것도 변하지 않을지라도 내가 변하면 모든 것이 변한다.' 누구나 지금까지 무엇을 해왔거나 살아 온대로 살겠다고 하면 이제까지 살아오면서 얻은 것 이상은 아무것도 얻지 못합니다. 하지만 지금까지와 다른 삶, 더 좋은 삶을 얻고자 노력한다면 지금부터라도 먼저 변해야된다는 것을 잊지 말아야합니다."

누구나 변하지 않고 변화된 삶을 가질 수 없다는 것을 안다. 하지만 매 순간 그 진실을 실천하고 사는 사람은 또 많지 않다. 나이가 들수록 딱딱한 이빨보다는 부드러운 혀가 살아남는다고 말하지 않는가? 그렇다. 무엇이든지 부드러워서 나쁠 건 없다. 흙도 부드러워야 좋듯 겉흙이 딱딱하면 물과 공기가 잘 스며들 수 있지 않는가?

상담사 "이제 앞으로 생활전반에서 주도권을 가지고 하루 일정을 짜세요. 아마 그러면 부인도 좋아할 겁니다. 그렇지 않고 과거에 매여서 언제나 고압적이고 냉소적이라면 부인이 선생님 곁에 오래 머물려고 하겠습니까? 그렇지 않습니까? 누구도 따뜻한 말 한 마디에서 정이 생기는 것이지요."

내담자 "그게 마음으로는 느끼는데 잘 안 돼요.......? 그러고 보면 쉬운 일이 어디 하나도 없네요."

상담사 "물론 그를 수 있습니다. 그렇지만 마음을 비우셔야 합니다. 남의 머리에 들어있는 공부도 하자면 못 하는 것이 없는데 뭐가 문젠가요. 이제부터 젊은 시절에 바빠서 못했던 독서는 어떻습니까? 평균수명이 높으면 어디를 가는 것도 불편할 것인데 우리 뇌는 활동과 상상을 구분하지 못합니다. 그래서 책읽기는 감각 자체를 발달하는데 도움이 되지요. 연로한 어른일수록 실제 행동을 하는 것도 좋지만 상상력이 대뇌에 영향을 줍니다. 예를 들면 "커피향이 좋다."와 같은 문장을 읽으면 후각 피질이 발달할 것이고 '파블로프(Pavlov, Ivan Petrovich)가 공을 찬다.'와 같은 문장을 읽으면 운동피질 즉 소뇌(cerebellum)가 작동합니다. 이처럼 운동하지 않아도 책 속에서 상상을 이어간다면 뇌는 크게 활성화될 것이고 시냅스에 가소성도 증가하면서 건강을 유지하게 됩니다. 특히 요즘은 도시나 시골이나 관할 문화회관을 중심으로 치매와 뇌 병변에 대해서 프로그램을 운영하고 있어서 가끔 그런 곳에도 들리시면서 짬을 보내도록 하십시오."

내담자 "네. 꼭 그렇게 하겠습니다."

상담사 "선생님은 어떤 산을 좋아하시는지요. 저도 어느 책에서 읽었던 내용인데 지금은 가물거려서 잘 알지는 못합니다만 특히 우리가 가을 산을 오르면 가장 먼저 보이는 것이 땅에 떨어진 나뭇잎이겠지요. 그 나뭇잎을 보면서 마음속으로 무엇을 생각하게 되나요. 아마 울긋불긋한 단풍잎을 보면 그 아름다움에 기쁨과 탄식을 할지도 모릅니다. 하지만 그 떨어진 잎에서 나무의 고통을 알지 못하지는 않겠지요. 왜냐하면 산길에 흩어진 나뭇잎만 바라보는 것은 보고 싶은 것만 볼 수도 있으니까요. 그러면 가던 길을 멈추고 계곡에 내려가서 물 한 모금 마셔보십시오. 그리고 그 물맛을 느끼십시오. 대개 가을의 계곡은 봄의 계곡보다 물의 수량이 훨씬 많지요. 물맛도 다른 때보다 또 달지요. 그것은 나뭇잎들이 고통을 감내하면서 수분을 배출하여서 생긴 사랑스런 현상들을 볼 수가 있을 것입니다. 잘 알지 않습니까? 그 나뭇잎들이 몸에 있는 수분을 배출하는 이유는 곧 다가올 겨울을 잘 나기 위해서이지요. 가을부터 욕심을 내어 수분을 머물고 있으면 겨울 한파에 얼어 죽을 수도 있으니까요. 그래서 생존을 위해서는 가지고 있는 아주 귀하고 생명줄 같은 수분을 비우는 것입니다. 그러나 나무는 희망을 잃지 않습니다. 봄이 오면 수분을 채울 수 있다는 것을 알기 때문이지요. 그런 면에서는 우리 인간도 마찬가지입니다. 나이가 들면 가지고 있는 것들을 하나씩 비우면서 살아야합니다. 젊은 시절처럼 무거운 것을 다 들고 있으면 힘에 부칩니다. 가을 나무가 생성과 소멸을 철저하게 지켜내는 것을 보듯이 늙음을 서럽게 생각할 것이 아니라 철저하게 비우는 것에서부터 시작해야 할 나이입니다."

내담자 "네. 고맙습니다. 명심하겠습니다."

상담사 "그리고 선생님은 아내와의 사이에 기질과 성격의 상관관계에 묻고 싶습니다."

내담자 "전 그에 대해서 아는 것이 별로 없습니다만,"

상담사 "인간은 한배에서 태어났다고 할지라도 걸음마를 시작 전 단계로부터 참 많이 다르다는 것을 일상적으로 알게 됩니다. 어떤 아기들은 유난히 울기고 잘하고 또 예민해서 잘 놀라기도 하지만 어떤 아이들은 무던하고 순하지요. 요람에서 누었을 때부터 말입니다. 이러한 특성 중 몇 가지는 생물학적인 연관성이 커서 성인기까지도 상당한 영향을 미치면서 지속된다는 것이 알려졌지요. 이러한 배경에서 워싱턴 대학의 정신과 의사인 클로닝거(Robrrt Cloninger)는 선천적이고 생물학적인 영향을 많이 받는 '타고난 기질적 특징'에 대해서 네 가지와 후천적이면서 교육이나 환경의 영향을 많이 받는 '성격' 세 가지를 측정하는 설명

도구를 완성해서 기질 및 성격검사(The T emperament and Character Inventory: TCI)를 만들어 냈습니다."

내담자 "그러고 보니 어디선가 들은 말인 것 같네요."

상담사 "그렇습니까? 말씀을 드리면 클로닝거가 처음 개발한 TCI는 240문항을 구성되어 있어 검사시간도 꽤 걸리고 분석에도 관련 전문가의 해석이 필요했지요. 그래서 문항을 140개로 줄인 TCI-R은 국내에서 '마음사랑'이라는 심리검사기관에서 판권을 가지고 자격을 갖춘 사람에게 검사를 의뢰하고 있습니다."

내담자 "그런 검사가 있었군요. 전 지금 이 나이가 되도록 살아도 그 노래가사 있지요. '내가 나를 모르는데 ' 라는 노래말 같이 저는 저 자신을 모를 채로 살아왔거든요. 그래서 이 나이가 되도록 궁금한 것이 하도 많았는데 이왕 제가 오늘 여기까지 왔으니 박사님! 저도 여기서 검사를 한 번 받으면 어떨까요?"

상담사 "물론 가능합니다. 그런데 이 검사는 MBTI와는 조금 다르게 연속적인 점수로 나타납니다. 그리고 어느 특정 항목이 높거나 낮다는 게 좋다 나쁘다. 를 의미하지는 않아요. 나름대로 사람들에게 기질과 성질에 대하여 장단점이 있고 단점을 좀 더 극복하는 방향으로 노력하는 데 쓰이게 되며 특히 대인관계에서는 성격의 특성을 이해하는 데 큰 도움이 될 수 있습니다."

내담자 "그랬었군요."

상담사 "우선 인간의 7가지의 기질 및 성격척도와 각각의 하위척도들의 측정들을 살펴보면 첫째로 자극추구(Novelty Seeking)인데 이때 자극추구가 높은 사람들은 대체로 에너지가 많습니다. 그리고 온갖 일에 관심사가 많아서 그런 사람과 가까이 지내게 된다면 바쁘고 심심할 여가가 없을 것입니다. 또한 이런 사람은 살아가는 모습도 매우 활기차기 때문에 남들이 보면 정신이 없을 수도 있습니다. 그러나 이런 사람들일수록 단조로운 생활을 견디지 못하거나 하지요. 그렇지만 그 대신 자기가 좋아하는 일이 있으면 누가 잘 때 업고 가도 모를 만큼 몰입을 하는 특성이 있습니다. 그리고 에너지가 넘치기 때문에 도박이나 알코올, 마약 중독에 빠지기 쉽고 그에 반하여 성향이 낮은 사람들의 유행은 안정적인 생활을 합니다. 이들은 모험을 즐기거나 하지 않을 것이고 특색이어서 새로운 것보다는 항상 익숙한 방식에 편안함을 가지기 때문에 이런 사람을 놓고 우리는 별로 재미가 없는 사람들이라고 하지요.

상담사 두 번째로 위험회피(Harm Avoidance: HA)는 닥쳐올 위험이나 좋지 않은 상황에 대한 대비와 불안, 야단이나 처벌에 대한 두려움을 가지고 행동합니다. 그래서 성향이 높은 사람들은 항상 긴장하지 않을 상황에도 잘 긴장을 하게 되고 어느 정도는 익숙한 상항에서도 조금만 의문이 생기면 쉽게 위축하는 특정이 있습니다. 그래서 매사에 사소한 일에도 집착 잘하고 부정적이며 잡생각들이 끊이지 않습니다. 이러한 생각들이 머릿속을 복잡하게 뭉쳐 있어서 다른 사람들보다 생각을 많기 때문에 쉽게 지치게 됩니다. 그래서 다른 사람들에 비해서 스트레스가 많이 받는 단점이 있지요. 이런 사람들은 자주 몸이 아픕니다. 그렇지만 성향이 높다고 결점만 있는 건 아니지요. 이들은 매사에 준비가 잘되어 있기에 혹시 예측하지 못한 상황이 닥쳐와도 어려움이 없이 잘 이겨 냅니다. 그러나 성향이 낮으면 낙관적이고 여유 있는 태도를 보이지만 그렇다고 이런 사람이 모두 장점이라고 볼 수는 없을 것입니다.

상담사　세 번째로 사회적 민감성(Reward Dependence: RD)는 관계 속에서 인정을 비롯한 어떤 심리적, 물질적 보상에 예민합니다. 성향이 높은 사람들은 관계에서 다른 사람들의 거절에 대해 민감하며 타인에게 싫은 소리를 못 합니다. 그래서 남과의 관계에서 친밀을 유지하기를 좋아하며 그래서 좋은 평가를 받습니다. 그러나 반대로 보면 그만큼 피곤하게 세상을 살 수도 있습니다. 이런 사람들이 성향이 지나치게 높으면 너무 의존하거나 줏대 없다는 소리를 들을 수 있는데 즉 의존성 성격장애라는 말을 들기도 합니다.

상담사　네 번째로 인내력(Persistence: P)은 우리가 살아가면서 늘 지루하고 반복적인 일을 얼마나 잘 참고 끈기를 가지고 있느냐에 따라 결정되므로 공부가 인생을 결정짓는 젊은 시절에는 큰 장점일 수가 있습니다. 그러나 인내가 낫다고 반드시 나쁜 것은 아니지요. 이 성향이 적당히 낮으면 현실과 적절한 타협을 하게 되고 현재에 만족 지수가 높을 수 있습니다.

상담사　다섯 번째로 성격의 세 가지 자율성, 연대감, 자기 초월은 후천적 특성이므로 한꺼번에 해 드리겠습니다. 우리가 평생, 좋든 싫든 교육의 영향을 많이 받지요. 그래서 첫 번째로 말하는 자율성(Self- Directedness: SD)은 말 그대로 자율성, 독립성, 책임감

등을 말합니다. 이런 사람들은 평소의 삶에서 의미를 부여하며 스스로에 대한 동기와 목표 부여 등을 특정으로 여기기 때문에 독립 및 책임감이 높은 사람을 말합니다. 그러나 반대되는 사람은 의존성이 강한 것이 흠이지만 극단적으로 말하면 자신에 대해서 주체성이 작아서 이 사람 저 사람의 말에도 '혹' 하면서 늘 피곤한 삶을 살아갈 수밖에 없는 것이 큰 단점이 되겠지요. 두 번째로 연대감(Cooperativeness: C)은 자신의 개인성에 대한 중요도만큼이나 전체 조직이나 사회의 한 부분이라는 것을 인식하면서 사는 사람들이지요. 이러한 사람들은 조직 내에서 타인과 자신의 욕구를 잘 절충하고 협동성이 높으며 다른 사람의 입장을 잘 배려하면서 봉사도 잘해서 사회에 인정받는 성실한 사람으로 평가받을 수 있는 장점을 가지고 있습니다. 세 번째로 자기 초월(Self- Transeendence: ST)의 성향은 영적인 것, 지금 눈에 보이지 않는 삶과 세계의 의미들, 개인과 구체적 현실을 넘어선 자연과 생명의 의미 등에 태도가 열려있을 것이고 그런 쪽으로 관심이 많습니다. 이 특성이 강한 사람들은 죽음과 임종, 이별, 애도 등의 문제에 유연한 태도를 보이는 성향이 있겠지요. 그러나 성향이 낮은 사람은 현실적이고, 구체적이며, 실제적인 가치를 중시하기 때문에 합리적이고 객관적인 것을 중시하여서 모호하고 불가사의한 것을 배격하는 경향이 강한 사람이라고 볼 수 있습니다."

내담자 "자세한 말씀 오늘 너무 감사합니다."

상담사 "네"

7. 이제 큰 틀에서 심리상담을 알려 드립니다

현대 심리학적인 면에서 이론별로 어떤 상담의 관점을 가졌는지 살펴보면 해당 이론을 가지고 도움을 받을 수 있는데, 이것을 5가지 관점에서 보면 생물학적, 정신분석적, 행동주의적, 인지주의적, 인본주의적 관점으로 나누고 있다. 첫 번째로 생물학적인 접근은 인간의 뇌 활동에서 정신 과정의 연관성이 있는지 찾아보는 접근을 말한다. 문제의 원인을 볼 때 후천적인 원인보다 유전이나 호르몬 활동, 뇌 활동 등을 주로 확인하며 감각기관이나 신경 계통의 생리적인 작용으로 인간의 심리를 설명하는 것을 말한다.

두 번째 정신분석적 접근은, 인간의 정신세계는 무의식, 전의식, 의식으로 나누고 무의식 영역이 어떤 역할을 하고 있는지 알고자 한다. 프로이트를 대표적인 학자로 두고 인간 심리의 결정론을 주장하고 무의식을 개념으로 하고 있다. 세 번째 행동주의 접근에서는 연구 대상을 행동이라는 데 초점을 두고, 외부적 자극이 어떻게 조건화가 되어 인간 행동에 영향을 미치는가를 설명하게 된다.

직접 관찰이 가능한 행동적인 변화의 원인을 미치는 자극과 반응에 관심을 두는 접근이다. 네 번째 인지주의적 접근은 인간의 지각, 기억, 사고가 어떠한 체계를 거쳐서 행동으로 드러나는가에 초점을 맞추고 있다. 눈으로 관찰되는 행동 변화에 집중한 행동주의적 접근만으로는 설명하기에 한계가 있는 문제의 등장으로 인지주의가 관심을 받게 되었다.

다섯째의 인본주의적 접근은 인간을 자기 인식, 경험을 통해 스스로 선택할 수 있는 능력 있는 존재로 인식하고 잠재력을 지닌 긍정적인 존재로 바라본다. 개인의 경험이 중요하며 개인이 선택한 것에 책임을 다함으로써 자유로워질 수 있다고 본다. 인본주의적 접근은 전반적으로 대부분의 상담에서 인간을 대하는 기본 태도라 할 수 있다.

8. 심리학은 어느 쪽으로 치우쳐 있다

심리학은 인간과 동물의 행동과 그 행동에 관련된 심리적, 생리적, 사회적 과정, 그리고 이 둘 사이의 상호작용을 과학적으로 연구하는 경험 과학의 한 분야라고 한다. 대체로 인지 심리학, 발달 심리학, 변질 심리학 등의 여러 갈래로 나누며 산업, 교육, 인문과학, 자연과학, 공학, 예술 등과 실생활에 널리 응용되고 있다.

다음은 네이버에서의 〈심리학의 역사, 심리학의 연구 방법론, 심리학의 분야, 주요 이론, 주요 심리학자〉 등을 찾아보면 심리학을 연구 분야에 따라 심리학의 기초 원리와 이론을 다루는 기초 심리학과 이러한 원리와 이론의 실제 문제를 해결하기 위한 응용 심리학으로 나뉘며 2020년 기준으로 한국에는 14개 분과, 미국의 경우 분과 제외 56개 분과가 있다고 기술되어 있다. 그렇다면 심리학은 언제부터일까?

심리학의 시초를 알아보기 전에 단어는 영혼이라는 뜻의 그리스어와 어떤 주제를 연구한다는 의미의 logos가 합쳐진 것으로 초기에는 심리학을 '영혼에 대한 탐구'라고 말했다. 이것은 초기 심리학자들이 신학의 영향을 받은 것으로 볼 수 있는데, 심리학의 정의는 그 연구 주제와 함께 시간의 흐름에 따라 변화하게 되었다.

그렇다면 심리학이 과학으로 등장하게 된 19세기 후반이 되어서야 비로소 정신과학으로 인정받게 된 것으로 알려진다. 그 이후 심리학의 탄생은 19세기 초라고 알려졌는데 이전에는 그저 철학적인 분야의 한 부분으로 받아들였다. 이 시기에 철학과 과학의 경계가 모호해지며 두 분야의 사이에 갈등이 생기게 된다. 이 갈등의 과정에서 심리학은 새로운 학문으로 탄생하게 된다.

심리학의 발전에 영향을 끼친 인물들

심리학이 오늘날 정신적인 문제와 병리적인 문제에 영향을 많이 주고 있는 것은 사실이다. 그렇다면 어떤 과정을 거쳐서 지금은 그 영향력이 아주 큰 것에 따른 심리란 개념을 생각해 보자. 실제로 21세기에 오면서 모든 학문의 서두에는 심리학이 근간을 둔다. 자, 살펴보자. 문학치료, 독서치료, 사진치료. 예술치료, 시치료, 인형치료, 연극치료, 그 외에 게슈탈트 치료, 최면치료, 인지행동 치료, 인간중심 치료, 이야기 치료, 정신분석 치료, 뇌치료, 영화치료 등 모든 학문의 뿌리는 심리학에 바탕을 두고 있다. 그래서 그 어떤 용어를 놓고 그게 우리의 내면 치료 및 치유를 위해서 쓴다면 심리학이란 단어로 바꾸어 부른다고 해도 문제 될 것이 없다.

법조인(판사, 검사, 변호사)을 법률가라고 부르고 내과, 외과 소아과, 산부인과 등의 전문의를 놓고 통칭해서 의사라고 부르는 것과 뭐가 다른가? 공대를 나와서 전문적으로 연구하는 과목은 각각 다르지만 대체로 공학박사라는 말을 하듯 이제 인간의 내면을 연구하거나 치료 및 치유에 종사하는 전문상담사를 동일한 용어로 심리학이라고 총칭한다고 해서 그게 용어 자체가 문제가 되지는 않을 것이다. 이제 그 용어를 바탕으로 학술적인 면이나 기술적인 면으로 심리학을 이어온 사람을 대상으로 시대적으로 분류해 보자.

(1) 빌헬름 분트

19세기 이후 심리학의 아버지라고 불리는 빌헬름 막시밀리안 분트로부터 근대심리학이 시작되었다. 분트는 실험 심리학을 개설하였고, 심리학 강좌를 통해 심리학을 독립된 학문으로 확립하는 데 활동하였다. 그는 심리학을 직접 경험 학문이라 정의하고, 의식의 내관에 따라 분석학으로 포착되는 부분의 기록에 전념하였고, 심리학 역사상 가장 많은 글을 쓴 사람으로 유명하다.

(2) 헤르만 에빙하우스

독일의 헤르만 에빙하우스라는 인물이 이전까지의 심리학에 관한 일반적인 견해들과는 달리 과학적 방법이 고등 사고 과정의 연구에 적용될 수 있다는 것을 보여 주었다. 그는 기억의 연구를 통해 망각 곡선이 존재한다는 가설을 제시하였고, 기억력 증진을 위해선 분산 학습이 더 효율적이라는 간격 효과를 발견하였고 1885년 발표하였다.

(3) 이반 파블로프

이반 페트로비치 파블로프는 개를 이용해 '조건 반사'로서 뇌의 작용을 연구한 파블로프의 개라는 이름으로 우리에게 익숙한 인물이다. 파블로프는 조건 반사 연구를 통하여 특정 반응을 이끌지 못하던 자극(중성 자극)이 그 반응을 무조건적으로 이끄는 자극(무조건 자극)과 반복적으로 연합되면서 그 반응을 발생시킬 수 있다는 사실을 증명해 보였다.

특정 자극에 무의식적 반응하는 현상 중에서 그 자극과 이에 상응한 반응이 선천적으로 타고난 본능과는 관계가 없음에도 불구하고 학습을 통해, 조건 반사 반응이 새롭게 형성될 수 있다는 사실을 밝혀 냈다. 근대 이전에는 마음이라는 것은 신체와 분리되어 있다고 사람은 생각하였다. 마음은 영혼의 표현이라고 생각했으며, 물질이 아니므로 신체 일부분으로 보지 않았고 물질이 아닌 것을 과학적으로 분석할 수 없다고 생각했다.

그래서 심리학을 철학의 한 분야로 간주했었다. 이런 분위기는 19세기 후반까지 이어졌으나, 위에 나온 3명의 인물과 다른 인물들, 실험과 연구를 통해 유의미한 결과가 도출되자, 심리학은 체계적이며 과학적으로 연구가 가능한 하나의 학문으로 취급되기 시작하였다.

이러한 과정을 통해서 심리학은 발전하게 되었고 지금의 우리가 아는 심리학이 탄생하였다.

9. 심리상담과 의식의 흐름

심리상담은 상담사와 내담자의 해석에 관한 문제이다. 그래서 상담은 잘 들어 주면 된다. 내담자와 대화를 이어가면서 어떻게 인식하느냐에 따라서 해석이 달라진다. 따라서 내담자의 문제를 파악하는 것이 선결문제이다.

우리가 몸이 아프면 집 근처에 있는 병의원에 가서 혈액 검사를 하고 방사선을 촬영한다. 그러나 진단이 마음에 들지 않으면 다른 곳에 가서 어떤 병인지 알려는 것은 인식의 문제이다. 의사가 방사선을 촬영하고 필름을 판독하는 것과 같다.

내담자가 상담센터를 찾아서 내면에 무엇이 잘못되었는지 알려는 것이나, 의사가 환자를 통해서 묻고 검사를 하기 위해서 방사선을 촬영한 필름을 판독하는 것이나, 혈액 검사를 보고 뭐라고 말하는 것은 어떻게 해석하는가의 인식과 해석의 차이이다.

내담자에게 다면적인성검사를 해서 신경증을 알아내는 것이나 내과 전문의가 촬영된 필름을 들고 말하는 것은 동일한 일이다. 이런 것들은 병원에 가면 진단의 차이가 있는 것이나 심리상담센터에서 바라보는 것이나 같은 맥락이다.

그렇다면 한사람이 흉곽외과 전문의를 찾아갔다. 방사선 촬영과 임상병리 검사를 받아서 계절감기라고 해서 약을 받았다. 그런데 며칠이 지나도 낫지 않아서 다른 의원을 갔더니 똑같은 검사와 방사선 촬영했는데 이번에는 기관지가 나쁘단다.

약을 받아서 복용하고 기다려도 낫지 않았다. 이번에는 큰 맘먹고 신촌 세브란스를 찾아가서 MRI를 촬영하고 혈액 검사를 한 뒤 며칠 뒤에 찾아갔더니 의사로부터 폐암이라는 진단을 받았다. 그동안 이런저런 곳에 가지 않고 바로 갔더라면 조기 치료가 가능했을까?

이제 암이 다른 장기로 전이되었다면 누구를 원망해야할까? 초기 오진한 병의원을 원망하거나 그렇지 않으면 무능한 자신을 원망할 것이다. 이런 현상은 병의원에만 있는 것은 아니다. 심리상담센터도 있을 수 있다. 상담사마다 상담기법이 다르고 내담자를 바라보는 시각과 심리검사의 타당도에도 문제가 있다.

병원처럼 대체로 심리상담에도 일정한 매뉴얼이 있다고 생각하는 사람도 있겠지만 의사들처럼 매뉴얼이 없는 게 현실이다. 예를 들어 의사들은 진찰에서 무슨 종류의 암이라고 하면 그 암에 따라 매뉴얼대로 투약하면 된다.

그런데 심리상담에는 그런 것이 없다. 그래서 내담자를 만나서 이렇게 얘기하는 것, 내담자들이 호소하는 것, 내담자들이 문제라고 생각하는 것을 듣고 그때마다 맞춰 가야 하기에 이런 것이 사실 어렵다. 이를 두고 어떤 사람들은 통합 모델이 있지 않느냐라고 말한다면 물론 그럴 수도 있다.

그러나 일정한 조건에 맞아야 한다는 것이 원칙이다. 조건이 같아서 같은 인식론을 공유하거나 같은 이론들끼리여야 가능하다. 예를 들어서 모더니즘적 사회에서의 치료 이론에 행동주의나 인지주의는 가능할 수가 있다.

인지주의나 행동주의는 다른 이론 같겠지만 내담자를 바라보는 관점, 그리고 문제를 보는 관점과 그 자체가 인식론적 기반을 갖는 것이기 때문에 통합적으로 할 수가 있다. 그래서 바라보는 세계관을 들여다보는 것이다.

이를 실제적이라고 할 수 있다. 예를 든다면 창문 너머에 나무가 있다. 그 자체가 있다. 그 있는 것이 내 머릿속으로 들어왔다. 이것은 객관적인 실제를 말한다. 그러나 그 나무가 있을지라도 나와 전혀 상관이 없다면 그 나무는 있으나 있을 수 없는 것이다. 그게 바로 실제의 나, 즉 상담자의 상황일 수가 있다.

지금까지는 실제라는 것은 곧 본질이라고 했다. 그런데 현대 이론에서는 실제라는 것이 객관적으로 있다는 것이 아니라 내가 그 실제를 만들어간다 이렇게 생각한다.

자, 지도는 무엇을 나타내는가? 지형을 나타낸다. 그래서 가장 사실적으로 그리는 것이 지도이다. 그런데 다르게 생각해 보자. 만약에 경찰서에서 범죄를 예방하기 위해 지도를 그린다. 그 지도와 어떤 사람이 식품점에서 사업을 위해 지도를 그린다고 할 때 그 지도는 차이가 있을까?

똑같은 지형을 그린다고 해서 똑같이 그리지는 않는다. 전혀 다르지 않을까? 왜냐하면 내가 어떤 관심을 가지고 그 지도를 만드느냐에 따라서 지형이 달라질 수가 있다. 이 말을 제대로 해석하지 못하는 독자를 위해서 더 말하겠다. 만약 경찰서에서는 범죄와 관련이 있는 지도를 그리려면 주변에 경찰서와 관련이 있는 관공서나 소방서 등을 그리겠지만, 식료품 가게를 그리려고 하면 주변의 시장이나 유명 음식점 위주로 지도를 그릴 것이다.

실제는 관심에 기인하고, 본질 자체가 아니라 관심에 따라서 달라질 수가 있다. 이것을 군이 말한다면 실제를 관점이 규정하는 것 자체가 세계관이다. 상담은 무슨 문제일까? 사람의 문제다. 그러면 어떻게 볼 것인가? 이 문제가 중요한 문제이다.

이 문제를 해결하는 것이 무엇이냐? 그래서 연관성을 놓고 고민한다. 이 문제와의 연관성은 상담 문제를 어떻게 볼 것인가에 따라 달라진다. 우리가 부부를 상담하게 될 때 부부가 상담실에 찾아오면 상담하기가 쉽지만, 혼자 왔다면 상대방을 만나서 어떻게 할 수 없지 않겠는가?

그러면 고작 할 수 있는 것이 이혼하든 재결합하든 문제해결을 하든 결정하도록 말할 뿐이다. 이때 부부 문제에 접근하는 방식이나 인식에 따라서 또한 정체성에 따라 결정의 폭이 달라진다. 이렇게 여러 가지를 놓고 말할 때 인식론과 정체성을 바라보게 되는데, 인간을 어떻게 보느냐 그것에 달려 있다.

지금까지의 상담이나 과거의 상담은 고정된 개념을 갖는 것으로 어떤 양육자이냐에 따라서 성격이 고정되었다고 보는데, 즉 문제를 볼 때 사회 문화나 어떤 구조에서의 문제가 아니라 내적인 문제이든가 아니면 개인적인 문제라고 보았다.

즉 정체성이 문제를 만든다고 본다. 그런데 현대에서는 사회, 문화적으로 규정된 성 문제나 정체성이 규정되어 있다. 그래서 정체성은 상황적이고 어떤 관계적이고 조건적이라고 말할 수가 있다. 그렇다면 구성주의의 본질이 무엇일까? 한 마디로 구성주의(constructivism)에 기반으로 하고 있다.

즉 실제는 객관적 실체로 존재하는 것이 아니라 인간의 주관적, 지적 구성으로 되어 있다. 과거 상담이론과 현대 상담이론의 차이는 서로의 인식론 차이에 따라 다르다. 전통적이론과 현대이론 중에서 전통이론은 구성주의를 기반으로 하고 있다.

그렇다면 구성주의라는 것은 실제를 말하는 것이고 그 실제라는 것은 객관적 실체로 존재하는 것이 아니라 인간의 주관적, 지적으로 구성되어 있다. 그래서 실재(realities)는 객관적 실체로 존재하는 게 아니라 인간의 주관적 지적 구성이라는 것을 말한다.

우리의 인간이 인식하기를 세계 어딘가에 무언가가 있었다. 본질이 있다. 이렇게 생각했었다. 이 본질, 뭔가가 있는 그것을 뇌를 통해서 들어온다. 그래서 우리가 말하고, 쓰고, 느끼고 그랬다. 그런데 구성주의에서는 그렇게 보지 않고 어떤 실제라는 객관적인 존재가 있는 것이 아니라, 그 실제를 개인이 인지적인 오감을 통해서 인지하고 자율신경계를 통해서 온다고 보았다.

우리가 오감을 통해 들어오는 것을 똑같은 사물을 보아도 사람마다 다르다. 그래서 사람마다 사물을 보는 시각도 다를 수 있다. 예컨대 학벌이나 성별이나 나이에 따라서 다르다. 경험적 이론에서는 경험한 자신이 해석하게 된다.

즉 전두엽이나 신피질을 통해서 입력된 사고는 변연계의 편도체를 통해서 또 다른 색다른 경험을 가진다. 경험을 통해 인지한 것으로부터 사고를 인지와 자율신경계를 통해서 사람마다 다른 해석을 내놓을 수밖에 없다. 이것이 구성주의 주장이다. 이 구성주의자들은 경험자가 해석한다.

그러면 누군가가 이 경험을 그런 경험은 이러이러한 거라고 가르쳐 주는 게 아니라, 내가 해석하게 된다. 상담의 과정에서 내담자의 경험을 강조한다. 물론 내담자들은 과거의 경험에 따른 상처가 있거나 아니면 어떤 문제를 해결하기 위하여 찾게 되는데, 그들은 자기가 현재에서 풀 수 없는 내적인 문제이거나 가정 및 가족의 문제나 직장에서의 인간관계의 어려움을 호소하게 된다.

그 호소는 내담자의 경험을 강조하는데, 이는 상담관계의 수용적인 분위기 속에서 내담자의 문제해결점을 찾아가도록 하는 것이 목표다. 아들러는 경험에 내담자의 책임 있는 행동을 이끌도록 하였으며, 상담을 원하면 타의의 결정을 자의로 바꾸는 것이라고 했다.

이때 상담자는 적개심, 불안, 죄책감, 양가감정 등의 흐름이 쏟아져 나오는 걸 막지 않으며, 이때의 상담시간을 자기의 시간이라고 여기고 성과 있게 만들도록 하였다. 그렇다면 경험으로 일어난 사건을 긍정과 부정이 자신의 감정세계라는 것일 때 이해와 토대가 마련되며, 통찰을 통해서 상담을 이끌게 된다.

실제는 개인의 의미부여에 따라 달라진다. 말하자면 경험에 관하여 사물은 나의 창조물이다. 이 사물을 내가 경험하고 그 경험을 내가 해석한다. 이 말을 다른 말로 하면 실제는 개인이 의미 부여를 어떻게 하느냐에 따라 달라진다. 의미치료의 대표적인 학자로 빅터 프랑클이 있다.

실존 심리치료에 있어 유럽의 대표적인 인물이며, 유대인이며 빈 의과대학의 신경학과 교수, 신경학과 정신의학 전공하였고, 빈의 정신치료학파로 로고테라피(logotherapy)를 창시하였다. 1942~1945년까지 아우슈비츠 나치 강제 포로수용소에 수감되었다가 부모와 형제, 부인을 잃었고 수용소의 경험으로 '죽음의 수용소에서'라는 책을 냈다.

1997년 9월 2일 92세로 서거한 그는, 체험과 관찰을 통해 인간이 고통 속에서도 의미를 추구하는 실존적으로 도전하는 존재라는 것을 믿게 되었으며, '의미를 통한 치료'라는 뜻의 의미치료라고 부르게 되었다.

그는 프로이트의 결정론을 반대, 자유, 책임, 의미, 가치 추구를 강조하고 이론을 꾸준히 발전시켜 유럽의 실존주의 치료를 발달시키고, 미국에 실존주의 치료를 도입한 핵심 인물이 되었다. 상담목표를 인간의 주된 문제 즉 삶의 의미 발견으로 실존적 공허를 통해 갖는 무의미함이나 신경증에서 벗어나 삶의 의미를 발견하도록 하였다.

그는 프로이트의 본능이나 충동에 계획되어 있지 않기에 인습, 전통, 가치가 더 이상 인간에게 해야 할 것을 말해 주지 않기 때문이며, 인간이 결정하는 존재이기보다 결정된 존재라는 믿음인 환원주의에 노출되어서 의미에 의지가 좌절될 때 결과되는 것이라고 말하였다.

당시 프랑클이 아우슈비츠 수용소에 들어갔는데 사람들은 '나, 죽어' 하니까 죽게 되고, 어떤 사람들은 희망과 의지로 살아남더라는 것이다. 수용소에서 그런 모습을 보면서 사람은 의미에 따라 달라지는구나. 즉 아우슈비츠 수용소가 지옥이 아니라, 그 지옥 같아도 희망을 보면 희망이 되는구나! 이것을 구성주의라고 말하며, 이를 현대적으로 해석하는 것을 놓고 사회구성론이라고 말한다.

그렇다면 사회구성론은 뭘까? 「사회구성론(social-construction)에 기반으로 하며, 즉 실제는 공동체적이고 언어적 상호작용으로 만들어진 구성물이다.」라고 명명하고 있다. 즉 사회구성론이란 구성주의(constructivism)에서는 실제를 내가 해석하고 내가 창조한다고 하였지만, 사회구성주의는 구성주의 앞에 붙어 있는 사회가 더 중요해서 실제는 공동체적이고 언어적 상호작용으로 합의된 구성물이라고 했다.

여기에도 중요한 함의가 있다. 주류의 합의 혹은 힘이다. 우리가 말하는 공동체적이고 언어적 상호작용에 협의라는 것은 누구나 참여했다가 아니라, 그 사회를 누가 이끌어 가고 누가 주류이었느냐? 그리고 그 주류들이 어떻게 합의하고 어떻게 유지하고 지켰느냐에 따라서 실제가 되고 실제가 안 된다.

예컨대 주류들이 얘기한 것은 옳은 것이 되고, 기준이 되고, 그 외의 것은 아무것도 아니라는 것인데 게슈탈트로 보면 배경이 된다. 우리나라에서 다문화사회란 말이 나온다. 그러면 주류가 누구인가? 한국 사람이다. 비주류는 누군가? 외국 사람이다.

우리에게 경험의 의미와 가치는 이미 주어져 있고 그 의미와 가치를 중심으로 경험을 해석한다. 구성주의자들은 경험에다가 누가 의미와 가치를 부여하느냐? 개인이냐 아니면 사회구성론의 눈에 보일 때는 개인이 그 경험에 의미와 가치를 부여하는 게 아니라, 이미 어떤 상황이나 조건에 사회 문화가 의미와 가치를 부여해 의미를 둔다는 뜻이다.

그렇다면 이제 다음으로 구조주의(consturalism)를 살펴보자. 세계는 구조가 있다는 전제로 표면과 심층, 객관적 실제와 정신적 직관 등을 말하고, 과거 이론과 현대 상담이론에서 인식론적 차이를 보면 구조주의와 탈구조주의로서 전통적 이론은 구조주의이다.

즉 구조가 만들어져 있다는 것이다. 세계는 구조가 있다. 표면이 있고 심층 하부가 있다. 객관적인 실제가 있고 주관적인 직관이 있다. 그렇다면 본질을 알려면 어떻게 해야 하는가? 요소들이 쌓여 있어서 요소들을 역으로 분해하고 분리하고 분석해 보면 그 현상의 본질을 알수 있다.

즉 요소들이 모여서 본질을 만들고 그 본질이 정체성을 주장한다. 마치 벽돌을 쌓는 것과 같다. 한 집을 볼 때 기초가 있고 벽돌을 쌓아서 지붕을 올렸다. 인간도 그렇다. 인간도 표면이 있고, 깊은 지면이 있고 지면과 표면 사이에 그 무언가가 있고, 이런 게 구조주의라는 것이다. 즉 정신분석론을 말한다.

인간의 개개인에는 구조가 있다. 그 구조는 개개의 요소들로 구축되므로 이 구조주의자들은 본질을 찾기 위해서 그 요소들을 분해하고 분석하고 그 속의 패턴을 발견하게 된다. 그 패턴을 발견하면 그 속에서 규칙을 발견할 수 있다.

예를 들어 가족 치료다. 구조주의 시각으로 보면 가족이라는 구조가 있다. 체계가 있는 것으로 이 체계 안에 뭐가 있는가? 사람이라는 요소와 어떤 행동이라는 요소가 있다. 이 구조가 그 안에 있는 사람들에게 영향을 미친다.

구조라는 무생물이다. 무생물이 가족에게 영향을 미친다. 즉, 의미나 가치나 행동을 생산하는 자가 된다. 구조, 무생물이 의미도 만들고 가치도 만들고 행동 생산자가 된다. 그렇기에 이 구조 자체가 본질이고, 이 구조를 해결하면 문제 근원을 해결하고 치유의 핵을 발견할 수 있다. 그러나 탈구조주의(post-structuralism)가 대두되면서 이론에는 적잖은 문제가 생겼다. 탈구조주의에서는 말하기를, 세계는 기준이 되는 구조가 없다.

우리의 세계는 의미, 가치, 언어, 상징과 같은 것이다. 구조주의가 얘기한 것처럼 딱 원래 어떤 구조가 있는 게 아니라, 의미, 가치나 언어나 상징으로 구조가 되었다. 즉 창조물이다. 이 사람들은 실제라는 것은 있는 것, 혹은 내 개인이 주장하는 것, 내가 해석한 것 이것이 아니라, 실제라는 것은 사고의 상황 속에서 사회적인 합의를 통해서 된다.

실재는 정치적이고 사회적 상황으로 구축된다. 이에 따라 정체성은 공동체적이고 사회적으로 구축된다. 구조주의에서 가면이라는 것을 개성, 성격으로도 말을 하지만 구조주의가 볼 때는 심연 깊은 자아라는 곳에서 본질적인 자아가 있고 드러나는 자아가 있다.

본질적인 자아와 드러나는 자아 혹은 초자아, 원초아가 있다. 이런 속에서 내담자가 문제가 있다. 그랬을 때 원초아, 초자아 사이의 갈등 구조에서 문제가 생긴 것을 놓고 어떻게 이루어져 있느냐이다. 자라난 가정의 양육자나 엄마나 아빠에게서 어떤 영향을 받았느냐에 따라서 원초아가 초자아로 발달할 때를 생각한다.

그런데 이 탈구조주의자들은 아니다. 그런 거 없고 사회가 나를 어떻게 규정하느냐에 따라서 다르다. 아내와 싸우는 도중에 마침 장인에게서 전화가 걸려 왔다. 사위가 장인의 전화를 정중하게 받는다. 조금 전 아내에게 화를 내는 것과는 완전 딴판이다.

이것을 보고 아내가 말했다. 이중인격자라고. 조금 전에 친정을 욕하고 나무라고 씩씩대던 사람이 마치 언제 싸운 사람인 양 말하는 것을 보고 그렇게 말했다. 그렇다면 전화를 받을 때의 나의 정체성은 내게 요구되는 사회 문화적 역할과 예의나 말투에 맞춰 가는 것을 보고 예의 바른 사람이라고 해야 하는가, 아니면 아내가 본대로 이중적인 인격자로 해석하느냐이다. 그러면 당연히 바라보는 사람에 따라서 정체성도 다르다.

공동체와 사회가 규정하는 것에 따라서 역할도 달라지고 행동 양식도 달라진다. 이는 구조주의와 탈구조주의의 차이로 탈구조주의에선 가족을 볼 때는 가족 구성원이 이해되면 괜찮다. 그러나 구조주의에서는 자기들만의 어떤 틀을 만들어 놓고 그 속에 들어간 삶을 정상 가족이라고 말하고 나머지는 비정상적이라고 말을 하였다.

그래서 순기능적 역기능이라고 하는 것이 구조주의자들의 주장이다. 그런데 탈구조주의에서는 역기능이고 순기능이고 그런 건 상관이 없다. 그 사람들이 자기 가족생활을 할 때 이해되는 생활을 하면 된다. 구조주의에서는 한 부모 가정, 재혼 가정, 동성 가정을 역기능적 가정으로 말하면 전제와 기준은 초혼 가정이다.

그렇다면 왜 초혼 가정이 기준과 전제가 되는가? 우리 문화 사회에서 주류의 역할을 해 왔기 때문이지만, 탈구조주의에 와서는 다른 방향으로 가족을 본다. 이것은 결국 모더니즘으로 다가왔다. 과거의 모더니즘과의 관계에서 포스트모더니즘 사회의 상담은 격차가 있다. 그것을 한마디로 말할 수는 없겠지만, 세속적인 면에서 이제 세상에 옳고 그른 것이 없고, 정답이 없으며, 비밀이 없다는 점이다.

그렇다면 과거 모더니즘의 문화적 특징과 그 사회에서 일어났던 문화적 특성을 살펴서 그때의 상담의 흐름을 오늘과 비교해 보자. 왜냐하면 아직도 과거에 배웠던 상담이론을 가지고 오늘날의 심리상담에 접근하려면 크게 달라진 시대의 흐름에 맞추어야 할 것이기 때문이다.

그래서 현재에 살아가고 있는 문화의 특성을 알지 못하면 과거 생각에 일시적으로 빠져 있는 내담자와의 관계에 어려움이 보인다. 그래서 오늘날의 문화의 차이를 알아보고 상담에 필요한 요소를 몇 가지로 살펴보자.

모더니즘의 문화의 특징은 만지는 문화였다. 남을 이끌어 간다고 해서 리더라는 말을 했다. 그래서 리더십의 덕목은 뭐냐고 묻는다면 비전이었다. 너나 할 것 없이 "야망을 크게 가져라! 꿈을 가져라!"라는 말을 자주 했는데 야망과 꿈, 그것이 바로 비전이었다.

이를 영어로 말하면 '본다.' 그렇다. 그대로 본다였다. 무엇으로 보느냐? 그것은 한마디로 이성을 비전으로 설득하고 보여 준다는 것이었다. 엄밀히 말하면 보여 주면서 어떤 목표를 향해서 끌어간다는 것인데 상담의 목표가 그랬다.

그렇다면 그게 뭐냐? 바로 남성적 문화였다. 남성이 우선적이었다. 그래서 앞에 서서 나를 따르라! 얼마나 멋진 말인가? 어떤 사람이 말을 타고 대륙을 횡단하는 그런 모습이 그려지지 않는가? 이런 멋진 모습을 그리는 것이 핵심 문화였는데, 그렇게 비전을 이끌어가기 위해서 권력이 필요했고, 그 권력을 한곳으로 집중시킬 힘이 필요했다.

그렇지만 이것은 또 아무것도 아닌 세계에 와 있다. 어느 하나가 한곳에 갇혀 있는 것은 없다. 오늘날에 와서는 비전이니 남성 문화니 이런 말을 하면 아무도 믿지 않는다. 이제 모더니즘은 과거고 포스트모더니즘이 도래한 것이다.

그건 남성이 아니라 바로 여성의 문화다. 그렇다면 포스트모더니즘의 문화적 특징은 뭘까? 모더니즘의 문화는 보여 주는 문화이며 힘의 문화였지만, 포스트모더니즘의 특징은 보고 만지는 문화가 아니라 듣고 느끼는 문화다. 보는 것은 시각적으로 보는 것인데 포스트모더니즘은 듣고 느끼는 문화이다.

그렇다면 느끼는 것을 이성으로 하는가? 감성으로 하는가? 감성으로 한다. 느끼는 것이 논리로 하는가? 가슴으로 한다. 그러기에 포스트모더니즘의 문화는 비전이 아니라 얼마나 소통하느냐? 그것이 가장 중요하다. 그래서 사회적인 화두는 소통이었다.

그것이 단순하게 정치가 잘 안 한다든가 경제나 직장 상관관계가 잘 안 된다는 것이 아니라, 문화 자체가 소통을 요구한다. 그것은 무엇을 말하는가? 포스트모더니즘은 중성적 미학을 가지고 있어서 남녀의 구분이 없어졌다.

요즘 밖에 나갈 때 남녀의 구별이 있는가? 그런데 수년 전만 해도 어느 정도는 차이가 있었다. 요즘 머리 모양을 놓고 미장원에 가는가? 이발관에 가는가를 따지는 사람이 있는가? 한 단계 더 나아가서 문신을 해도 남녀 구별이 있나?

자기 개성에 초점을 맞추고 살면 모든 것이 괜찮다. 그렇다면 상담의 특징도 변했느냐? 그렇다. 그건 당연하다. 이제 과거처럼 어느 것이 옳고 나쁘다고 판단하는 상담을 하면 안 된다. 그렇다면 이 사회가 요구하는 상담의 특징은 뭘까?

포스트모더니즘에서는 무엇이든지 소통하고 유연하면 된다. 상담을 어떻게 연결하느냐? 당장 듣고 유연하게 개척해 가는 문화적 특징이 우선이다. 이런 문화적 특징은 상대방이 보인다. 과거의 모더니즘에서는 문제의 중심을 찾고, 원인과 결과를 찾고, 옳고 그르고 정답이 있고, 열쇠와 자물쇠의 관계였지만 지금은 그런 것 없다.

그때는 이분법적인 사고였지만 이제는 아니다. 어떤 것을 놓고 그것이 문제다, 해결이다, 옳다, 그르다, 나쁘다, 좋다, 건강하다, 건강치 않다 등 이분법적은 이제 안 맞다. 그러다 보니 가족상담이나 개인 상담에서도 마찬가지가 되었다.

과거에는 건강한 가족, 건강하지 않은 가족이 있었다면 이제 어떤 가정에서도 좋고 나쁜 가정이 없다. 한 사람이 그 가족을 어떻게 끌고 가거나 상관없이 너와 내가 편하게 살면 된다. 이혼도 얼마든지 허용한다. 과거에는 한 번 시집을 가면 그 집 귀신이 되라고 했지만 요즘 그런 사람은 없어졌다.

누가 그 사람의 이혼을 탓하는 사람이 있던가? 모든 건 문제 중심으로 보면서 그 문제가 개인의 인성적이고 내적으로 어떤 특징을 가지고 있는가에 따라 다르다. 예를 들자면 한 사람이 우울증이 있다. 그 이유가 무엇일까? 인성의 문제이다. 어릴 때 문제가 쌓여 있다. 이건 과거에 보았던 사고이고 상담의 방법이었다면 이제 그것은 아니다.

인간에게는 어떤 구조가 있다. 정신분석이다. 자아가 있다. 초자아가 있다. 이드가 있다. 이렇게 보고 온 것이라면 그런 것은 이제 생각할 감정이 아니다. 이런 구조에 따라서 그 안에 에너지가 있고 초자아는 초자아대로 기능이 있다. 자아는 자아대로 기능이 있다. 원초와는 원초아대로 기능이 있다. 그럴진대, 이제 가족상담도 바뀌었다. 과거에는 부모와 자식 간의 기능이 있었다. 형제간의 기능이 있다. 이 기능이 잘못되거나 왜곡되면 문제가 된다는 것이었지만 이제 그것도 사라졌다. 제사도 이제 사라졌다. 추석이나 설에는 제사나 차례를 지내는 것이 아니라 외국 여행을 간다.

이처럼 개인의 내적이고 인성적인 것 혹은 누가 할 수 있느냐? 누가 분석하느냐? 누가 결과물을 가지고 해결책을 제시하느냐? 그것을 전문가가 하고 결정했지만 이제 그런 것은 없다. 모두 사라졌다. 이제 두 가지 상담이 공존하였다. 이제 둘을 합친 상담이라고 해야 한다. 어쩌면 이것이 포스트모더니즘의 한계일 것이다.

이제 엄밀히 말하면 전문가 중심이냐? 내담자 중심이냐? 이렇게 생각한다. 정신 분석이냐? 정신역동적이냐? 지시적 상담, 즉 전문가 중심으로 전문가가 분석하고 분석한 것에 해결책을 준다. 비지시적 상담으로 이를 주창한 로저스 학파는 인간중심의 상담, 인본상담으로 내담자가 해결책을 가지고 있다고 전제가 되어서 전문가는 그냥 촉진자에 불과하다고 생각했었다.

그래서 상담은 지시도 하지만 내담자를 중시하는 편이다. 이에 포스트모더니즘은 굉장히 다른 사고를 하게 되었다. 즉 말하는 사람이 중심이 되었다. 현재, 즉 지금을 중심으로 한다. 과거처럼 문제를 중심으로 하는 것은 원인과 결과로 보기 때문에 그것에 초점을 맞추어 양육자의 관계에서 이런 문제로 이런 결과가 왔어! 라는 것이 모더니즘이지만, 포스트모더니즘에서는 현재가 중심이 되어서 과거를 재해석하게 되었다.

포스트모더니즘 사회에서 통합식으로 가는 지금의 중심적으로 하는 상담관계를 알아보자. 해방 후 문을 연 우리나라가 급격한 경제 발전과 더불어 민주주의를 추구하는 과정에서 한국형 자본주의 논리가 구석구석 지배하고 있는 그런 사회가 되었다.

특히 서울 중에서도 유독 강남에서 살아가는 사람의 수준은 다른 곳과 비교해서 아주 다른 변화가 눈에 띄고 있다. 그게 뭘까? 어느 신경정신과 의사가 발표한 글에서는, 서울 중에서도 유독 강남에 사는 사람들의 욕망의 수준이 돈과 연결되어 있다고 말했다.

이를테면 이상한 사람들이 모여서 그들만의 문화인 돈의 문화로 만들었다고 보아야 한다. 과거에는 어른과 아이의 문화가 있어서 하루 열 번을 만나도 윗사람에게 예의를 표시하고 인사하며 도덕이나 윤리를 중시했지만, 요즘 아이에게는 그런 것이 없다.

얼마 전 한 의료계의 간부가 나와서 "요즘 젊은이들은 우리 말을 듣지 않습니다. 과거처럼 저희가 파업하고 젊은 의사가 따라왔다는 말은 옛날입니다. 말을 듣는 30대가 있는 줄 아십니까?"

그렇다. 어디 우리 말을 듣는 사람이 없다.

이제 의료 체계를 봐라! 정부가 만들어 낸 의사 정원을 거부하고 의사들이 병원 문을 나갔다. 누가 나무라는가? 그들이 싫으면 그만이다. 평안 감사도 제 하기 싫으면 그만이라고 했다. 어느 것이 옳고 그른 것이 없다. 이기는 문화다. 법과 정치도 그렇다. 부모와 아이, 남녀 구분, 상사와 부하, 정치와 경제, 문화와 민족 등 어느 것도 옳고 그름이 없어졌다.

이렇게 그들에게서 일어나는 가족의 파괴는 부부 사이에만 일어나는 것이 아니다. 아이들과 부모 사이에도 일어나고, 어른과 아이 사이에도 일어나고, 즉 모두가 현재 진행형이다. 이것은 친형제, 부모와 자식 사이에도 피 튀기게 발생하고 있으며 이 싸움의 승리의 목표는 언제나 돈이며 싸움의 방법은 거짓말이 전부다.

윤리나 도덕이냐는 이미 멀리 갔다. 판사도 검사도 변호사도 없다. 돈의 문화에 빠져서 누가 이기는 거짓말을 하는가에 귀결되어 있다. 같은 가족과의 사이에서도 돈을 빼앗기 위해서 온갖 수단과 방법을 쓰고 있다.

이제 쉽게 끝나지 않으면 모두 마지막에는 거짓말로 자기 욕심을 취한다. 서울에서도 유독 강남에서 일어나는 이런 삶은 어느 가족 중심으로 일어나는 게 아니라, 이제는 선후배와의 사이에서 일어나고, 친구 사이에 일어나고, 젊은 사람과 노인의 사회에서도 일어난다. 그들에게는 늙고 젊고 하는 개념이 없어졌다.

학벌이나 지식이나 지식인이 아니라는 사실도 없어졌고 돈이 있으면 뭐든 하는 사회가 되어 버렸다. 배신과 거짓말, 사기와 협박은 복수와 복수극의 끝없는 내력을 만들어 내고 있는데, 이제 믿고 살던 사람에게 당하는 배신감은 그냥 한숨뿐이다. 그저 내가 판단하고 내가 해석하고 내 의지로 살아야 하는 세상에 너나 나는 살아가고 있는 것이다.

(끝)